KB142232

생각을
멈추고
존재를 시작하라

생각을 멈추고 존재를 시작하라

2015년 10월 19일 초판 1쇄 발행
지은이 · 아눌라

펴낸이 · 이성만
책임편집 · 최세현 | 디자인 · 김애숙

마케팅 · 권금숙, 김석원, 김명래, 최의범, 조히라, 강신우
경영지원 · 김상현, 이윤하, 김현우
펴낸곳 · (주)쌤앤파커스 | 출판신고 · 2006년 9월 25일 제406-2012-000063호
주소 · 경기도 파주시 회동길 174 파주출판도시
전화 · 031-960-4800 | 팩스 · 031-960-4806 | 이메일 · info@smpk.kr

ⓒ 아눌라(저작권자와 맺은 특약에 따라 검인을 생략합니다)
ISBN 978-89-6570-273-3(03810)

쌤앤파커스(Sam&Parkers)는 독자 여러분의 책에 관한 아이디어와 원고 투고를 설레는 마음으로 기다리고
있습니다. 책으로 엮기를 원하는 아이디어가 있으신 분은 이메일 book@smpk.kr로 간단한 개요와 취지,
연락처 등을 보내주세요. 머뭇거리지 말고 문을 두드리세요. 길이 열립니다.

생각을
멈추고
존재를
시작하라

아눌라 스님 지음

타고 온 뗏목이 아무리 고마워도
어깨에 짊어지고 다니지 마라.
스스로 그린 종이호랑이를 보고
무섭다고 호들갑 떨지 마라.
생각을 놓아버리면,
그 어떤 것도 그대를 흔들 수 없다.

차례

Part 1. 마음의 장난에 속지 않는 법

Part 2. 일상에서 마음 해탈하기

마음의 장난에
속지 않는 법

Part 1

1

그리하여 나는 머리를 깎고
그의 제자가 되었다

거기에는 길이 없었다. 마치 아침에 눈을 떴는데 지구 전체가 텅 빈 느낌이라고나 할까? 누구나 문제를 말하지만, 그 어디에도 완전한 답을 말해주는 사람은 없었다. 우리는 그런 대답을 해줄 수 있는 사람을 구세주나 붓다, 마스터라고 부르면서 찾아다닌다. 혹시 그대는 그런 사람을 만나본 일이 있는가?

세상이 시키는 대로 열심히 살았다. 학교도 다녔고 직장도 얻었고 결혼도 했고 자녀도 있다. 그런데도 행복하지 않다? 당신은 지금 이 지점에 있는가?

모르겠다. 부족한 것이 없는데도 만족스럽지 않다. 모든 것이. 어디로 어떻게 튀어야 하는 걸까? 인도여행이나 갈까? 명상 프로그램마다 쫓아다니며 명상 쇼핑이나 할까?

그 모든 것을 다 하고, 온 세상을 돌아다녀도, 그대는 분명히 답을 얻지 못한다. 그것 하나만은 내가 장담한다. 아마도 결국은 조금 세련된 문제로 돌아온 자신을 붙잡고 오도 가도 못하고, 또 비슷한 여행계획이나 짜고 있을 것이다.

그런 사람을 만났었다. 한국으로 돌아가는 비행기 안에서 내 옆에 앉은 어떤 한국 여인. 비행기 좌석을 지정받을 때, 나는 늘 내 옆에는 여자를 앉혀달라, 아니면 빈 좌석으로 해달라고 부탁한다. 그래서 대부분 옆 좌석은 비어 있는 경우가 많다. 그런데 이번에는 어쩐 일인지 내 옆 좌석에 남자가 앉게 되었다. 나는 즉시 스튜어디스를 불러 사정을 설명하고 양해를 구했다. 그러자 스튜어디스는 이 남자를 한 한국 여성과 바꾸어주었다.

이렇게 되어 그 여성과 간단한 대화가 오고 가게 되었는데, 커리어 우먼의 아우라를 풍기는 지적인 인상의 여인이었다. 한 달간의 여행을 끝내고 런던에서 오는 길이란다. 문득 여인이 들고 있는 책을 보니 에크하르트 톨레Eckhart Tolle의《지금 이 순간을 살아라The Power of Now》였다. 척하면 척이라고, 이 여인이 무엇에 갈증이 나는지 금방 알 수 있었다. 그녀 자신은 아직 모르겠지만. 그러나 비행기 안에서 길고 무거운 대화를 하고 싶지는 않았다. 거기는 나에게도 휴식의 영역이니까.

그냥 한마디만 했다. 마지막으로 꼭 여행해야 할 곳이 있다고. 그녀의 눈동자가 내게 머문다.

"바로 그대 마음과 몸이라는 여행지."

이 말을 해주고, 그 여행이 필요해지면 나를 찾아오라고 했다. 그러나 나는 나에 관한 아무런 정보도, 연락처도 주지 않았다. 마지막 나의 짐을 트랙에서 내려주면서 그렇게 아쉬운 눈빛으로 멀어져간 그 여인.

그런데 의외로 요즘은 그런 류의 사람을 많이 만난다. 그 여인도 언젠가는 다시 만나게 되겠지. 그 여인이 정말로 그 길을 가고 싶을 때 우연이든 필연이든 나를 만나게 될 것이다. 왜냐하면 나는 그 길로 안내할 준비가 되어 있기 때문이다.

나는 그들의 갈증을 그들보다 더 잘 알고 있다. 가도 가도 길이 안 보이는 그 지루하고 짜증 나고 암울한, 그리고 고통스러운 여행 말이다.

그렇다. 친구들이여, 거기에는 길이 없다. 그것이 내가 들려주는 길 안내다.

거기에는 길이 없다, 형제여. 그래서 너무나 고통스럽다.

그대는 길이 없는 곳에서 길을 찾고 있다.

거기는 여섯 감각기관과 여섯 감각대상이 만나면서 만들어내는 스크린의 환영과 같은 곳이기 때문에 끝없이 뭔가 펼쳐지긴 하겠지만 그뿐이다. 어떤 해결책도 주지 않는다. 아니, 오히려 가면 갈수록 해결을 방해하는 매트릭스 요원들만 만날 뿐이다.

더 기가 막힌 것은 그대가 가는 곳마다 그들이 길목을 지키고 있도록 스스로 예약 주문을 하고 다닌다는 것이다. 그들은 자체의 프로그램이 파괴되지 않도록 자동 보호 장치가 되어 있고, 환영은 그 자체를 스스로 보호하도록 자동입력 되어 있다.

그럼에도 불구하고, 불행 중 다행인지, 여전히 불행 중 하나인지, 아니면 결국 행운인지, 길은… 거기가 아니라 여기였다.

그대 내면!

이 충격적인 탈출구를 알려준 이가 있었다. 그리하여 나는 머리를 깎고 그의 제자가 되었다.

붓다!

이름을 부르는 것만으로도 나는 너무나 기쁘다. 그는 황금빛으로 도금된 불상이 아니다. 그는 살아 있는 매 순간의 호흡이다. 그리고 그야말로 길이고 빛이다.

'길과 빛'이라는 말을 보자. 어둠 속에서 우리는 아무것도 볼 수가 없다. 움직일 때마다 밑 없는 공포 속에서 여기 부딪히고 저기 부딪히고 고통투성이다. 그때 동이 터오면서 빛이 나타나 만물을 비춘다. 그러면 모든 것이 있는 그대로 드러나며, 어디가 길이고 어디가 절벽인지 그대로 보여준다.

그것만으로도 고통은 사라진다. 그리고 이제 길이 드러나고 조심스레 길을 따라가면 목적지에 도달한다. 그래서 나는 길과 빛이라는 말을 좋아한다. 사실 우리 한국사람이 그렇게 열광하는 도道라는 말이 바로 길이 아니겠는가?

길은 뜻밖에도 그대가 찾아다니는 그 바깥의 무엇이나 누군가가 아니다. 바로 그렇게 찾고 싶어 하는 그 마음이 일어나는 그 내면이다. 더 정확하게 말하자면 그 마음이 사라진 그 자리, 거기가 바로 길이다. 붓다도 분명히 말씀하고 계신다. 고통의 소멸은 바로 그 갈망을 놓은 그 자리라고. 너무나 자명한 것 아닌가!

그대 아는가? 그대가 원하는 것을 성취하는 순간, 모든 길이 사라진다는 것을. 그러므로 결국 그대가 원하는 것을 얻는다 할지라도 그것이 삶의 목적이 아님을 알게 될 뿐이다.

허망하고 허망하다. 그런데 거기가 바로 답이 시작되는 곳이다. 내가 좋아하는 담뱃가게 성자의 말이다.

"이 세상의 가치는 바로 이 세상이 아무 가치가 없다는 것을 보여주는 가치밖에는 없다."

아, 오늘도 눈뜨면서 부단히 삶이라는 환영 속에서 바쁜 그대에게 나의 이 필름을 던진다. 잠시 그대의 스크린 속에서 일어나고 사라지리라. 마치 어젯밤 뭔가에 쫓겨 진땀을 흘리고 비명을 지르다 죽음 앞에서 '악' 소리와 함께 깨어난 것처럼.

그렇게 사라질 모든 것들에 권하노니,

"차 한잔 드시게."

2

아주 작은 완성

　많은 사람들이, 깨달은 사람들이 글로 묘사하는 그 신비와 엄청난 행복에 대해 막연한 동경을 가진다. 그것은 정말 어떤 세계일까? 그들이 말하는 그 행복과 평화는 어떤 것일까? 그들은 자신들이 얻었기 때문에 누구나 얻을 수 있다고 하는데, 그게 정말 가능할까?

　요즘은 바쁘지 않은 사람이 없다. 활동량도 엄청나다. 수도 없이 이리로 저리로 움직이며 사람과 사건들을 만난다. 사실 까르마業의 현장이다. 그것은 바닷가에서 바닷물이 이리저리 부딪히며 일으키는 물방울들과 별로 다르지 않다. 그런데 물방울이 바다를 여의지 않는 것처럼, 까르마가 있는 곳에는 항상 다르마法가 있기 마련이다.

　미스 리가 가슴에 서류를 잔뜩 껴안고는 문을 간신히 연 후에 — 무슨 영화에서 봤더라 생각하며 — 뒷다리로 살짝 쳐서 문을 닫는다. 문은 약간 소리를 내며 닫혔다. 그리고 또 김 과장이 무슨 심통이 났는지 문을 쾅 열고 들어와 직원들에게 소리를 치고는 또 쾅 닫고 나가버린다. 말단 여사원이 커피를 잔뜩 타 와서는 조심조심 문을 열고 들어와 미처 닫지 못했는데, 마침 맞바람이 불어 다시 꽝.

그때 새로 입사한 미스 김이 가만히 일어난다. 그런데 이게 범상치가 않다. 그녀가 일어날 때는 의자 끄는 소리가 나지 않는다. 의자와 그녀가 함께 움직인다. 그녀가 의자에서 일어나기 위해 몸을 펴는데, 마치 슬로우 비디오 같다. 그렇다고 그녀가 슬랩스틱 코미디 폼으로 움직이는 것은 아니다. 그냥 정상적인 몸동작이다. 그런데도 그 순간 모든 직원들이 자기도 모르게 미스 김 쪽으로 고개를 돌렸다. 아무 소리도 나지 않았는데.

그녀는 마치 바람처럼 소리 없이 일어나서 또박또박 걸어 나간다. 그런데 이것이 걷는 것인지, 나는 것인지 모르겠다. 또각또각 하이힐 소리가 나긴 하는데 여느 하이힐 소리처럼 신경을 건드리지 않는다. 마치 노래를 듣는 듯, 20여 명의 남녀직원들의 고개가 그녀 쪽으로 자동적으로 움직인다. 미스 김은 전혀 관심을 기울이지 않고 또박또박 걸어 나간다. 그런데 이 걸음이 또 심상치가 않다. 뭐랄까, 걷긴 걷는데 걸음걸음이 하나, 하나 완성되었다고 할까. 걷고 있긴 한데, 그냥 거기 있는 것 같기도 하다.

그녀가 결국 문 앞에 섰다. 마치 폭발 직전의 순간처럼 직원들이 모두 그녀를 주시하고 있다. 그녀는 전혀 알지 못한다. 그녀가 문을 열기 위해

손잡이를 잡았다.

"아!"

모두가 가벼운 한숨을 내뱉는다.

'뭐지, 저건?'

그녀는 아주 가만히 마치 아기를 품듯, 손잡이를 잡는다. 그리고 손잡이를 오른쪽으로 돌리는데 거기에 엄청난 정적이 일어났다. 그녀는 아주 조용히, 조용히, 마치 시간이 멈추고 순간적으로 영원이 내려온 듯, 손잡이를 아주 조용히 끝까지 돌리고 잠시 멈추고 문을 연다.

바로 그 멈추고 문을 여는 사이에 사람들은 완전히 빠져버렸다. 그 순간이 없어져버렸기 때문이다. 그녀가 그렇게 집중하고 있는 사이, 그것을 집중하여 보고 있던 사람들도 자기도 모르게 그 진공 속으로 빠져 들어갔다.

사람들은 뭔가 하나하나가 완성되고 사라지는 것을 본다. 그리고 거기서 — 거의 치명적인 — 신성의 향기를 맡는다. 문이 열리고, 마치 새로운 찬란한 공간이 열린 듯했다. 그녀가 살랑살랑 소리도 없이 사라지고 다시 문이 정적으로 닫혔다.

사람들은 마치 꿈을 꾼 듯 다시 전화를 받고 소리를 지르고 컴퓨터 자판을 두드려대며 무질서의 질서로 욕계의 거친 파도에 툭 떨어져 들어간다.

깨달은 존재들에게는 모든 것이 완성된다. 그대는 그렇게 하루에도 수십 번 문을 여닫으면서 단 한 번이라도 그 동작을 완성시켜본 적이 있는가? 항상 문은 있으되 없다. 그대는 문 안에 들어가기 위해서만, 아니면 문 밖으로 나가기 위해서만 문을 사용한다. 문을 본 적이 없다. 늘 순간은 놓치면서 과거와 미래로 뛰어다닐 뿐이다. 거기가 중생의 사업처다.

그러나 깨달은 사람은 매 순간이 그의 도량이다. 그녀 혹은 그는 문을 열 때 그 마지막 동작까지 깨어 있다. 그리고 문이 열린다. 그녀 혹은 그는 본다. 문이 열리는 그 지점을, 그리고 정적, 거기 정적이 있다. 그 지점이 끝나고 다시 새로운 문 닫힘이 일어난다. 새로운 창조의 순간이다. 그리고 둘 다 사라진다. 그렇게 하나의 동작이 완성된다. 완성된 것들은 모두가 신성하다. 신의 영역이다. 아주 작은 것들을 깨어 지키며 완성하라. 거기가 깨달음의 영역이다.

커피 마시는 폼들을 보라. 난리가 난다. 그들은 스타벅스인지 뭔지는 알아도, 자신들이 무엇을 하는지는 절대 모른다. 뻥 튀겨진 브랜드의 이념과 개념에 속아 커피값을 얹어주고는 신나게 마시면서 스마트폰과 키득거리느라 정신이 없다. 커피는 도대체 어디에?

거기 또 미스 김이 우아하게 등장한다. 그녀는 안다. 커피를 주문하고 그 향기가 코에 다가서고, 그리고 그녀가 한 모금 그 검은 액체를 혀에 대어주니 달콤함과 쌉쌀함이 일어난다. 어느 순간 삼켜버리니 그 맛이 사라지고, 그 맛이 그리워 다시 한 모금 마시려는 동작이 일어난다. 미스 김은 이렇게 커피와 달콤한 연애를 하고 있는 것이다. 커피 한 모금에 대서사 시가 일어나는 것이다.

그 수많은 순간과 그 순간마다 이어지는 맛과 그 변화, 그리고 목구멍으로 사라짐. 그렇게 한 순간, 한 순간이 완성된다. 미스 김이 그렇게 커피를 자각해줄 때 커피는 다시 새롭게 깨어나고 태어난다. 거기에 사랑이 있다. 보살핌이 있다. 함께함이 있다.

깨어 있지 못한 모든 것은 폭력이다. 자신의 몸에 어떤 것들을 폭력적으로 쑤셔 넣지 말라. 그대가 폭력이 된다. 아니, 그대가 이미 폭력이기 때문에 그렇게 쑤셔 넣고 있는지도 모른다. 밥 한 숟갈 먹는 것을 완성시켜라. 거기 우주가 공들인 밥 한 숟갈이 있다. 그대가 밥 한 숟갈 먹는 것을 완성시킬 때 거기 아주 당연하게도 감사가 솟아나고, 경건함이 일어나고 신성이 진동하며 울린다.

그렇게 모든 완성된 것들은 의식이 된다. 모든 행동은 의식이 된다.

매 순간은 우주가 그의 의식을 재연하고 있는 무대다. 깨어나라. 아주 작은 하나를 완성하라. 거기 깨달음이 나타난다.

모든 행동이 의식이다All action is ritual.

- 레스터 레븐슨Lester Levenson

3

지키는 것과 안 지키는 것이 뭐가 달라요?

절에 비닐봉지가 다 떨어져서 부엌 쓰레기통에 깔 것마저 없는 형국이 되었다. 시장 갈 때가 지났다는 것이다. 그 많던 비닐봉지가 다 떨어졌으니. 아침을 먹고 아줌마와 함께 동네에서 가장 큰 마트인 아삐꼬에 간다. 이것저것 사고…. 그런데 이게 웬일, 물건을 살 때마다 기둥에 걸려 있는 새 비닐봉지들에 눈이 가는 것이다. 그리고는 아줌마가 채소를 사는 동안 거기에 물건을 진열하고 있던 아가씨에게 이 새 비닐봉지를 몇 장만 달라고 했다. 사실 슈퍼마켓의 비닐봉지는 무한정 공짜라는 인식이 있었는데, 언젠가 오랜 만에 한국에 갔더니 이제는 한국도 비닐봉지 값을 따로 내야 한다는 말에 깜짝 놀란 적이 있었다.

여전히 나에게는 비닐봉지는 공짜, 즉 자유라는 개념이 있는데, 내가 아줌마에게 가서 몇 장 얻어오라고 하면 아줌마는 절대로 가지 않는다. 왜냐하면 아줌마는 카운터의 아가씨들이 비닐봉지를 거저 주지 않는다는 것을 알기 때문이다. 이전에 이런 상황을 몰랐던 나는 그냥 무심코 계산대에서 "나, 이거 몇 장 주세요." 하고는 가져오곤 했다. 그런데 내가 아무리 갔다 오라고 얘기해도 아줌마가 절대 움직이지 않는 걸 보니, 스리랑카에서도 비닐봉지는 자유가 아니구나 하는 개념을 가지게 되었다.

그리고 오늘, 절에 비닐봉지가 없어 작지만 매우 불편한 상황을 며칠 겪고 나니, 왜 그렇게 비닐봉지만 눈에 들어오는지, 어쨌거나 채소 코너 아가씨에게 말을 잘하여 서너 장을 얻었다. 그런데 일단 그렇게 말을 했다고 생각해서인지, 그 아가씨가 열심히 채소를 진열하고 있는 동안 조금 아까 것보다 약간 큰 비닐봉지 서너 개를 내가 스스로 뜯어내어 수레에 넣었다. 그리고 다시 카운터에서 물건을 계산할 때도 아가씨에게 말해 큰 사이즈 비닐봉지 몇 개를 더 달라고 해서 가지고 왔다.

돌아와서 조용히 생각해보니, 채소 코너에서 처음에 아가씨에게 이야기를 하고 작은 것 서너 개 받을 때는 당당했는데 — 아니, 사실 그때도 그렇게 당당하지는 않았다. 주지 않는 것인데 달라고 했다는 측면에서 — 두 번째로 내가 스스로 비닐을 벽에서 뜯어 수레에 넣은 것은 아가씨에게 이야기를 하지 않았다. 물론 많은 사람들이 거기 있었고 아가씨도 내가 비닐을 뜯어 몇 개 더 넣는 것을 보고 있기는 했었다. 그러나 엄밀하게 말해서 그 두 번째 부분은 허락을 받지 않은 것으로 내 머릿속에 기록이 남아 있었다.

그 당시에 나는 이미 아가씨에게 좀 달라고 말한 것이니, 그 연장선에서 그녀가 보는 앞에서 서너 장 더 가져가는 것이 무슨 문제랴 하는 생각이 었는데, 그게 아니었다. 돌아와 관조해보니 두 번째로 비닐을 뜯어낼 때, 내 마음이 당당하지 않고 무의식적으로 아가씨 눈치를 보고 있었다는 것을 발견하였다. 이런, 이런…. 그래서 물 한 바가지도 주지 않은 것을 취하지 말라고 했는데….

내 마음에 이런 기록이 남아 있다는 것은, 이미 주지 않은 것을 가지고 있다는 거리낌이 있었다는 것이다. 아, 그 상황을 깨닫지 못했구나. 비닐봉지 몇 장에. 비닐봉지가 없어서 겪었던 며칠간의 불편함 때문에, 내 편함만 생각하고 미세한 부분의 계율을 놓쳤구나. 이런 생각이 스쳐간다. 그리고 무엇보다 비닐봉지 몇 장이 엄청 비싼 것도 아니고, 그 정도야 내가 필요할 때 좀 달라고 할 수 있지 않나 하는, 이런 개념이 도사리고 있다는 것도 발견하였다.

물론 비닐봉지 몇 장을 가져온다고 해서 계율을 범했다고 말할 사람은 아무도 없지만 나는 안다. 분명히 주지 않은 것을 가져왔다. 거기에는 "아주 작은 것인데 뭐." 하는 무지가 있었다. 나는 새삼스럽게 승려의 생활을 돌아본다. 이것은 바로 기본 오계에 속하는 것이 아닌가.

"주지 않은 것을 가지지 말라."

오계를 완벽하게 지키는 것이 결코 쉬운 일이 아니구나. 이런 자각이 일어났으니 그래도 다행이다. 자각된 것은 일단 다음에 지켜질 가능성이 높다.

그리고 연하여 이런 이야기가 떠오른다.

어떤 수행자가 숲을 지나다가 연못에 너무 아름다운 꽃들이 피어 있어 흠흠 향기를 맡았다. 그러자 순식간에 연못을 지키는 신이 나타나서 "어떻게 수행자가 주지도 않는 것을 가져가느냐?" 하고 호통을 쳤다는 것이다.

나는 이 이야기를 들으며 아마 그때 그 수행자가 깨어 있지 못한 상태에서 꽃의 향기에 잠시나마 취했었기에 연못의 신이 나타나 경책을 준 것이리라 생각했다. 그리고 꽃의 향기에마저도 수행자는 깨어 있어야겠구나 하는 경각심이 일어났다. 지금 이 일을 겪으며 그 상황이 조금 이해가 되는 듯하다. 수행이 깊어질수록 아주 작은 것에도 더 철저해져야 한다는, 그래야 완성에 도달한다는 생각.

미얀마에서 수행하고 있을 때다. 그러고 보니 여러 해 전이다. 내가 파옥에서 수행할 때는 센터가 외부에 많이 알려지지 않았을 때다. 막 외국인들에게 문을 열었을 즈음이다. 지금은 어떤지 모르지만, 그 당시는 사람은 많은데 외진 숲 속이라 공양이 거칠었다. 그냥 때가 되니 먹고 마는 그런 상황이었다.

그런데 그날은 후식으로 수박이 나왔다. 드문 일이었다. 사람이 많으니 아주 작은 조각 하나가 내 입으로 들어올 수 있었다. 거기서는 다 함께 먹을 공간이 없어 일단 줄을 서서 공양을 받고는 각자 돌아와서 밥을 먹었다. 수박 한 조각이 있으니 '요것은 밥을 먹고 후식으로 먹어야지.' 하는 생각으로 밥 옆에 미루어 놓았다가 밥을 다 먹은 후에 막 수박 한 조각을 입에 넣었다. 달콤한 과육이 혀 위에서 사르르 녹아내렸다. 거친 음식들 속에서 모처럼 발견한 맛깔스러움이었다.

그런데 그때 옆방 비구니가 공양그릇을 씻어서 들어오고 있었다. 그 참에 시계를 보니 땡, 12시 정각이었다. 그때는 12시가 넘으면 씹는 것을 절대 금하고 있었다. 아직 수박의 달콤함이 혀끝에서 떨어지지 않고 있는데…, 그런데 시간이 12시라는 것이 인식되는 순간 나도 모르게 그 수박을 확 뱉어내고 말았다. 달콤함에 집착했던 것이 떨어지며 아까움이라는 감정이 일어났다. 그리고 바로 그 후에 그 아까움과 상실감을 뒤엎는 당당함이 일어났다. 그것은 숭고한 것이었다. 자신을 존경하게 만들어주는 그런 힘이었다.

새 집으로 이사 온 후, 법당을 만들어놓으니 아줌마도 몹시 좋아한다. 오며 가며 여기저기서 꽃을 꺾어다가 불단에 올리곤 한다. 매일 아침마다 형형색색 꽃가지들이 부처님 앞에 놓여 있다. 보는 나는 기분이 좋다. 그런데 그것을 보는 순간, 분명히 아줌마가 남의 집 꽃을 꺾어왔다는 것을 알았다. 아줌마에게 물어보니 바로 앞집 담장에서 꺾어왔다는 것이다. 내가 창문을 열고 즐기는 바로 앞집 담장에 늘어진 형형색색의 꽃이다.

나는 스리랑카 신도와 의논했다. 아줌마가 이렇게 남의 집 꽃을 꺾어오니 내 생각에는 그 집에 가서 허락을 얻어야 할 것 같은데, 스리랑카 사람으로서 스리랑카 풍습을 고려하면 어떻게 생각하느냐고 물었다. 사실 스리랑카는 1년 내내 꽃이 여기저기 만발하여 아침이면 남자고 여자고 비닐봉지나 바구니 하나를 끼고 담장에 기대 꽃을 꺾는 모습을 아주 자주 본다. 모두가 아침 예불에 부처님께 올리려는 것이다. 스리랑카는 거의 모든 집에 불상을 모시고 있기 때문이다. 그랬더니 그 신도도 일단 꽃 주인에게 허락을 받는 것이 좋겠다고 한다. 그래서 나는 조만간 편지라도 써서 우체통에 넣어야겠다는 생각을 했다. 그런데 며칠 후 아줌마가 그 집 사람을 우연히 만나 이야기를 하고 허락을 받았다는 말을 들었다. 그렇게 그 문제는 무난히 넘어갔다.

쾌락을 쫓는 것은 그 당시는 즐겁지만 뒤가 허전하고 다시 힘이 되지 못하고, 스스로 쾌락을 놓고 자신의 의지를 세우는 것은 그 당시는 손해 보는 것 같고 대열에서 떨어져 나오는 것 같을 수도 있겠지만, 그것은 다시 힘으로 돌아와 스스로를 지키는 자신감과 자존감을 더해준다. 언젠가 한 젊은이가 '지키는 것과 안 지키는 것이 뭐가 달라요?'라고 물었을 때 바로 이 말을 해주고 싶었다.

내가 어느 스님에게 오계를 말하였더니 그것은 구식old-fashioned이라고 한다. 그럴까? 매일 쏟아져 나오는 뉴스news를 보라. 다 오계에 관한 것들이다. 정치? 스님이 무슨 정치를 알겠는가마는, 불교에서 말하는 완전한 정치가인 전륜성왕은 무엇으로 세상을 정복하여 평화롭게 나라를 다스렸는가? 바로 오계다.

4

출구는 사실 입구에 있었다

지난겨울 한국에서 '두 번째 깨달음과 양자물리학'에 관한 법문을 하고 있을 때였다. 법문을 들으러 왔던 사람들 중에 중년여인과 그녀의 딸이 있었다. 법문이 끝나고 그들의 소회를 듣던 중에 그 여인이 말했다.

"이렇게 사는 것이 아닌데, 어떤 때는 막 죽고 싶을 지경이에요. 그렇다고 지금 출가를 할 수도 없고, 뭔지는 모르겠지만 이렇게 사는 것은 아닌 것 같고, 깨달음을 얻어야 할 것 같은데, 어디서부터 어떻게 해야 좋을지 모르겠고…. 이런 생각이 일어나고 길이 보이질 않으면 죽고 싶다는 생각이 치밀어 오릅니다."

그 말을 듣고 있던 딸이 그 모습을 지켜본 듯 맞다고, 우리 엄마 그렇게 산다고 어두운 얼굴로 고개를 끄덕인다. 그리고 그 옆에 장년의 한 남자, 무척이나 공감한다는 듯이 그 여인의 말을 들으며 역시 고개를 끄덕이며 동의를 구하기라도 하듯 내 얼굴을 쳐다본다.

또 다른 장면, 어느 여름에 한국에 집중수행을 하러 갔다가 잠시 재가자의 집에 머무른 적이 있었다. 그 집의 가장은 수시로 출가하고 싶다는 넘치는 의욕으로 부인과 아들딸을 걱정에 몰아넣곤 했다. 초등학교에 다니는 딸과 잠시 이야기할 기회가 있었는데, 아이는 아빠가 언제 자기들을 버리고 출가해버릴지 모른다며 울먹였다.

나는 그 집에 있는 동안 새벽마다 이 식구들을 깨워서 함께 새벽명상을 하고 자애관 수행을 하도록 했다. 이 사람들은 아침이면 모두 나가서 저녁 9시 이후에나 하나둘 집으로 들어왔다. 그렇지만 그들이 저녁을 먹고 나면 잠들기 전에 다시 밤명상을 함께 하고 각자 잠자리에 들도록 했다. 이렇게 명상을 하던 중, 그 집의 가장이 마음을 털어놓기 시작했다.

"스님, 이렇게 좋은데, 정말 이렇게 즐겁고 행복해도 되는 건지요? 이런 생활이 정말 좋지만, 저희들은 생계를 위해 돈을 벌어야 하고, 세상에 나가 일을 해야 하기 때문에 내면의 갈등이 아주 심합니다. 세상에 나가 일을 하면서도 이 일은 내가 해야 할 일이 아니다, 나는 출가를 해서 수행을 해야 한다, 이런 생각으로 여느 세상 사람들이 하듯이 그렇게 죽기 살기로 일에 덤벼들지도 못합니다. 물론 결과는 늘 그들보다 열등하지요."

그러면서 이어서 말한다.

"누가 알았겠습니까? 이렇게 행복한 삶이 있는지, 그냥 세상이 시키는 대로 대학 가고, 직장 얻고, 결혼하고, 그러다 애들이 태어나고, 학교 보내고…. 가족 부양한다고 이렇게 끙끙거리고….”

그랬다. 사람들이 정신없이 누군가의 자궁을 빌려 이모, 김모, 박모로 태어나, 우쭈쭈 재롱을 떨다가 학교 가고…, 그렇게 정신없이 살다 보면 문득, 바로 그 자리에 서 있는 그런 자신의 모습을 발견한다. — 아, 물론 이 쯤에서라도 발견했다면 그 인생은 그래도 아슬아슬 반환점에서 살아나고 있긴 하지만. 그런데 그 자리에서 어디로 가야 할지는 여전히 미로다.

문득, 사람들은 생각한다. 왜 살고 있지? 어떻게 살아야 하는 것이지? 그러나 다행과 불행의 그 중간이거나 아니면 그 믹스 속에서, 하루하루 복잡한 삶이라는 정글 사이로 가끔 복권의 숫자처럼 솟구쳐 오른 그 생각들을 놓치고는 다시 일상의 어둠 속, 회오리의 심연으로 빠져 들어간다. 그들은 “바빠.”, “시간이 없어.”를 만능열쇠처럼 입에 달고 다니면서 용케도 그 민낯을 피해갈 수가 있다.

그러나 그 생각이 조금 더 지속되면 앞의 그 여인처럼 죽고 싶다는 생각이 마구 치밀어 오르게 된다. 그러나 아직 그 여인은 생존해 있다. 일상의 그물이 그렇게 나긋나긋한 면줄이 아닌 것이다. 그것은 아주 질깃한, 절대 끊어질 줄 모르는, 불사조가 타고 남긴 재와 같은 색을 가진다.

한 승려가 목탁을 치며 예불을 하고 있는데, 한 가족이 들어와 부처님께 절을 하고 향을 사루고 꽃을 올린다. 엄마와 아빠, 아들과 딸이다. 승려의 눈에는 그렇게 하나로 움직이는 네 명의 가족이 아름답다. 절 마당을 쓸고 있는데 한 쌍의 남녀가 하하호호 웃으며 서로 허리를 감싸고 절 마당을 돌고 여기저기서 사진을 찍는다. 승려는 방으로 들어갔지만 햇빛 가린 발 너머로 햇빛처럼 반사되어 울리는 그들의 목소리를 듣는다.

그리고 그는 밤마다 꿈을 꾼다. 낮에 그려두었던 도화지가 밤이면 무대를 만들고 움직이기 시작한다. 이광수의 꿈이다. 그리고 그는 죽었다. 그리고 그가 태어났다. 김모인지, 이모인지…. 그리고 그는 차곡차곡, 하나 하나, 그의 꿈을 이루어가기 시작한다. 이러저러한 여인과 이러저러한 삶을 산다면 얼마나 행복할까, 아이들을 품에 안은 그 행복감은 어떤 걸까!

그렇게 그가 목탁 치는 틈틈이, 아니면 그 생각들의 틈을 타 목탁을 쳤을, 그 그림들이 부처님의 자비로(?) 이제 이렇게 눈앞에 장엄하게 펼쳐진다. 그리고 그는 어느 날, 문득 잠에서 깨어나 소리친다. 내가 지금 어디에 있는 것이지. 이제 그는 그 반대의 꿈을 꾸기 시작한다. 출가하고 싶다. 뭔가 이 일상의 의미 없는 세상 말고 또 다른 무엇인가 있을 텐데…. 그것은 무엇인가? 그는 이제 다시 가족 뒤로 또 다른 꿈을 꾸기 시작한다. 어쩌면 이 꿈이 더 절박하다.

그리고 어느 날, 그렇게 내게 물었다. 도대체 제가 지금 어디에 있는 건가요? 그때는 몰랐어요, 그래서 결혼하고 애 낳고…, 이렇게 살고 있습니다. 출구는 어디에 있나요? 출구는 사실 입구에 있었다. 그러나 그들은 출구라는 말도 잊어버렸다. 오직 그들이 알고 있는 것은 카오스다. 혼돈. 엉켜진 실타래. 어디서부터 어떻게 풀어야 할지 모르는 처음과 끝의 가닥이 보이지 않는, 끝없이 굴러가기만 하는 실타래.

다른 장면이다. 일본에 살고 있는 젊은 부부가 메일을 보냈다.

"스님, 꿈이라도 좋으니 저는 좋은 꿈, 아주 길게 길게 이어지는 좋은 꿈을 꾸고 싶습니다."

다른 장면이다. 이전에 알던 한 여인이 딸을 법회에 보내면서 딸이 지금 무슨 병에 걸렸는데 스님께서 좀 보살펴달라고 한다. 그 여인도 건강이 안 좋고…, 잠깐 그 여인이 들려주던 이야기를 보면 가족이 모두 어려운 상황이다. 꿈을 깬다는 것이 그렇게 만만하지가 않다. 몸부림을 쳐도 가위가 눌리면 일어나기 힘들지 않던가, 눈만 뜨면 아무것도 아닌 일인데 말이다.

이벤트 호라이즌event horizon이라는 말을 배웠다. 양자물리학에서 쓰는 말이다. 데이비드 봄David Bohm은 접혀진 질서와 열린 질서를 이야기했다. 그 전에 스테이지 월드stage world라는 말도 있었다. 간단히 말하면 우리가 의식하는 이 세상이 펼쳐지는 이 시공의 무대를 말한다. 그 무대 뒤에는 어쩌면 연출가나 작가가 있을 수도 있다. 그래서 그 배우들에게 말해준다. 다음에는 이런 일이 벌어집니다. 인과의 고리가 이어지고 있습니다. 그 일을 피하려면 이렇게 하면 됩니다. 아마 우리는 그들의 이름을 부를 때 부처님 또는 예수님이라고 부르는 것 같다. 그러나 그들의 프라이드는 부처님, 예수님을 능가한다. 그들은 말한다. 내 ego가 알아서 할 거예요…. 내 꿈을 방해하지 말고 무대에 얼씬도 하지 마세요. 내가 일백의 확신으로 그 연출가들의 말을 전해준다면 저 무대의 배우들이 자신들이 옳다고 주장하는 힘은 지극히 천하무적, 천재적이다. 아무도 그들을 이기지 못한다.

딱 하나, 그들을 이길 수 있는 것이 있는데…. 아, 물론 붓다나 예수는 아니다. 그것은 고통이다. 그래서 나도 이렇게 축원하며 잠자리에 든다. 더 뜨거워지면 놓겠지. 장작 하나 더 쑤셔 넣어주면서.

5
낮꿈을 디자인하는 방법

바람이 분다. 모기장이 흔들거린다. 모기 몇 마리가 모기장에 붙어 있다. 모기장 밖에서 명상을 하다가 하도 귓가에서 앵앵거려서 할 수 없이 침대 위 모기장 안으로 들어왔다. 그러자 놈들이 닭 쫓던 개 지붕 쳐다보듯 밖에서 맴맴 돈다.

천장에 붙어 있는 커다란 선풍기가 윙윙 돌아가고 있다. 선풍기 바람과 창문으로 들어오는 바람이 서로 어긋나 늘어진 파란 모기장을 일렁거리게 한다. 시간은 밤 12시가 조금 넘었고 창문 밖으로 지붕 대신 유리를 댄 하늘에서는 부드럽고 밝은 달빛이 미끄러져 떨어져 내린다. 오랜만에 침대에 등을 대니 몸도 그대로 그 편안함을 탐닉한다. 나무를 댄 높은 천장…. 아까 화장실 창문 밖으로 보이던, 정말 보석처럼 반짝이던 흩뿌려진 별들, 그리고 자유화처럼 퍼져 나간 구름들…, 하루라는 것을 마감한다.

기쁨이란 것은 감정이고, 감정은 사실 화학물질들이 두뇌에서 뇌세포인 뉴런들을 통해 서로 교류할 때 호르몬이 배출되면서 일어나는 물질적 현상의 결과다. 기쁨이란 것이 파도처럼 밀려온다. 두뇌 속에서 기쁨의 호르몬이 다량 배출되는가 보다. 미소가 지어지고 행복감에 뭔가 뿌듯함이 일어난다. 하루라는 예술이 잘 창조되었다.

그러나 이 하루라는 것을 품고 자면, 나이라는 시간이 생긴다. 머릿속으로 들어가 본다. 그리고 하루라는 것을 문득 놓아버린다. 마치 꿈에서 깨어 꿈을 다 놓아버리듯, 꿈속에서 시간이 얼마나 지났건, 얼마나 많은 일들이 있었건, 꿈을 깨는 순간 꿈은 아무것도 아니다. 그야말로 꿈에 불과하다.

그렇게 이 낮꿈도 놓아버린다. 나는 자유를 누린다. 아, 그렇게 이 밤은 내게 무한한 자유다. 이 아름다운 동네와 주민들에게 감사한다. 소음이 없는 동네. 그리고 많은 야자수 나무들. 이 방 너머에는 야자수가, 부엌 너머로는 파파야 열매가 주렁주렁 매달려 인사를 한다. 어둠과 적막, 그리고 평화와 자유의 밤이다. 어떻게 여기서 눈을 감고 잠 속으로 빠져 들어갈 수가 있겠는가.

그런데 그 편안함에 빠져, 등이 닿고 몸이 눕혀지자 잠들어버렸다. 눈을 뜨니 4시. 일어난다. 그 안락했던 모기장 침대를 빠져 나온다. 잠시 예불을 마치고 명상에 들어간다. 이 모든 것에 감사가 일어난다. 나로부터 시작해서 모든 존재들을 축원하기 시작한다. 7시에는 아줌마가 올 것이다. 밥과 청소를 해줄 것이고, 그러면 나는 오늘 하루도 온전히 나의 공부와 수행에 전념할 수 있다.

아줌마는 2시간이나 떨어진 곳에서 오는데, 한 번도 늦거나 빠지는 일이 없어 늘 감사하는 마음이다. 아줌마에게 축원을 보낸다. 그런 아줌마가 딱 한 번 늦은 일이 있었는데 오다가 버스사고가 났기 때문이다. 그러면 나의 행복이 바로 버스 운전사하고도 관련된다. 버스 운전사들에게 축원을 보낸다. 그들이 항상 안전하길 바라고, 그들의 서비스에 감사한다고.

어느 날은 아줌마가 오지 못한다고 전화가 왔다. 버스 회사가 파업에 들어갔다고 한다. 그렇군, 버스 회사의 사장과 모든 직원들도 나의 행복과 연관이 있구나. 버스 회사 사장이 행복해야 그 직원들이 행복하고, 사장이 행복하려면 그 가족들이 행복해야 하고, 내친 김에 조금 더 가지를 뻗어 나아간다. 그 가족들까지 모두 행복하라고 축원한다. 그리고 그 회사 직원들의 가족들도 축원한다.

비가 많이 온 날은 길에 물이 차서 버스가 못 다니기도 했다. 길도 중요하다. 그래서 그 길을 만든 사람, 길을 관리하는 사람도 나의 행복과 관련이 있다. 이번에는 그들에게도 축원을 보낸다. 이렇게 나의 행복과 직접적으로 관련이 있는 아줌마의 행복을 위해 쫓아 다니며 축원을 마쳤다. 그런데 아줌마는 집에서 전화가 오면 두 손 놓고 달려가야 한다. 다섯 살, 일곱 살 아이들이 있기 때문이다. 그때는 천하 없어도 달려간다. 그래서 나는 또 이 두 아이도 돌봐주어야 한다. 그들의 행복과 안전을.

양자물리학에서 물리학자들이 전자를 더 자르고, 원자를 더 잘라서 들어가면 거기는 텅 빈 공간이라고 했다. 그리고 그 미립자들은 단지 서로의 관계 속에서만 무엇이 될 뿐, 거기 어떤 것도 실제로 존재하는 것은 없다고 도인처럼 말한다. 이렇게 사다리 게임을 하듯 축원 게임을 해나가다 보니 미립자들의 세계로 들어선 것 같다. 아마, 이렇게 계속 관계를 쫓아가다 보면 전 지구의 모든 존재들과의 연관이 드러날 것이다. 그리고 결국 나의 행복을 위해 — 무슨 거대한 이상이나 도인이라서가 아니라 — 가장 근원적인 나의 행복을 위해 모두를 축원하게 된다.

얼마 전 비행기를 몰고 가던 기장이 심장마비로 죽었다는 기사가 나왔다. 그때 비행기 여행 전후로 모든 기장들에게 자애관 축원을 보냈다. 요즘은 묻지 마 사건들이 많이 발생한다. 사람들의 스트레스는 결국 누군가를 필요로 한다. 아무도 그들의 스트레스에 귀 기울여주지 않으니까, 그들은 그 절망을 누군가와는 나누어야만 했을 것이다. 그래서 우리는 그 사람과 그 누군가에게도 축원을 해주어야 한다. 어느 누구라도 그 누군가가 될 수 있으니까. 이것이 바로 낮꿈을 디자인하는 방법이다.

프랙탈 우주, 홀로그램 우주라는 말이 있다. 이 지구에서 — 어쩌면 우주,

이 모든 존재계 전 영역에서 — 아무리 작은 일이 발생하더라도 그것은 전체에 영향을 미친다는 것이다. 아침을 먹기 전에 이렇게 우주를 돌아다니며 축원을 마친다. 씻고 아침을 먹고 모임이 있어 사람들을 만난다. 그중 한 사람이 방으로 들어오며 하는 말이

"얼굴이 굉장히 좋아 보여요. 스님 무슨 좋은 일 있어요?"

나는 싱긋이 혼자만 아는 미소를 지으며 답한다.

"네, 아주 좋은 일들이 많이 있어요."

내가 보낸 축원이 그대의 뒤통수로 달려가고, 그대가 보낸 축원이 나의 온몸을 감싸는 그런 우주를 꿈꾸자.

6

내면으로 더 깊이

죽음에 이르는 병. 절망이다. 니체가 말했다. 이제까지 살아오면서 이 말에서 완전히 예외였던 사람은 없을 것이다. 잠 못 드는 밤, 이불을 뒤척이며, 또는 수많은 군중의 무리 속에서 홀로 외로움에 옷깃을 여미며, 가슴 싸아한 이 말을 되뇌었을 것이다.

출구가 보이지 않는다. 오직 문제만 보일 뿐이다. 아마 상황은 그렇게 전제되어 있을 것이다. 그리고 요즘에는 실제로 많은 사람들이 이 상황을 있는 그대로 표현한다. 자살이 늘어나고 있다. 만일 자살이 모든 고통을 종식시켜주는 출구라면, 그런대로 해결이라고 볼 수도 있다. 일단 죽음으로 모든 고통에서 벗어나는 것처럼 보일 테니까.

그러나 불교의 입장이 아니더라도, 서양 예언자의 기록이나 많은 종교에서도 자살을 부정한다. 그것만 보더라도 자살이 결코 문제를 해결하는 방법이 아닌 것은 분명하다. 불교의 입장에서는 오히려 그것이 또 하나의 족쇄가 될 뿐이다. 다음 생에 해결해야 하는.

어느 날, 수행의 길 위에서 나는 이 절망이라는 상황이 무엇을 의미하는지 그대로 보게 되었다. 그것은 마치 사거리에 앉아 물건을 파는 사람이 동쪽에서 오는 사람이 서쪽으로 가고, 북쪽에서 오는 사람이 남쪽으로 가는 것 등을 가만히 앉아서도 당연히 아는 것처럼, 그렇게 일어났다. 어떤 상황에서도 우뻬카평정심를 유지하면 바로 사거리에 가만히 앉아 있는 사람이 된다. 그런 관찰의 과정에서 '아, 절망이란 것은 이렇게 일어나는구나.'라고 확실히 보게 되었다.

유난히 자아가 강한 사람들이 있다. 내가 꼭 무엇을 해야 하고, 내 뜻대로 무엇이 되어야 하고. 이런 사람들은 그만큼 자신에 대해 엄청난 노력을 한다. 그런 능력 때문에 그렇게 자아가 강화되었다고 볼 수도 있다. 그런데 그렇게 성공을 거듭하게 되면 이 사람은 결국 '이 모든 것을 내가 했다.'라는 확고한 신념을 가지게 된다. 왜냐하면 물질계에서 어느 정도 자신의 힘이 자신의 뜻대로 운용되는 것을 보면서 스스로 확신을 얻었기 때문이다. 그러다가 이 사람의 내면에서 그 '내가 했다.'의 '내'가 '내가 한 노력'의 양보다 더 강하게 굳어지면서 '나'라는 것이 모든 것들의 우위를 점령하게 된다.

그때 전체적인 다르마 또는 현상계는 이상한 기미를 알아챈다. '뭐? 네가 했다고? 이 사람이 위험하다. 제자리에 돌려놓아야겠다.' 하는 자비를 일으키면서 이 사람의 잉여 포텐셜인 그 '나'를 부수기 시작한다. '내가 했다.'라고 믿었던 것들이 하나, 하나, 순식간에 부서져 나간다. 사업이 부도나고, 병이 나고, 가정이 파괴되고…. 이렇게 극단적인 일들이 아니더라도 인간관계가 점점 더 악화되고, 도움의 손길은 끊어지고, 믿었던 사람들은 등을 돌린다. 그럼, 이 사람은 순식간에 자신이 의지하고 있던 세계가 사라지는 공포를 겪는다. 마치 자기 발밑의 땅이 한 조각, 한 조각 아래로 꺼져 버리는 듯한. 그러면서 이 사람은 스스로 강하게 구축해 놓았던 그 '나'가 흔적도 없이 부서져버림을 경험한다. 바로 우주의 자비가 정확히 과녁을 맞춘 것이다.

바로 그것을 알려주기 위한 것이었다. '단순히 네가 노력했던 조건의 양만큼 모였다가, 이제 네가 노력은 하지 않고, 실체 없는 '나'를 가지고 힘을 주니까 가짜였던 것들은 모두 부서지게 되는 것이다.'라는 것을 보여준다. 결국 그는 나라고 여겼던 모든 것들이 파괴됨을 몸서리쳐지도록 보게 되면서, '나'가 강제로 박탈된 그런 상황에 처하게 된다. 그래서 에고가 강한 사람, 자의식이 뚜렷한 사람, '나' 실현의 욕구가 강한 사람들이 극단적인 절망에 처하는 경우가 많다. 이런 경우에는 거의 '나'를 일으켜 세울 수 없을 정도로 주변이 막혀온다.

중국 영화를 보면, 주인공이 함정에 갇히고 무엇을 하나 잘못 건드리자 사면의 벽이 주인공을 향하여 좁혀 들어온다. 바로 이것이 절망의 상태다.

사방팔방이 다 막히면서 길이 보이지 않는다. 이때 실로, 길을 못 찾으면 누구나 한 번쯤 자살을 생각할 수도 있다.

그러면 여기에서 어떻게 빠져나올 것인가? 사실 이 비법을 모르면 빠져 나오기가 어렵다. 영화의 주인공이야 감독이 꺼내주겠지만, 그대 영화의 감독은 그대인고로 함께 절망할 뿐이다. 바로 여기다. 우리가 이제 내면으로 향한 여행을 시작해야 하는 바로 그 지점이다.

그대가 누군가에게 화를 내면 어떤가? 그 사람도 그대에게 좋지 않게 대한다. 그런데 그대가 누군가에게 떡을 하나 더 주면 그 사람도 그대에게 웃음을 보여준다. 진리란 아주 평범하고 단순한 것이다. 바로 이것이다. '누군가'들, 그대 이외의 사람들. 즉 세상이다. 그들은 바로 그대의 반영, 그대의 거울이다. 그대가 일을 하면서, 사람을 대하면서, 바로 그대의 마음속 의도를 맺을 때, 모든 것을 나의 욕심으로, 안 되면 나의 분노로 대하면, 세상은, 그대가 철썩 같이 믿고 있던 나의 세상이라는 물질계는, 순식간에 붕괴돼버린다. 여몽환포영. 꿈처럼, 거품처럼, 그림자처럼, 사라져버린다. 특히 '좋다'와 '싫다'가 극명한 사람일수록 절망을 겪을 확률은 100%다. 너와 나가 극명할수록 첨예하고 날카롭고 처참하게 겪는다. 특히 그대가 분노할 때마다 그대의 세상은 돌 맞은 유리창처럼 챙강, 챙강, 깨어져나갈 것이다.

여기까지만 아는 사람은, 갈수록 세상이 미로처럼 꼬인다. 해결책이 보이지 않는다. 이제까지 세상을 반쪽만 살아온 사람이다. 의존하고 있던 물질계가 사방에서 막혀버리면서 비로소 강제적으로 그는 안쪽을 보게 된다. 이제 이렇게 우주의 자비를 맛본 사람은 비로소, 그 반쪽이 가짜였음을 실감한다.

남겨진 것은 자기 마음과의 대화다. 그제야 비로소 이 사람은 내면을 들여다보며 자신과 대화하게 되고, 무엇인가 자신이 잘못되었다는 것을 발견한다. 그렇다. 그는 바깥쪽에서만 살았기 때문에 원천으로 돌아가는 방법을 알지 못한 것이다. 그대의 마음이다.

마음이 물질에 묶여 있을 때, 마음은 자신이 물질인 줄 안다. 마음이 물질의 주인인 것을 모른다. 그 물질이 깨어져 나갔을 때에야 비로소 그 물질이 사라진 텅 빈 자리에서 마음을 발견하게 된다. 나머지 반쪽이면서 사실은 전체인 그 자리를 발견하게 된다.

이제 새로운 출발을 시작한다begin again. 마음이 일어나고, 그 마음이 의도한 바가 물질계에 투사된다. 그러면 그 양만큼의 물질이 그 사람의 감각기관과 접촉하면서 그는 경험이라는 것을 하게 된다. 삶은 곧 경험이다. 마음은 물질에서 많이 떨어져 나와 있을수록 힘이 강하고 안전하다. 그냥 물질을 사용만 하고 떨어져 나오면 되는데, 어떻게 하든 '내 것으로 소유' 하고자 하는 무지한 갈망 때문에 물질을 움켜쥐고 있다가 그것이 사라지면 가슴을 치고 통곡하는 것이다.

그 물질계라고 하는 것은 원래 그렇게 수시로 변한다. — 물론 마음도 그렇지만. 그래서 절망 없는 안전한 삶을 살기 위해서는 내면으로 더 깊이 들어와 올바른 생각을 일으킴으로써 안전한 물질계를 표출시켜야 한다. 내면으로 더 깊이 들어올수록 바깥세계를 사용할 수 있는 힘이 더 커진다. 무의식을 넘어선 상태, 즉 항상 깨어 있는 초의식의 상태까지 들어와야 한다. '나' 없이 존재만 있는 곳. 거기서 바로 창조의 파동이 일어난다.

이제 이 사람은 내면에서 물질계를 잘 운전하고, 물질계에 잘못이 발견되면 거기서 만들어진 건물하고 싸우지 않고, 얼른 마음속으로 들어와 그 잘못된 건물을 만들어낸 자기 마음의 청사진을 바꾼다. 아, 내가 미스터 김, 저 사람에게 성을 냈더니 저 사람이 내 험담을 하고 다니며 나의 진로를 막고 있구나. 그렇다면 미스터 김을 욕하면서 주먹질하고 싸울 것이 아니라, 내 마음속에서 미스터 김에게 성내고 있는 마음을 바꾸어버린다. 미스터 김이 잘되라고 축원을 해주자. 자애관 수행을 하자. 이러면 순식간에 우주의 그림이 바뀌기 시작한다. 바로 이 장면이다. — 사실은 이것이 바로 '시크릿'의 메커니즘이다. 사방에서 좁혀 들어오는 벽에 갇혀 있던 주인공이 기적처럼 슈퍼맨을 만나 하늘로 치솟아 빠져 나오는 장면. 이것이 세상의 법칙이라는 것이다.

세상은 정신과 물질의 이중구조로 되어 있다. 마음이 물질을 만들어낸다. 물론 그 결과로 마음도 물질에 영향을 받는다. 그래서 전자의 마음이 더 강해지도록 마음을 훈련하고, 물질계에서 노니는 시간보다 자신의 마음을 안정되게 만들기 위해 내면으로 들어가는 시간을 더 많이 가져야 삶이 안정되는 것이다.

바깥 물질계를 비틀어대는 가장 큰 주범은 바로 집착이라는 것이다. 바로 그 집착으로, 변화하는 정신과 물질을 내 뜻대로 고정하여 유지하려고 하는 경향성이 에고의 세상이다. 즉 다시 말하면 대상에 대하여 싫어하고 좋아하는 반응이라는 것이다. 그러므로 안과 밖의 균형, 정신과 물질의 균형이 잘 잡힌 삶을 가져야만 우리는 그 절망에서 벗어날 수 있다. 물질계만 알고 있는 사람에게는 그 사방으로 막힌 벽을 뚫을 길이 전혀 없다. 그래서 절망, 죽음에 이르는 병이 온다. 사람들은 그 지점에서 자살, 자신을 파괴하는 것 이외에는 다른 방법을 찾을 수가 없는 것이다.

그러므로 그대는 내면으로 더 깊이, 더 깊이, 들어가라. 거기 그 자리에서 바깥세상을 만날 때까지. 바깥세상이 바로 그대 안에 있다. 그리고 그 세상이 바로 그대의 몸과 마음의 자리라는 것을 발견할 때까지. 그러면 절망 없는 안전한 삶을 살게 되리라. 이러한 깨어 있는 개인들이 많아지면 세상도 평화로워지고, 자연도 안정되며 먹거리도 청정해진다.

《트랜서핑의 비밀》이라는 책을 보면, 물질세계의 좁은 틀 속의 법칙을 익히면 익힐수록 의식의 각성도가 저하되고 그에 따라 현실의 형이상학적 측면을 인식하는 능력이 상실되면서, 사건 과정에 영향을 미칠 수 있는 힘을 잃게 된다고 강조하고 있다.

7

걱정, 그대의 픽션

대부분의 사람들의 머릿속은 생각이 와글와글거린다. 뭔가 혼자 열심히 떠들고 있는데 그것을 살짝 들여다보면 주로 걱정거리다. 아니면, 뭔가 혼자 상상하면서 히죽거리거나 미리 예약 걱정을 하는 것들이다. 명상을 시작하는 사람들이 처음에 하는 말들이 있다. "와우, 내 머릿속에 생각이 이렇게 많은 줄 몰랐습니다." 명상이란 자신을 관찰하는 것으로 시작하기 때문에 전혀 예상 못했던 그런 것들이 발견된다. 그런데 명상을 하기 전에는 그렇게 많은 생각 속에 치여 살면서도 왜 그것을 알지 못했을까? 그러나 이제 명상을 시작하며, '아, 내 머릿속에 그렇게 많은 생각들이 있었나?'라고 알기 시작했다면, 이제 그대는 명상자라고 불릴 만하다.

사람들의 가방을 들여다보면 거기 무엇이 있는지 알게 된다. 그리고 본인은 그 안에 있는 것들이 왜 거기 있는지를 알고 있다. 자신에게 필요한 것들을 하나하나 넣어가지고 나왔기 때문이다. 그런데 매일 달고 다니는 이 머릿속 생각들에 대해서는, '그런데 내가 왜 그 생각을 하고 있지?'라고 물어본다. 그리고 '그 생각들을 안 하려면 어떻게 해야 하지?' 물어보지만 답을 알지 못한다. 그래서 머릿속을 뒤집고 들어가보자.

'철수는 정말 이런, 이런 면이 좋아. 아, 정말 좋아…. 영희는 말투가 그게 뭐야. 주는 것 없이 미워. 미워, 미워…. 일주일 후에 영자와 만나기로 했는데, 그때 영자는 분명히 이렇게 말할 거야. 그 일이 성사되지 않으면 어떡하지. 이번에 취직을 해야 방세도 내고, 가방도 사고…. 지난번에 백화점에서 봐두었던 그 멋진 백, 그때까지 있어야 할 텐데….'

아까 올려놓았던 커피 물은 한참 전부터 빽빽거리고 있는데 마음은 천지사방으로 흩어져 모아지질 않는다. 간신히 삐삐 주전자의 소리에 밀려 커피를 타가지고 와서는 한 모금 홀짝 마시고는 다시 시작된다.

'어제 만난 그 사람 느낌이 안 좋아. 가만 있어봐, 민호에게 전화해야지.'

커피잔을 들어 마시려고 보니, 이미 다 마셨다. 이런, 언제 다 마셨지? 아, 정말 시끄럽다. 머릿속은 그렇게 늘 시끄럽다. 아주 소수의 사람들을 제외하고 사람들은 자신들의 머릿속이 그렇게 늘 삐삐거리고 있는지 알지도 못하고, 그런 시끄러움 없이 고요한 상태가 무엇인지는 더더욱 상상조차 하지 못한다.

누구의 머릿속이라도 잘 살펴보면 오직 두 가지만 하고 있을 뿐이다. 과거 기억과 미래 상상. 그런데 누구 지금 과거에 살고 있는 사람 있나? 미래에 살아본 사람 있나? 가짜다. 우리는 지금 커피를 마시면서 혀에 닿는 그 맛의 인지에 따라, '아, 지금 커피를 마시고 있다.'라는 생각을 할 수 있다. 최소한 거기까지가 실제상황이다. 요즘 말로 팩트fact다. 그런데 차를 몰고 가면서, 그 집 커피 맛이 변했어. 이전과 같지가 않아. 다음번에는 다른 곳으로 가야지. 이것은 이미 과거에 대한 기억이다. 정보변경이라고 치면 그래도 거기까지는 용납이 된다.

그러면 이제부터는 영호와 커피 마셨던 그때 그 커피숍으로 가서 거기 커피는 어쩌고저쩌고 혼자 떠들기 시작하면 거기서부터 이제 효율성하고는 전혀 상관없는, 마음 혼자 실타래처럼 둘둘둘 풀려나가기 시작하는 빠빠차마음의 확산의 단계로 들어간다. 그러면 여기는 그야말로 마음이 쓰레기통으로 바뀌는 시점이다. 그렇게 쓰레기통을 증폭시켜가며 가다가, 빨간 신호등에 걸려 잠시 정지한 시선. 앞의 옷가게 마네킹이 입고 있는 가을 옷을 보는 순간, 수많은 옷들이 머릿속에서 패션쇼를 시작한다. 다음 주 미팅에 무슨 옷을 입을까? 빨강, 파랑, 노랑…. 이것 역시 미래 상상이 나래를 펴고 과거 쓰레기통 옆에, 또 하나의 미래 쓰레기통으로 질주하는 장면이다. 이렇게 마음은 자신의 에너지를 '생각하기'에 낭비한다. ― 아니 '생각당하기'라고 하는 편이 더 적절하겠다.

이런 팩트가 아닌 장면들을 우리는 망상이라고 부른다. 그래서 명상을 시작하면 우리는 이 쓸데없는 것들을 제거하는 작업부터 시작한다. 마치

방을 잘 쓰려면 청소를 먼저 해야 하는 것처럼. 과거 기억들이 일어나면 '과거 기억들'이라고 말하고 놓아버리기. 즉 쓰레기통에 확실하게 처박기. 미래 상상이 일어나면 자각하고 이것을 별 실용성이 없는 그저 '미래 상상'이라고 자각하고 놓아주기.

이렇게 했을 때 우리는 굉장히 시원하고 청정하고 편안한 느낌을 갖는다. 모두가 말한다. 뭔가 새로워진 것 같고, 이유 없는 행복감이 느껴진다고. 맞다. 그것이 바로 마음의 분주함과 시끄러움을 청소한 사람이 가지게 되는 당연한 대가, 자유로움이다. 이것은 뭐 그렇게 비싼 것도 아니고, 어려운 것도 아니고, 단순히 약간의 집중과 자각과 결단이 필요할 뿐이다. 그리고 그들은 그 수많은 망상 속에서 꿈꾸던 그 행복이란 것을 조금 맛보게 된다. 아이러니컬하게도 그것들에 관한 모든 망상을 버린 그곳에서.

그런데 그렇게 깨끗이 씻은 후 다시 일상생활 속으로 돌아가면, 그들은 다시 사람들과 상황들 속에 무의식적으로 빠져 들면서 생각 속으로 침몰한다. "명상, 좋긴 한데…. 내가 할 일이 얼마나 많은데…. 그건 시간낭비야. 나중에, 나중에 좀 더 한가해지면…." — 그런 날은 평생 오지 않을 걸.

이렇게 말하면서 다시 생각에 생각을 거듭하며 마음을 더럽히기 시작한다. 그리고 잠시 끄적거리고 잔다. 인생은 왜 이렇게 힘들고 복잡할까…. 그렇게 생각하고 결정하고 믿고 잔다. 생각이 없다면 복잡하고 슬프고 괴로울 수 있을까? 그들은 낯선 행복 대신에 다시 익숙한 고통을 선택한다.

생각은 실제가 아니라 상상이고 기억이다. 그대의 픽션이다. 그것은 살아 있는 호랑이가 아니고, 호랑이에 대한 정신적 프린트에 불과한 것이다. 그런데 호랑이라고 도망 다니고, 진땀 흘리고, 눈물 흘리고, 뛰다 넘어지고, 난리가 난다. 그러니 꿈속과 다르지 않은 것이다.

잠시 자신의 내면으로 들어가 그 호랑이를 만날 시간을 가져야 한다. 자기가 그린 호랑이이기 때문에 마음만 먹으면 언제라도 귀여운 강아지로 바꿀 수도 있고, 그냥 텅 비워버릴 수도 있다. 생각들은 가짜다. 생각의 내용을 따르지 말고 그냥 놓아버려라. 그러면 거기가 평화의 자리가 된다. 이것은 굉장히 쉽다. 평화를 얻는 방법 말이다. 우리가 그 모든 부잡스런 생각을 문득 놓고, 그냥 커피를 마시고 숙제를 하고 옷을 입으면, 그것 자체가 행복이라는 것이다. 그런데 생각은 결코 그것에 대해 생각하기를 멈추지 않는다. 깨달은 이들이 그대와 그렇게 많이 다르지 않다는 것은 희망이 아니겠는가?

> 봄에는 꽃들이 피고, 가을에는 달빛이 밝다.
>
> 여름에는 산들바람이 불고, 겨울에는 흰 눈이 내린다.
>
> 쓸데없는 생각만 마음에 두지 않는다면
>
> 이것이 바로 우리 세상의 좋은 시절이라네.
>
> – 중국 조주 선사의 게송, 《뜰 앞의 잣나무》(정찬주 지음) 中에서

8

보시기에 좋은 얼굴

부처님께 바치는 수식어 중에는, '목소리가 맑고', '듣는 사람을 유쾌하게 만들고' 등의 여러 가지가 있다. 그 명호 중에 '수다싸니야 *sudassaniya*'라는 형용어가 있다. 이 말은 '보기에 좋으신 분'이라는 뜻이다. 영어로 말하면 굿 룩킹good-looking이 될 것이고, 우리말로 풀자면 '어, 그분 정말 인상 좋던데….' 정도로 표현할 수 있을 것이다.

성형강국 코리아에 사는 우리가 '얼굴이 보시기에 좋으려면' 어떻게 해야 할까?

"아니, 스님 그걸 모르세요? 돈 벌어서 성형외과 가면 되잖아요."

삐~! 오답이다. 어떤 여배우가 나이가 들어서도 얼굴에 전혀 손대지 않고 그냥 웃거나 화내거나 울 때 그 수많은 잔주름이 그대로 드러나도록 둔다는 이야기를 본 적 있다. 왜냐하면, 그래야 배우로서 그 역할의 감정 표현을 제대로 해서 시청자들에게 전달할 수 있기 때문이란다. 이분은 배우이기 이전에 한 사람의 완성된 인간인 것 같다. 그리고 그 완성을 보여 주는 역할로 배우라는 기능을 사용하고 있는 것 같다. 그러면서 이분은, 요즘 많은 동료나 후배들이 성형수술을 해서 얼굴 모습이 인조적이라 내면의 섬세한 감정을 표현해야 할 때 오히려 일그러진 모습이 나타나 보기 흉하다는 안타까움을 토로했다.

그렇다면 성형으로 얻은 인조적 아름다움은 완성이나 좋은 인상하고는 좀 거리가 있음에 틀림이 없다. 그렇다면 어떻게 해야 부처님처럼 '보시기에 좋은 인상'을 얻을 수 있을까? 사람들이 이 부분에 대해서 그다지 깊이 생각하지 않는 것은, 아마도 그런 것들이 자신에게 그렇게 큰 이익을 준다고 생각하지 않기 때문일 것이다. 실제적으로는 아주 결정적인 재산일 수도 있는데, 사람들이 여전히 그다지 신경 쓰지 않는 부분이 바로 '인상'이다. 가령, 만일 그대가, 내가, 누군가를 면접한다면 같은 조건에서는 분명 인상이 좋은 사람을 선택할 것이다. 그렇다면 이것은 바로 재산에 속하는 것이 된다.

얼마 전, 모임이 있어 대학원에 들렀다가 일을 마치고 나오면서 잠깐 문가에 서 있었다. 그런데 한 외국인 비구 스님이 쓰리빌 ― 바퀴가 3개 달린 이동수단 ― 을 타고 도착했다. 이제 막 대학원에 수업을 들으러 오는 길인 모양이었다. 나는 문가에 서 있고 그 스님은 그 앞에 내렸으니 눈이 마주치는 것은 당연하다. 그리고 원래 스님끼리는 초면이라도 그저 얼굴만 보아도 서로 인사하는 것이 예법이다. 이 스님이 쓰리빌에서 내려 아주 환하게 웃으면서, 자기가 방금 타고 온 쓰리빌을 손으로 가리킨다. 내가 쓰리빌을 기다리는 줄 알고 자기 것을 타고 가라는 신호다. 나는 그날 다른 볼 일도 많아서 차를 렌트해서 기다리던 중이었다. 아니라고 고개를 저어 의사를 전했다. 그 스님이 이제 내가 서 있는 문을 지나, 대학원 안으로 들어갈 때, 나는 아주 자연스럽게 이렇게 말하고 있었다.

"함두루 — 스리랑카 말로 스님 —, 미소가 너무 멋집니다."

스님은 다시 한 번 씩 웃고는 교실로 들어갔다. 그 단 한 번의 미소. 거기에 무엇이 있기에 그렇게 생전 처음 보는 사람들이 마치 한 10년은 알고 지내온 사람들처럼 웃고 사라지는가? 그것은 바로 승려가, 혼자 있는 그 수많은 초와 분 속에서 마음과 마음을 어떻게 사용하고 조련하고 수용했는지가 그대로 나타나는, 바로 한 찰나이다. 나는 그 순간 그 승려가 무엇을 하고 살아왔는지를 순식간에 알 수 있었기 때문에 그렇게 말할 수 있었다.

몇 년 전 여름, 한국에 들어가 위빠사나 집중수행을 지도하기 위해 한 수련원에 갔는데 거기 참 우연히도 스리랑카에서 대학원 과정을 같이 배웠던 미얀마 스님이 와 있었다. 그런데 이 스님이 막 한국말을 배우는 중이었는데, 내가 무슨 말만 하면 "짱이야!" 하곤 했다. 내가 "앗, 스님! 그런 말을 도대체 누구한테 배웠어요? 도대체 뜻이나 알고 쓰는 거예요?"
하고 다그치니, 주변에 있던 스님들은 모두 모르는 척 침묵이다. 아마도
그 스님이 여기 있었다면 그야말로 "짱이야!" 했을 장면이다.

　그런데 이 짱 스님 이야기를 하나 더 하자면, 내가 그 말을 들으며 기
막혀 했더니 그 주변의 비구 스님들이 모두 시침을 뚝 떼고는 "헐!" 한다.
내가 "뭐라고요?"라고 물었더니 요새는 한국에서는 '할' 대신 '헐'을 한
다나…. 사실, 그 당시에 '짱'은 알아들었는데 '헐'은 도대체 무슨 말을 하
는 상황인지 감을 잡지 못했었다. 그러다가 나중에 인터넷을 보면서 그 맥
락을 알고는 혼자 큭큭 웃었던 기억이 있다. 정말 이런 상황을 보면서 내
가 '할' 대신 '헐' 할 판이다. 참고로 '할'은 중국 참선 용어다. 제자나 신
도들이 질문을 하면서 습득해야 할 것들을 머리로, 지혜로, 생각으로 주
절주절 떠들어 대면, 깨달은 선사들이 순식간에 '할!' 소리를 질러버린다.
그것은 생각을 놓고 그 순간, 할 소리에 딱 멈추어버린 그 존재를 보라는
뜻이다.

　스리랑카 마트에서 음식을 사려고 카트를 이리저리 밀고 다니면, 엄마를
따라온 아이들이 눈을 똥그랗게 뜨고 쳐다본다. 아이들에게는 머리를 박박
깎은 외국 스님들이 영 신기한 장면일 수밖에 없다. 그러면 나는 그 동그랗
게 까맣고 희고 무지무지 커다란 — 이 나라 아이들은 눈이 엄청 크다. — 눈에
내 눈을 맞추고는 씩 웃어준다. 그럼 거의 99%는 요 녀석들도 호기심 반,

기분 좋음 반 등을 섞어서 말갛게 웃는다. 그러면 다시 나는 눈까지 웃으면서 "아우 요 녀석 웃음이 너무 이쁘네, 아구 예뻐!"라고 한국말로 말해준다. — 형용사는 한국말로 해야 느낌이 산다. 그러면 녀석은 제 엄마 치맛자락을 잡고는 뒤로 도망가며 눈만 다시 한 번 빼꼼하게 내놓고 숨어버린다. 나는 아이가 안전하게 잘 자라고 원하는 것들을 성취하라고 축원을 해준다.

논문이 막바지에 접어들면서 아줌마를 새로 구할 일이 생겨 여러 사람을 면접 보게 되었다. 이제 한 사람을 정해야 하는데, 그중 한 사람이 인상이 많이 떨어졌지만 알 만한 사람의 추천이 있어 그 사람으로 결정을 하려던 참이었다. 그러던 중 내가 무엇을 주문하고, 그 사람이 좀 짜증 섞인 모습으로 나를 확 쳐다보는데, 앗, 거의 무섭다는 생각이 들 정도의 얼굴이 딱 나타났다. 인상이 좀 안 좋긴 했어도 그렇게 험한 모습은 없었는데…. 그 사람이 짜증을 내는 순간 — 물론 짜증은 순간 감추어졌지만 — 그 모습이 확 드러나 버렸다.

지인의 부탁으로 그 사람을 면접했는데, 결국 나는 그 사람을 쓰지 않았다. 아니, 쓰지 못했다. 그리고 그 사람에게 축원을 해주었다. 보통은 사람들에게 지금 막 당면한 소원이 성취되도록 축원을 해주는데, 이 사람에게는 '좋은 인상이 성취되기를 축원합니다.' 하면서 좋은 인상으로 좋아진 모습을 투사해주었다. 아마 그 사람은 왜 자기가 선택되지 않았는지 뭔가 여러 가지 다른 생각을 하고 있을 것이다. 자기 자신은 절대 모르는 숨은 얼굴. 보이는 듯 보이지 않는, 나만 모르게 보이는 얼굴!

인터넷 스카이프 화면으로 한국의 수행자들과 화상 면담을 하던 중이었다. 그때, 어떤 사안에 대해 의견을 수렴하면서 이런저런 쪽으로 결정이 났다. 그리고 그것을 발표했을 때, 그중 한 사람이 겉으로 표현하던 말과는 다르게 입이 저절로 일그러지는 모습이 순간적으로 드러났다. 말로 표현하자면 '쳇, 뭐야?' 이런 마음의 표출이었다.

'앗, 저 사람이 저런 생각을 하고 있었나?'

그 사람이 평소에 보여주던 착하고 고결하고 이타적인 인상과는 전혀 다른 반응이었다. 그런데 그 사람은 그 모습이 그 순간 타인에게 그렇게 보여졌다는 것을 죽어도 모를 것이다.

사람들이 가장 놀라는 것은, 처음으로 자애관 수행을 할 때다. 자애관 수행에서 나는 입꼬리가 귀까지 올라가도록 억지로라도 웃음을 만들어 시작하라고 권한다. 그래서 어떤 경우는 거울을 보면서 하기도 한다. 그때 어떤 우직한 중년의 남자 수행자가 이런 고백을 했다.

"스님, 저는 제 미소가 천사 같은 줄 알았습니다. 그런데 미소를 짓는다고 지었는데…. 아, 거울에 나타난 것은 누군가를 비웃고 있는 '썩소'였습니다."

그는 50년 동안 자신이 미소를 짓고 있다고 생각했지만, 주변 사람들은 그의 썩소를 뒤에서 비아냥거렸을 것이다.

수천만 원의 수술비를 들여서도 이런 보이지 않는 얼굴의 어떤 치명적인 일격을 성형할 수는 없다. 그것은 돈으로 해결이 안 된다. 그런데 그런 얼굴이 어떤 결정적인 성공의 순간에 나를 나락으로 밀어 떨어뜨린 한 방이 되지는 않았을까? 그런데 우리는, 내가 돈이 없어서, 스펙이 없어서, 부모를 잘못 만나서… 등으로 잘못 해석하고 있었던 것은 아닐까?

일반적으로 보면 분명히 못생긴 얼굴인데도, 어떤 배우나 탤런트, 가수들이 대중에게 엄청난 인기를 얻는 경우가 있다. 그런 사례를 주위에서 많이 보고 듣는데도, 우리는 그 비밀을 자주 놓치고 있다. 바로 앞에서 말한 그 외국인 스님과의 일별이다.

순간에 한 방 날리는 미소. 거기에 인생 전체의 결정판이 드러나는 것이다. 그러면 붓다의 '보기에 좋으신 분'이라는 형용어가 무엇을 말하는지 조금은 짐작이 갈 것이다.

내가 이렇게 말하면 저기 영희, 철수가 슬그머니 손거울을 꺼내 입을 좌우로 씰룩거려주면서 이제 미소 짓기를 연습한다. 그런데 영희 씨, 철수 씨, 그건 아니라는 것 정도는 알겠지요?!

아까 어떤 책을 보다 보니 이런 말이 툭 튀어 나온다.

모든 행동들은 마음에서 비롯된다.

All actions originate from the mind.

9

돌아온 200달러

어떤 사람이 스리랑카 불교 유적지에 갔다가 잠을 자려고 누웠는데 발을 뻗고 보니 발쪽에 부처님 상이 있어 돌려 누웠다. 그런데 생각해보니 그쪽 방향에도 부처님 상이 있었다. 그 사람은 그렇게 밤새 뱅뱅 돌다가 결국 한숨도 못 자고 앉아서 밤을 꼬박 새웠다는 이야기.

스리랑카는 불교 국가다. 한국하고는 상황이 많이 다르다는 뜻이다. 이들에게는 불교가 종교 이전에 그들의 전통이다. 우리가 설날을 쇠고 추석 지내는 것과 같다. 새벽에 삼귀의가 울려 퍼지고 오계가 스피커로 생생하게 흘러나온다. 그래서 이 나라 사람들은 빠알리어로 오계를 모르는 사람이 없다. 한국사람 중에 아리랑을 모르는 사람이 없듯이 말이다.

지난 토요일에 아줌마에게 현금으로 월급을 주었다. 그런데 오늘 점심을 내오면서 아줌마가 계산이 잘못되었다고 한다. 늘 인터넷으로 계좌이체를 하다가 현금으로 주면서 내가 숫자를 잘못 세었나 하고 다시 수첩을 보고 확인했다. 그런데 숫자는 맞았다.

아줌마가 하는 말이,

"그게 아니라, 100루피가 더 왔어요."

한국 돈으로는 1,000원 정도다. 그래서 그것을 돌려주겠다고 한다. 그러라고 했다. 그러면서 아줌마의 등을 토닥거려 주었다. 기특하다는 뜻.

'아딘나다나 왜라마니 식카빠당 사마디야미….'

주지 않은 물건을 가지지 않는 계를 지키겠습니다.

그것은 기특함을 넘어서 차라리 고마운 일이었다. 이 나라 사람들의 월급 수준은 한국하고는 비교가 안 된다. 대학교수의 한 달 급여가 한국 돈으로 100만 원이 좀 못 된다고 한다. 물론 그들의 대학교육은 전 과정이 무료라는 점을 참고해야 하겠지만 말이다. 그러니 100루피는 일반인들에게 결코 적은 돈이 아니다. 아이를 생각하면 아이에게 100루피로 해줄 수 있는 것이 아주 많다. 나는 아줌마가 나간 뒤, 무한한 축원을 해주었다. 그 정직함을 잘 키워서 더 높고 고결한 차원으로 승화되어 깨달음을 성취하라고.

이 나라 불교대학을 다닐 때, 한 교수 스님이 프랑스에서 공부하고 돌아와 학생들을 가르치고 있었다. 그 교수 스님은 프랑스에서는 물건을 잠깐 잊어버리고 놓고 가도 돌아와 보면 그 자리에 틀림없이 그대로 있다고 했다. 그 말을 하며 몹시 부러워했다. 그러나 나는 그 말을 교수 스님에게 들으며 마음이 편치가 않았다. 아니, 우리의 오계는 어디에 갖다버리고 서양의 에티켓을 칭찬하는가? 그리고 그것을 대중들에게 가르칠 책임은 우리 승려들에게 있는 것이 아닌가? 솔직히 스리랑카에서 매일 아침 그렇게 오계가 낭랑하게 울려 퍼지건만 길가에 돈 100루피가 떨어져 있으면 순식간에 사라진다.

인도에서 불교 세미나가 열렸을 때, 한 스리랑카 연사가 오계에 관한 주제를 발표했다. 그래서 내가 "나는 현재 스리랑카에 살고 있는데, 스리랑카 사람들이 실제적으로 이 오계를 얼마나 잘 지키고 있는지 말해달라."고 했다. 그러자 의장이 이런 말을 했다. 오직 아카데믹한 질문만 하라고…. 뭐라고? 그 순간 내가 얼마나 놀랐는지. 그런데 그 사람도 스리랑카 사람이었다.

내가 생각하는 불교국가는 절이 많은 국가가 아니라, 불교인들이 모두 오계를 잘 지켜 길거리에 보석이 널려 있어도 아무도 손대지 않는 그런 나라다. 음, 내가 너무 이상만 추구한다고? 아마 그래서 그 세미나의 의장이 나에게 아카데믹한 질문만 하라고 했는가 보다.

시장에 다녀오다가 문서를 바인딩할 일이 있어 가게에 들렀다. 그들이 바인딩을 하는 동안 충전용 전화카드를 사서 1,000루피를 충전했다. 가게 사람들은 내가 스님이고 외국인이라 호기심을 보이며 다가와 이것저것 물어보고 이야기를 나누었다. 그리고 바인딩이 끝나자 나는 차를 타고 그 가게를 떠났다.

그런데 한 10분 정도 가다 생각해보니 아차, 전화카드 값 1,000루피를 안 주고 왔다. 그 사람들도 일단 충전 먼저 해주고 이야기를 하다가 깜박 잊어버린 듯했다. 차는 벌써 거기로부터 한참을 떠나와 있었다. 같이 동승한 아줌마에게 이야기하여 빨리 차를 돌리라고 했다.

다시 가게로 돌아가 돈을 돌려주고 나니, 그 가게 사람들이 다 차 쪽으로 몰려나와, 아줌마가 100루피를 돌려주었을 때 내가 지었음직한 그런 표정으로 나를 쳐다보고 있었다. 나는 손을 흔들어주고 그곳을 떠났다.

왜 우리는 이렇게 너무나 당연한 일들에 이다지도 감동해야 할까? 그렇지 않은 일이 너무나 많다는 말이 된다. 생존이 각박하다 보니 생존의 도구라고 하는 이 돈에 사람들이 너무 많이 몰입해 더 중요한 자신의 고결함을 지키는 것이 어려워졌다.

그러나 나는 안다. 100루피를 돌려준 우리 아줌마가, 자기가 대학교수라고 시간약속도 안 지키는 어떤 불교학 교수보다 그 순간만큼은 더 높은 차원에 있었다는 것을. 그리고 그 공덕은 작지 않아 크게 되돌려 받으리라는 것을. 벌써 나조차도 아줌마네 아이들에게 무엇을 선물해줄까 고민하고 있으니 말이다. 물론 그 선물은 100루피를 훨씬 넘을 것이다.

생각해보면 이런 일도 있었다. 내가 스리랑카에 온 지 얼마 안 되었을 때의 일이다. 그때 생활비로 쓰기 위해 200달러를 들고 나가 환전을 하려는 참이었다. 네팔 비구니가 함께 동행해주었다. 그때는 달러 환전을 하기 위해서 시내 중심가에 있는 백화점으로 가곤 했다. 나는 사람들과 부대끼는 게 싫어 웬만하면 만원버스는 타지 않는데, 함께 동행한 네팔 비구니가 그냥 타고 가자고 하여 마지못해 차에 올랐다.

이때 나는 등에 배낭을 메고 있었고, 200달러는 배낭 뒷주머니에 넣어두었다. 지금 생각해보면 그것도 참 이상한 일이었다. 평소 타지도 않던 만원버스에, 돈 같은 것을 엄청 꼼꼼하게 챙기는 내가, 200달러나 되는 돈을 손이 닿지 않는 배낭 뒷주머니에 넣어놓다니. 스리랑카는 황색가사의 스님들이 타면 자리를 양보해주어 앉기는 했어도, 여전히 사람에 밀리는 상황이었다. 간신히 내려서 백화점에 들어가려고 가방을 챙기는데, 이런, 배낭 뒷주머니에 넣어두었던 200달러가 없어졌다. 황당한 마음으로 되돌아왔다.

그날 저녁에 명상을 하며 이 상실감을 달래야 했다. 여러 가지 생각이 일어났는데 그중 하나가, 그 네팔 비구니가 경제적으로 매우 어려웠고, 내가 달러를 바꾸러 간다는 것을 알고 있는 유일한 사람이었으며, 또 그 돈이 배낭 뒷주머니에 있다는 것도 알고 있었다는 사실이었다. 자꾸만 그쪽으로 의심이 생기니 내가 내 마음을 감당할 수가 없었다. 그래서 잠시 명상에 들어 마음을 다 내려놓고 나서 이렇게 결론을 내렸다.

　나는 이제까지 남의 물건에 손을 댄 적이 없고, 또 누가 내 물건을 가져간 적도 없었다. 그런데 지금 내 일상에 아주 큰 영향을 줄 만한 금액의 돈이 없어졌다. 그럼 이것은 둘 중 하나다. 내가 이전에 누군가의 것을 가져갔기 때문에 이번에 그것을 갚은 것이다. 아니면, 누군가가 나보다 그 달러가 더 필요해서 가져간 것이다. 전자도 좋고 후자도 좋다. 그러나 후자라면 이 돈은 나도 꼭 필요하니, 나에게 돌아올 것이다. 사실, 당시 200달러는 한 달 생활비 중 매우 큰 부분이었다. 이렇게 마음을 추스르고 그 문제를 놓아버렸다.

　그로부터 두세 달 후, 이 문제가 마음속에서 사라졌을 즈음, 한국 절에서 큰스님이 오셨으니 절에 들르라는 전갈이 왔다. 그때 감기 기운이 있어 갈까 말까 망설이다가 그래도 큰스님이 오셨다니 인사라도 드리자는 마음으로 절로 발걸음을 옮겼다. 뜻밖에도 지금은 돌아가신 숭산스님께서 외국 제자들과 함께 와계셨다. 스님께서는 외국에서 공부하는 우리들을 격려해주셨고, 법문 끝에 우리 모두에게 보시금을 주셨다. 모두에게 각각 200달러씩 주셨다. 그 당시에 누군가로부터 우리가 200달러를 받는다는 것은 정말 상상할 수도 없는 일이었다. 그런데 그때는 그냥 무심코 고마운 마음으로 받았다. 그리고 나서 며칠 후에 명상을 하는데 이런 생각이 탁 떠올랐다. 아, 그 200달러가 돌아왔구나!

지금은 사람들에게 정직한 마음을 선택해야 한다고 말하는 것이 오히려 두렵다. 사람들의 삶이 너무 깊이 물질에 침몰되어 있고, 그 물질의 양에 좌지우지되기 때문에, 사람들이 생존 앞에서 정말 정직을 선택할지 모르겠다. 그리고 그것을 선택해야 한다고 강요하지도 못하겠다. 그러나 모든 것은 부메랑처럼 되돌아온다. 그것만큼은 너무나 명징한 법칙이니 차라리 그런 지혜를 알려주고 싶을 뿐이다.

그러나 나는 안다. 100루피를 돌려준 우리 아줌마가,
자기가 대학교수라고 시간약속도 안 지키는 어떤 불교학 교수보다
그 순간만큼은 더 높은 차원에 있었다는 것을.
그리고 그 공덕은 작지 않아 크게 되돌려 받으리라는 것을.

10

기이한 현상들

어떤 일을 계기로 30대 초반의 스리랑카 여자를 만나게 되었다. 그녀는 제삼자를 통해 내 이야기를 들었고 내가 스님이라는 것을 알고는 꼭 만나고 싶었다고 한다. 자신이 다른 사람의 마음을 읽을 수 있고, 때로는 그 사람의 마음을 약간은 움직일 수도 있다고 했다. 그래서 그럼 내 마음을 한번 읽어보라고 했더니 아주 정확하게 집어내었다. 덕분에 나도 그녀를 신뢰하게 되었다. 그런데 그녀는 자신에게 왜 그런 능력이 있는지, 그리고 어떻게 해야 하는지 모르겠다며 나에게 조언을 구했다.

그런 일이 한국에서도 있었다. 30대 후반의 남자인데 특정한 무술도 하고 있다고 했다. 이 사람은 특별히 나라에 무슨 일이 있을 때면, 그 일들이 마치 스크린에 비치는 영화처럼 휙 스쳐 지나간다고 했다. 그러고 나면 실제로 그런 일들이 일어나곤 했단다. 그러나 그 역시 자신에게 왜 그런 남다른 능력이 있는지 몰랐다. 자기가 어떻게 해야 하는지 모르겠다며 걱정하고 있었다.

며칠 전에는 한 통의 이메일을 받았다. 어떤 사람이 자기 몸이 요동을 하고, 자신의 목소리가 아닌 남의 목소리를 내고, 주변에서는 귀신이 들렸으니 굿을 하라고 하는데 스님에게 조언을 구한다는 내용이었다.

나도 이전에는 이런 일들이 신기하기도 했고, 또 두렵기도 했다. 특히나 수행하는 과정에서 아직 확신이 들기 전에는 많은 위험도 있었다. 그러나 마음과 물질계가 파악된 지금은 이런 것들이 너무나 분명하다.

우리가 다섯 감각기관으로 향하며 반응하는 마음을 조금만 모으면, 마치 출렁이는 물이 가라앉고 수면이 고요해져 거기에 있는 물상들이 보이는 것처럼, 내 마음이 어떤 과거나 미래의 현상 혹은 남의 마음을 알게 된다. 진리의 제로 영역에서는 과거, 미래, 너와 나가 없기 때문이다. 그리고 그 알게 되는 영역은 그 사람의 관심 영역이거나 아니면 그 사람과 까르마적으로 친밀한 영역이다.

그런 수행을 불교에서는 마음을 한 가지에 집중하는 수행, 즉 사마타 수행이라고 한다. 그러나 그 사람이 그 현상에 집착하면서 그것을 자신의 것으로 삼고, 자신을 뭔가 특별한 존재로 여기기 시작하면 그 현상에 갇혀서 앞과 뒤가 막혀 버린다. 위에서 만난 두 사람이 그런 경우다. 자신들을 뭔가 특별한 사람이라고 생각하고 — 물론 의식적이 아니라 무의식적으로 — 세상에 섞이지도 못하고 그 능력으로 살아가지도 못한다. 그러니까 스스로 답답하다.

나는 위의 두 사람 모두에게, 그것을 놓고 지혜를 얻는 수행을 하라고 했지만 두 사람은 더 이상 연락이 없다. 지혜의 수행은 눈에 보이는 것이 아니라서 사람들은 그것에 오랫동안 집중하지 못한다. 그러나 지혜의 수행은 눈에 보이는 결과는 없지만, 내면에서 집착이 떨어져 나가면서 자유감이나 행복감이 일어난다. 그런데 그것은 이 세상 그 어떤 좋은 것과도 비교할 수가 없다.

이런 것을 알게 되면 텅텅 비어가면서 점점 자유로워지고 행복해진다. 부처님께서는 그래서 사마타 수행에서 일어나는 그런 초능력들을 일반 대중에게 드러내는 것을 엄히 금하셨다. 사마타 수행은 지혜를 얻는 위빠사나 수행을 위한 집중력을 연마하는 것으로 사용해야 한다고 하신 것이다.

더 나쁜 것이 세 번째 경우다. 이런 경우는 자신의 마음을 인간이 가지고 있는 파동권보다 낮게 사용하면서 인간보다 낮은 파동권의 존재들에게 휘둘리는 경우다. 우리는 인간을 형상으로 인지하지만 이것은 감각기관인 눈이 외부의 파동을 빛으로 눈에 각인하고, 그것이 전기신호가 되어 두뇌의 뉴런세포에서 이전의 정보들과 만나 인지가 일어나고, 이것이 두뇌의 시각피질에 나타나면 우리가 그림으로 해석해낸 것이다. 즉, 우리 눈으로 인지하는 형상들은 사실 저 바깥이 아니라 우리의 시각피질 속에 투영된 것들이다.

우리는 외부의 파동을 해석하는데, 이때 이 파동들을 해석해내는 이전의 정보들이 우리의 인생을 결정한다. 예를 들어, 어떤 사람이 동물을 마구 학대하면 그 학대했던 정보가 이 사람 머릿속에 가득 찬다. 그런 사람에게 밤중에 멀리서 개 짖는 소리가 들려온다면? 이 사람은 저 개들이 자신을 공격한다고 해석하고는 도망을 가거나 공포에 질린다. 그리고 자신이 한 그 해석에 갇혀버린다. 그러니까 사실 우리의 삶은 우리가 어떻게 외부정보들을 해석하느냐에 달려 있는 것이다.

위의 세 번째 경우는 우리가 사회에서 종종 부딪히는 사연이면서도 딱히 어떤 해결방법을 모르는 경우다. 나도 종종 문의를 받긴 하지만 딱히 뭐라고 대답을 줄 수가 없었다. 인간에게는 인간의 주된 사회와 상호교류하는 특정한 파동권이 있다. 그런데 그 파동에 심하게 해를 주거나, 어떤 심리 상태로 — 주로 미움이나 증오, 지독한 애착, 또는 원인 모를 불안인 경우가 많다. 교만도 엄청나게 낮은 파동을 불러온다. — 그 기본 파동권에서 떨어지면, 다른 낮은 파동권과 교류가 일어나면서 몸과 마음에 저런 교란현상이 온다.

이때는 사실, 내면에서 미움이나 증오에 대한 기억들을 걷어내야 하는데 저런 파동권에 떨어진 경우는, 이미 그럴 힘이 없는 경우가 많아 도움을 주기가 쉽지 않다. 밖에서 무엇이 들어온 것이 아니라, 내면에 그것을 불러들이는 원인을 가지고 있기 때문이다. 멀리서 축원을 해줄 수 있을 뿐이다.

미국의 예언자, 에드가 케이시Edgar Cayce의 파일을 보면, 권력층에 있던 사람들이 그 권력을 개인의 사사로운 욕망의 도구로 사용하고, 몇 생을 거친 후에 바로 그들이 그렇게 권력을 사용하여 괴롭혔던 바로 그 사람들의 자리에 서서 고통을 호소하는 모습을 보게 된다. 그렇게 케이시의 과거 리딩을 통해 그들이 과거에 권력의 자리에서 행했던 모습과 현재 그 반대에 서서 그것에 당하고 있는 모습을 본다는 것은, 실로 우리가 어떻게 살아야 할지를 보여주는 교과서라고 할 수 있다.

그러나 그들이 그런 삶의 어려움에 봉착하면서 비로소 삶의 이치에 눈 뜨게 된다는 것은 바로 신의 자비이며, 담마가 유도하는 마지막 지혜라고 할 수 있을 것이다. 케이시는 말한다. 바로 그러한 상황을 극복하는 그 과정이 그들에게 필요하기에 그런 일들이 일어난 것이라고.

참고로 덧붙이자면, 불교에서 말하는 탐심, 성내는 마음, 어리석음으로 향하는 마음은 낮은 파동이고, 그 반대로 베풂, 자비, 지혜의 마음은 높은 파동을 낸다. 다시 말하면, 사랑 쪽은 높은 파동이고, 미움이나 증오는 낮은 파동이다. 그리고 각각의 파동은 상응하는 물질 현상계를 끌어온다.

11

확실하게 복수하는 방법

한국 드라마에서 아내와 며느리는 대부분 구박받는 비련의 여인들이다. 그런데 어느 날, 한 드라마에서 여자 주인공이 복수를 꿈꾸고 그리고 그것을 실현하며 자기 엄마를 괴롭혔던 사람들을 차례로 복수해준다. 그러자 여기저기서 복수라는 주제로 시청률을 올리고, 이제는 서로서로 얼마나 처절한 악녀 또는 나쁜 남자로 분할 수 있는가를 경쟁한다. 그리고 정말로 길에서 행인들에게 욕을 먹을 정도로 악역을 잘해내면, 그 배우에게는 '팜므파탈'이라는 둥 비평가들의 칭찬이 줄을 잇는다.

언젠가 드라마 주인공이 검사로 나왔을 때, 진짜 검사들이 그 역할의 현실성에 대해 논평한 글을 읽은 적이 있다. 복수가 난무하는 막장 드라마들을 스님의 입장에서 까르마적으로 해석하면 드라마의 맛이 싹 가셔 버리겠지만, 내가 보기에 그런 복수는 거의 미친 짓이다. 왜 사람들이 저런 흐름에 열광하는지 조금은 알 것 같기도 하지만, 어쨌든 매우 위험하다.

부처님은 말씀하신다. "다른 사람을 때리고 다시 맞는 사람들"이라고. 여기서는 까르마적 위험에 대해서는 말하지 않겠다. 그건 너무, 너무, 위험하고, 그것을 설명하는 것도 너무 길고 무겁다. 그래서 여기서는 아주 간단하고 확실하게, 진짜로 복수하는 방법을 알려주겠다.

일단 사람의 행동은 모두 부메랑이다. 그것에 시간적인 격차가 있긴 하지만, 그가 던진 것은 조만간 그의 뒤통수를 향하여 날아오는 것이 절대적인 법칙이다.

누군가가 여러분을 못살게 굴며 비난하고 흉보면, 그 사람에게 더 심하게 복수해주고 싶은 것이 보통 사람들의 반응이다. 그러나 보통보다 조금 나은 사람이 되고 싶다면, 누군가가 그대를 못살게 굴 때, 그대 주변을 둘러보고 얼른 도와줄 사람이 없는가를 찾아보라. 그리고 그 기회를 놓치지 말고 다른 누군가에게 도움을 주라. 누가 그대 흉을 보면 그대는 다른 누군가를 찾아가 그를 칭송하라. 누가 내 것을 빼앗아 가면 얼른 다른 누군가에게 내 것을 내어주고 도와라. 한마디로 공덕을 지으라는 말이다.

누군가가 나에게 험하게 구는 것은 전생에 주고받은 관계 때문에 일어나는 일이니, 거기다 대고 복수를 하면 불붙은 데 기름 끼얹기다. 살짝 그 상황을 빠져나와 얼른 모래를 준비해야 한다. 불을 끌 모래 말이다. 그 사람은 악행을 저지름으로써 그 무게가 더 무거워져 나쁜 상황으로 몰릴 것이고, 설사 전생에 악행을 지어 그 결과로 그 사람에게 좀 당하는 상황이지만, 지금 빨리 선행공덕을 지으면 그대의 시소는 하늘로 올라가고 그대에게 못되게 구는 그 사람의 악행의 시소는 점점 더 땅밑으로 내려갈 것이다.

그대가 공덕을 더 많이 지을수록 시소의 다른 한쪽과는 다시 만날 확률이 적어지며 그대의 시소는 점점 더 하늘 높이 올라가 그 사람으로부터 벗어나고 안전해진다. 그러므로 누군가가 나에게 악하게 굴면 복수가 아니라 공덕을 짓는 것이 확실하게 복수해주는 방법이다.

이 글을 쓸 생각을 하고 있어서 그랬을까, 바로 어젯밤에 내가 겪은 이야기를 하겠다. 굉장히 집중해서 써야 할 논문이 있어 신경을 곤두세우고 글을 쓰고 있었다. 먼지 하나 없도록 주변을 깨끗이 치우고, 목욕도 하고, 명상도 하고, 안팎으로 철저하게 준비를 마쳤다. 이제 준비 땅! 논문 속으로 몰입하려는 찰나.

"앵~."

아니, 이게 뭐야. 파리 한 마리가 지금 막 삭발한 내 머리에서 미끄럼을 타며 간질거린다. 먼지 하나 없이 청소해놓고 집중하려는 판인데, '아니, 이게 웬 불청객.' 못 본 척하고 책을 보려고 하는데 이 파리가 작심을 했는지, 바로 내가 보는 책 앞 컴퓨터 주변만 맴맴 돈다. 살살 도망가는 것이 날개가 힘이다. '너 날개를 뽐내는구나.' 뭐 이런 투정을 해가며, 다시 책에 집중해본다.

그러나 나는 안다. 내가 집중하려고 할 때는 절대로 저런 부분을 허용하지 못한다는 것을. 벌떡 일어나 창문을 다 열어 젖혔다. 선풍기를 5번으로 틀고 수건을 하나 들었다. 완전 전투태세다.

"나가라, 나가! 요 녀석아, 좋게 말할 때, 나가! 응?"

수건을 잠시 휘휘 거리다가 내가 잠시 방에서 피하면 나가겠지 싶어 다른 곳에 나갔다가 왔다. 이제는 파리가 나갔겠지 하고 문을 다 닫고 책상 앞에 앉아 다시 책을 들여다보는데, 요 녀석이 또 바로 책상 앞에서 윙하고 나타난다. 또 다시 모른 척하고 책을 보려고 한다. 그런데 내 머리를 간질이고 책 앞에서 윙윙거리고 컴퓨터를 켜면 바로 그 위에서 날아다니고, 아무리 모른 척하려고 해도 이 파리가 꼭 작정을 하고 내 앞에만 오락가락하는 것 같았다.

"야, 이 녀석아! 네가 아무리 파리지만 철 좀 들어라. 좋게 말할 때 나가 놀아. 아까 문도 다 열어주었잖아."

조금 참아보다가 다시 문을 다 열어젖히고 다시 수건을 들고 녀석을 쫓아본다. 그러나 그 와중에도 나는 내가 파리에게 분노심을 가지고 있지 않은가 잘 살피고 있었다. 단지 불편해서이지 미워서는 아님을 잘 살펴야 했다.

여하간 분노심은 보이지 않았다. 내가 문을 열면 싹 문 뒤로 가고, 갔나 하고 문을 닫고 딱 책상에 앉으면 다시 나타나 저공비행을 하며 유유히 날아다닌다. 아무래도 저 녀석이 분명 이 상황에 대한 인지가 있는 것 같았다. 사람으로 따지면 아주 영리한 사람이다. 아니면, 아주 얄미운 사람이거나.

지금 시간이 얼마나 소중한데, 저 녀석 때문에 왔다 갔다 하느라고 엄청 낭비했다는 생각도 일어났다. 그렇게 내가 나가고 방을 비워보기도 하고, 한 다섯 번을 들락날락 승강이를 했다. 기운이 다 빠질 지경이었다. 결국 이런 산만함 속에서는 글을 쓸 수가 없어 포기하고, 다른 방으로 가서 좀 단순한 일을 해야겠다고 결정했다.

그런데 바로 요 녀석이 방 귀퉁이에 앉아 있는 것을 보았다. 그 녀석을 보며, 이런 자애관을 보내주었다.

'그래, 이제 내가 나가니 너는 여기서 실컷 놀아라. 네가 미워서 그런 것은 아니고 이제 내가 자리를 피해줄 테니 너도 행복하고 안전하거라.'

그리고 그 책은 덮고 잠시 노트북 컴퓨터를 켜고 좀 단순한 일을 하고 있는데, 이 파리가 컴퓨터 위쪽 바로 내 시야가 딱 머무는 그 중앙에 날아와 앉는다. 내가 일단 포기를 하니 이제 파리가 시야에 들어와도 아무 불편한 느낌도 없어 그냥 무심히 보고 있었다. 그런데 모든 파리가 그렇지만 거기에 앉더니 발을 싹싹 비비는 것이었다. ─ 정확하게 내 시야 중앙에 앉아서 의도하지 않아도 녀석이 정확하게 보였다.

발을 싹싹 비비는 것이 너무나 선명히 보였다. 그러더니 파리의 머리 한 쪽이 콩깍지처럼 내려오면서 마치 사람이 절하듯이 계속 올렸다 내렸다 하는 것이었다. — 이런 광경은 나도 생전 처음 보았다. 한 20초 정도 흘렀을까. 무심히 쳐다보면서 나 혼자 중얼거리는 말이, '저 녀석 꼭 절하는 것 같네.'

그러더니 날아가 버렸다. 문득 이런 생각이 들었다.

'아까는 저 녀석이 나를 약 올리듯이 숨었다 나타났다 하더니, 내가 자애관을 보낸 후에는 잘못했다는 듯이 저렇게 절하고 빌고 가는 건가?'

그리고 나서는 그냥 그 방에 있었는데 파리는 흔적도 보이질 않았다. 파리가 나가도록 문을 열지도 않았는데, 그 후로 12시까지 소리도 흔적도 없었다.

'아, 그럼 정말 그 파리가 내 눈앞에서 그렇게 한 건가?'

내가 이전에 지네 사건 때는 그 지네가 확실하게 자애관의 파장을 흡수하는 것을 분명히 보았다. 100% 확신이 있었다. 그런데 이번에는 정말? 나도 긴가민가할 정도였다. 파리가 자애관의 파장을 받고 스스로 떠나준 건가? 어쨌든 파리가 그렇게 하고 사라져 버리니, 오히려 내가 수건을 들고 녀석을 내쫓으려 했던 것까지 미안해지기 시작했다.

그래서 그날 밤 좌선 시간에는 파리들에게 좀 더 본격적으로 자애관을 보내주기 시작했다. 그러면서 든 생각이, '그냥 파리로, 개념적으로만 생각했지 단 한 번도 존재로 인정해준 적이 없었구나.'였다. 파리 한 마리를 떠올리며 녀석에게 안전하고 행복하라고 축원하고 빛으로 감싸여지게 해준다. 빛은 행복과 평화의 상징이다. 그리고 열 마리, 스무 마리, 백 마리, 스리랑카 전체의 파리, 지구 전체의 파리로 확장해 나간다. 하다 보니 형체는 사라지고 모두가 빛으로 하나다. 그들이 이 파동으로 좀 더 승화된 존재가 되도록 축원해준다.

'메따숫따', 즉 '자비경'의 해석에 보면 '모든 살아 숨 쉬는 존재들에게'라는 대목이 나온다. '그렇지 파리도, 모기도, 모두 살아 숨 쉬는 존재였구나.' 하는 생각을 하며 정신적 파동이 미치지 않는 곳은 없다는 새삼스러운 자각을 가진다. 파리 덕분에 공부 좀 했다.

사실, 내가 이렇게 미세한 벌레들에게까지 깨어나게 된 데는 지네로 인한 어떤 계기가 있었기 때문이다. 몇 년 전, 한국 남쪽의 어느 큰 절에서 명상수행 지도를 할 때였다. 그 절은 깊은 산속에 있었는데 내 숙소 또한 아주 깊은 숲 속이었다. 잠을 자는데 뭔가가 따끔하여 일어나보니 베개에 지네 한 마리가 붙어 있었다. 숲 속 곤충에 익숙지 않았던 나는 본능적으로 너무 놀라 베개를 들고 간이 부엌이 달린 바깥채로 나가 지네를 과격하게 털어냈다. 녀석이 거기 있는 냉장고 밑으로 들어가는 것을 보고 들어와 다시 잠을 잤다.

　그런데 자다가 뜻밖의 무시무시한 악몽을 꾸며 깨어났다. 수많은 벌레들이 내 팔을 깨물고 내 살 속으로 기어 들어오는 꿈이었다. 진땀을 흘리며 깨어나 팔을 보니 아무렇지도 않다. 그래서 주변을 둘러보니, 이게 웬일, 아까 털어냈던 지네가 바로 옆에 있지 않은가? 아, 생각해보니 아까 지네를 털어낼 때, 의도적인 분노는 없었지만 혐오와 제거하려는 폭력적인 마음이 있었던 것은 분명했다.

　그 와중에도 이런 생각이 일어났다. '아니, 그럼 지네가 그것을 안단 말인가?' 지금 독을 품고 내 눈앞에 있는 지네, 이것이 답이었다. 지네는 그 마음을 분명히 흡수했고 제 딴에도 화가 나서 복수하러 온 것이다. 그럼, 지네가 내가 그 방 안에 있는 줄 어떻게 알고 정확하게 왔단 말인가? 그것이 존재들의 본능이다. 그러고 보면 전설의 고향 등에 나오는 지네나 뱀 등이 자신의 배우자나 형제를 죽인 사람에게 복수를 했다는 이야기들이 사실일 수도 있겠다는 생각도 얼핏 스쳐간다. 후, 순식간에 이런 인지가 일어나며 나는 마음을 가다듬고, 독을 품고 이불 위에 군림하고 있는 '지네님'에게 자애관을 보내기 시작했다. 녀석도 내가 잠에서 깨어나자 경계 태세를 취하며 일단 도망갈 자세를 취하고 있었다. 그때 내가 자애관을 보냈다.

　'미안하다. 아까는 내가 너무 놀라서 네 존재를 인식할 여유가 없었구

나. 그래, 나를 그렇게 깨물 만큼 네가 화났다는 것 알겠다. 이제 내가 너의 안전과 평화를 축원하니 가서 잘 살아라.'

그러자 장 밑으로 들어가려는 지네가 잠시 멈칫하니 섰다. 마치 내 축원을 듣고 있는 것 같았다. 나는 여기서 '마치'라는 표현을 쓰지만, 사실 그때 나는 그 존재가 분명히 이 축원의 파장을 흡수하고 있다는 것을 알 수 있었다. 그 등으로 흡수되는 것을 보았다. 그러자 녀석은 안심한 듯, 아니면 분이 풀린 듯, 장 밑의 어둠으로 들어갔다. 물론 내가 자는 동안 다시 나와 나를 깨물 수도 있겠지만, 나는 이제 그런 일은 없으리라는 것을 분명히 알 수 있었다. 그리고 나도 다음 날 새벽 정진을 위해 잠을 푹 잘 수 있었다.

12
세 가지 감사

하루에 적어도 세 번은 내면으로 들어가 명상을 한다. 아침을 먹고 나면 잠시 경행을 하고, 경행을 마치자마자 곧바로 30분 정도 일과를 시작하기 전에 명상을 한다. 특별한 일이 아니면 전화기는 꺼놓고 바깥과의 연결을 최소로 줄인다. 아직 혼자서 해야 할 일이 남았기 때문이다. 그런데 초인종이 울린다. 우리 절에 이 시간에 초인종이 울리는 것은 아주 드문 일이다. 아줌마가 내 방문을 두드린다. 부동산 업자 아난다라고 하는 사람이 와서 스님을 뵙자고 한다고 한다. 용건을 물어보라고 하니, 스님이 와야만 말을 하겠다고 했단다. 옷을 챙겨 입고 나가본다. 아난다는 이 절을 구할 때 도움을 주었던 부동산 업자다.

나가보니 노트 한 권을 보여주며 사인을 부탁한다. 막내딸이 절에서 무슨 행사를 하는가 보다. 문득, 별로 가깝지도 않은 사람의 막내딸 행사에 내가 무슨 상관이 있나? 하는 생각과 그걸 또 스님에게까지 찾아와 부탁

하는 것이 좀 귀찮다는 생각이 들어, 내가 별로 관여할 일이 아닌 것 같다고 돌려보냈다. 그가 겸연쩍은 얼굴로 자전거를 돌려 떠나고, 나는 대문에서 나와 내 방으로 들어오려고 돌아서는 그 찰나, '아, 내게 찾아온 일이다. 일부러….' 이런 생각이 들었다.

얼른 발걸음을 돌려 그 사람을 부르러 나갔다. 보이지 않는다. 전화를 한다. 돌아오라고 했다. 그러마고 한다. 나한테는 작은 액수이겠지만 그에게는 조금이라도 도움이 될 것이다. 그렇게 약간의 보시금을 주어서 보냈다. 그 사람의 큰 딸과 다른 가족들 안부도 물어본다. 큰 딸은 이미 시집을 갔단다. 이렇게 말 몇 마디와 작은 물질보시로 그 사람은 아까의 그 겸연쩍은 뒷모습 대신 미소가 가득한 즐거운 에너지를 품고 돌아갔다. 그를 보내고 내 방으로 돌아가는 나에게도 미소가 일어난다. 그렇구나. 내게 온 기회라는 것.

그러면서 다시 명상에 들어가는데 조금 아까는 귀찮다고 여겼던 일들이 지금은 감사의 대상이 되었다. 아직 10시도 안 되었는데 명상을 하다 보니 벌써 세 가지나 감사할 일이 있었다. 이것 자체가 참으로 감사할 일이었다. 밖에도 별로 안 나가고 사람도 안 만나는 나에게, 오늘 같은 날은 좀 특이한 날이다.

오늘 아침 6시에 쓰리빌 운전사 마헤에게 수리비로 쓰라고 1,000루피를 주었다. 나에게는 1,000루피이지만 그에게는 대충 한국 돈으로 4~5만원 정도의 무게를 지닐 것이다.

어제 아침 6시에 바다에 갔다. 마헤는 기독교인이지만 쓰리빌 한 귀퉁이에 향을 잔뜩 사르며 진한 향내와 함께 나타나 나를 바다에 내려놓고 갔다. 그리고 30분 후에 다시 오기로 했다. 나는 맨발로 그 깨끗하고 아름다운 모래 보석 위를 마구, 마구 걸어 다녔고 30분 후에 마헤를 다시 불렀다. 오는 길이라고 전화가 왔다. 길까지 왔지만 보이지 않아 조금 더 걸어 나오니 길 저쪽에서 마헤가 손을 흔드는데 다른 승용차 운전사와 말을 하고 있었다.

쓰리빌에 들어와 앉았는데도 이들의 대화는 계속 된다. 물론 스리랑카 말이라 알아듣지는 못하지만, 마헤가 급히 오다가 좁은 통로에 정차된 승용차를 조금 긁은 것 같았다. 아주 조금. 마헤가 돌아왔다. 나를 태워다주고 돌아가면 200루피를 번다. 그런데 물어보니 승용차 운전사에게 2,000루피를 주어야 한다고 한다. 2,000루피면 한국 돈으로 2만 원 정도. 200루피 벌려다가 2,000루피를 물어주어야 한다면, 얼마나 짜증이 나겠는가, 하다못해 한숨이라도 쉴 법하다.

그런데 이게 뭐지? 이 사람, 마헤, 내가 뒤에서 살펴보는데 전혀, 정말, 아주 조금도 짜증이나 화를 내지 않았다. 마치 도인 같았다. 마음속에서 일어나는 것이 하나도 없었다. 내가 물었다.

"화나지 않아?"

"아니요…."

그뿐이었다.

"얼마 물어주어야 돼?"

"2,000루피요."

나는 쓰리빌 운전사들의 사정을 잘 알고 있다. 2,000루피면 아마 한 달 치 수입일 것이다. 이 사람, 마헤, 정말 전혀 성질 내지 않는 것이 너무 기특해서 그 절반을 내가 내주겠다고 했다. 그러나 마헤는 아마 이것이 그냥 내가 인사말로 하는가 보다 했는지 그냥 그러라고 한다.

그렇게 어제는 보내고 다시 오늘 아침에 바다에 갈 테니 오라고 했다. 그런데 사정이 있어 바다는 갈 수가 없고 일단 그 1,000루피를 봉투에 넣어주었다. 수리비에 쓰라고. 마헤는 그 특유의 수용성으로 단 한 번의 거절도 사양도 없이, 그냥 받아 넣으며 미소를 짓는다. 그리고 그를 보내고 나는 들어와 내 할 일을 했다.

잠시 후, 아줌마가 출근을 하고 우리는 어제 우리가 매어 놓은 프라이팬으로 가보았다. 내 방 옆 베란다가 지붕하고 맞닿아 있고 그 옆에는 야자수 나무가 있다. 거기에는 수많은 다람쥐들이 출몰하고 까마귀들과 새들이 노니는 곳이다. 매일 부엌에서 그릇을 씻다 보면 앞집 건너 뒷집 지붕이 보이는데 거기에는 늘 새들이 날아왔다. 보니, 지붕에다 그릇을 놓고 거기에 먹이를 넣어주는 것 같았다.

나는 그것이 늘 부러웠다. 나도 새들에게 다람쥐들에게 뭔가 주고 싶은데…. 연구를 하다가 마침 안 쓰는 프라이팬을 장식용으로 쓰려고 구멍을 뚫어 놓은 기억이 나서 아줌마하고 그것을 철사로 묶어 베란다 난간에 걸어놓았다. 그리고 빵이랑 국수 먹다 남은 것, 수박 껍질 등을 넣어주었다. 아이스크림 통을 비워 거기에 물도 한가득 넣어주었다. 그래서 오늘 아침 아줌마가 오자마자 우리는 그곳에 가서 현장을 검증했다.

오, 모든 것이 싸악 비워져 있었다. 아침을 먹고는 국수 몇 가락을 올려 놓아 주었다. 그런데 마침 다람쥐 한 마리가 쪼르르 달려오더니 프라이팬 속으로 쏙 들어가 두 손에 국수를 잡고 입으로 가져가 쪽쪽 빨아 먹는다. 그러다 우리의 시선을 의식했는지 싹 뒤돌아 우리에게 엉덩이와 꼬리를 던져 놓은 채 열심히 먹고는 휙 사라져간다. 아줌마와 나의 얼굴에는 저절로 미소가 가득하다. 이런 마음으로 부모가 자식을 키우는가 보다 하는 생각이 들었다. 흐뭇함.

이렇게 이 조용하고 적막한 고적암에 아침 10시 이전에 세 가지 사건이 일어난 것이다. 요즘에 나의 수행 중의 하나가 세 가지씩 감사하고 시작하는 것이었는데, 아, 이렇게 흐뭇한 세 가지가 저절로 나에게 일어나 주었다니, 이제는 오히려 별로 가깝지도 않은 내게까지 찾아온 그 부동산 아저씨가 신이 가장한 테스트처럼 생각될 판이었다. 그리고 이 감사의 느낌과 에너지는 내가 베푼 작은 물질과는 비교가 안 될 정도로 무한한 것이었다. 그리고 나는 안다. 아, 이런 것들이 행복의 감정이라는 것.

그런데 이 행복의 감정이 물질에서 온 것이 아닌 것은 확실하다. 물질을 사용해서 얻은 것이긴 하지만 물질 그 자체가 가져온 것은 아니다. 오히려 그 현상들에 대한 정성과 자각에서 온 것들이다. 대상에 대한 정성과 자각.

사람들이 이 말들에 대해 어떤 반응을 할까? 내가 이전에 한국의 신도들과 함께 100일 소원성취 자애관 프로그램을 한 적이 있었다. 거기에 각자의 소원을 이루기 위해서는 타인의 소원을 들어주는 것이 아주 중요하고, 그러기 위해서는 꼭 하루에 한 가지씩 무엇이든 타인을 위한 일을 해야 하는 것을 의무사항으로 집어넣었다.

그런데 사람들이 처음에는 무슨 유치원 아이들입니까, 하루에 하나씩 착한 일이라니요 하면서 가볍게 생각했다. 그러나 웬걸, 하루에 하나씩 남을 위한 일을 한다는 것이 얼마나 큰 정성과 깨어 있음이 요구되는지, 그들은 하루하루 어렵게 대상을 발견하고 그들로 하여금 자신들의 도움을 받아들이게 하면서 비로소 알게 되었다. 그들은 그 대상을 찾기 위해 하루 종일 눈을 부릅뜨고 — 사실은 마음을 부릅뜨고 — 깨어 있어야 했고, 그 대상이 자신들의 마음을 받아들일 수 있도록 정성을 들여야 했다. 그야말로 '제 도움을 받아주셔서 정말 감사합니다.'까지 가게 되면서 그들은 그 상황이 무엇을 의미하는지 배우게 되었다.

　그러나 참가자 중 몇 명은 자신으로부터 타인으로 마음을 확장하고, 그리고 그들에게 무엇인가 주거나, 해야 한다는 것에 심한 어려움을 겪으면서 규칙에 의해 — 하루 한 가지를 충족 못하면 퇴장해야 한다는 — 중도에 하차할 수밖에 없었다. 그들은 타인이라는 존재에 대해 거의 절망적으로 반응했다. '내 식구, 내 아이를 위한 일인데 남이 무슨 상관이야?' 도무지 이 개념이 바뀌지 않는다. 자기 자신과 가족 외에는 아무에게도 선행을 베풀려 하지 않는다.

　나는 그 프로그램을 진행하면서 현재 한국 사람들 대부분이 그러한 개념에서 벗어나기가 거의 절망적으로 어려운 상태라는 것을 발견하였다. 설사 끝까지 목적지에 도달한 이들도 사실은 거기에 '내 소원을 이루기 위해서는', '규칙이니까 지킨다.'는 명제가 없었다면 타인에 대한 자발적인 손길은 없었을 것이다. 어쨌든 나는 그렇게 해서라도 그들이 타인을 도우면서 얻는 그 만족한 미소를 경험하기를 바랐다.

　그들은 늘 행복을 찾아 천지사방을 다니면서도 그렇게 작고 쉬운 일들을 찾아내지 못한다. 내가 발견한 바로 그들을 움직이게 하는 것은 딱 세 가지였다. 자기 자신과 오직 자기 가족 중심의 에고적 만족, 그리고 권력과 돈. 이것하고만 연관되면 그들은 아주 쉽게 움직인다. 아니, 미리미리

자발적으로 움직인다. 그러나 이것 이외의 것으로 그들을 움직이려면 온갖 기상천외한 핑계가 창조적으로 터져 나온다. 시간은 절대적으로 부족해지고, 좀 심하면 몸이 아파버린다. 그들은 미소 짓지 않고, 아니면 미소 짓지 못하고, 그렇게 '나 건드리면 터진다…'라는 메시지를 꽂고 다닌다.

행복에 대한 가장 왜곡된 개념은 바로 '행복은 소유에서 온다.'는 것이다. 행복은 순간마다 깨어나는 창조적 정서의 상태가 아닐까?!

13

하루에 반 발자국이라도

많은 사람들이 삶이 힘들다고 한다. 그러다가 자의든 타의든, 밀려왔든 찾아왔든 담마法를 만나게 된다. 그들은 처음에는, 빛을 만난 듯, 길을 찾은 듯, 희망을 가지고 함께한다. 그래서 처음 얼마 동안은 순풍에 돛 단 듯, 이제야 인생이 제대로 펼쳐지는가 보다 하는 행복감도 맛보면서, 없던 의욕도 저 바닥에서부터 용솟음치는 것을 발견한다.

그러나 길면 석 달 짧으면 한 달쯤 후부터, 이전의 습관들이 불쑥불쑥 튀어나온다. 자기도 모르게 그 습관에 점령당해 시간과 에너지를 낭비하고 있음을 발견한다. 그것은 어쩌면 이 새로운 길에 의해 편안함과 행복감을 느낀 바로 그 직후부터 시작될 것이다. 새로운 습관을 익히면서 발견한 새로운 길을 가는 데는 어느 정도 긴장과 노력이 필요한데, 때 아닌 행복감과 평화를 맛보다 보니 그 맛에 탐착하여 그만 긴장과 노력을 다 놓아버렸기 때문이다.

그래서 나는 늘 강조하곤 한다. 좋은 것이 진짜 좋은 것인지 숙고해보라고. 어쨌든 그렇게 한 번 무너지면 다시 노력해야 하는데, 여기서 많은 사람들이 좌절하면서 '나는 역시 안 되나봐.' 하고 실망한다. 노력하는 데 쏟아야 할 에너지를 한탄과 자기연민에 소진시켜버린다. 그리고 '이대로 살다 죽게 내버려 둬.' 하며 어두운 찻집에서 커피나 홀짝거리며 서서히 그늘 속으로 사라져간다. 말하자면 익숙한 고통을 찾아가는 것이다.

신데렐라에게 파티 드레스를 입혀 놓았더니 이렇게 말하는 것과 같다.

"아, 이건 너무 조이잖아. 아름답고 행복하긴 한데, 나는 그냥 부엌데기 앞치마가 편해. 그것을 입고 있으면 신데렐라 꿈을 꿀 수 있거든. 그런데 이 드레스는 너무 많은 노력과 긴장을 요구하고 있어. 나는 유리구두보다 다 떨어진 운동화가 편한데…."

우리의 습관은 단순히 생각만으로 이루어진 것이 아니다. 몸의 세포마다 각인된 정보이며 두뇌에는 그 습관을 유지하기 위해 엄청나게 많은 신경망이 이미 뿌리를 내리고 있다. 그래서 하나의 습관을 고치기 위해서는 그 모든 것을 재정립할 수 있는, 정신적으로는 새로운 개념이 육체적으로는 그 모든 물질적 구조를 바꿀 수 있는 지속적인 물리적 힘이 필요하다. 이미 만들어진 신경구조를 바꾸어주려면 기존의 것보다 훨씬 더 강력하고 또 그 새로운 구조가 안전하게 정립될 수 있는 충분한 시간이 필요하다. 그 최소한의 기간을 3개월이라고 말하는데, 아마 '100일 기도'라는 오래된 전통이 이것에 근거한 것이 아닌가 싶다.

그래서 자신의 습관이나 운명을 개척하고자 하는 사람은, 한 가지 목표를 정해서 최소 100일 간은 무슨 일이 있어도 그 일을 정립시켜야 한다. 그러면 이제 100일 후에는 그 습관의 작은 뿌리가 두뇌 속 세포에 각인되기 시작하는 것이다. 그 이후에도 그 새로운 습관이 오래된 다른 습관들에 눌리지 않도록 계속해서 자양분을 주어야 한다. 계속 시간과 에너지를 투입하여 그 습관을 성숙시키고 완성시켜야 하는 것이다. 매일 하는 것이 아주 중요하다.

그런데 이것이 참으로 어렵다. 하루이틀 마음먹고 하다가도 3일째부터는― 작심삼일의 메커니즘 ― 벌써 어느 샌가 옛집에 가서 놀고 있는 자신을 발견할 것이다. 그러면 다시 무슨 수를 써서라도 그 새로운 목표로 돌아가야 한다. 그것이 자신을 살리는 길이다. 오래된 습관하고 맥주잔이나 기울이면서 '그래, 다 좋은 게 좋은 것 아니겠어.' 하다가는 슬픈 운명을 면하지 못할 것이다. 100번 넘어지면 101번 일어나라. 그것밖에 달리 무슨 방법이 있겠는가? 어쨌거나 그대가 동쪽으로 가고자 하는 목표를 세웠다면 하루에 반 발자국이라도 그 목표 쪽으로 자신을 기울여주어야 한다.

내가 스리랑카에 처음 와서 공부하던 시절, 그때는 정말 많이 힘들었다. 무엇보다도 기후와 음식이 맞지 않아 몸이 많이 아팠고, 마음먹은 대로,

계획한 대로 움직일 수가 없었다. 반면에 해야 할 일은 정말 엄청나게 많았다. 초창기에는 그 뜨거운 교실에서 학교 수업을 듣고 돌아오면 몸은 파김치가 되었다. 빠알리어와 영어로 듣는 수업은 한국에서 들었던 수업과 비교하면 10배 이상의 에너지가 소진되었다. 그리고 돌아와서 밥하고 빨래하고 청소하고 복습하고 하다 보면 내 시간이 채 5분도 남지 않는다.

그러나 나는 학자가 아니라 수행자가 아닌가? 그러면 마지막 5분이라도 파김치가 된 몸을 벽에 기대고 호흡을 보며 내면으로 들어가려고 노력한다. 물론 그러다가 잠들기가 태반이다. 어느 날은 심장이 너무 아파 책상이 바로 1m 앞인데 책상 앞에 앉지도 못했다. 결국 21일간 학교도 못 가고 침대에만 누워 있어야 했다. 정말 생전 처음 학교를 빠져야 했다. 그래도 나는 그 시간이 아까워서 아픈 심장을 바라보며 관찰했다. 공부를 못하면 누워서 수행이라도 건지자. 나는 이 상황을 나의 첫 수필집《쏟아지는 햇빛》의 '죽음의 향기'에 기록으로 남겨 두었다.

너무 아프고 너무 피곤해서 하루에 단어 하나 외울 기력도 없으면 하다 못해 반이라도 외우자. 나의 철학은 '하루에 한 발자국 못 나가면 반 발자국이라도'였다. 그러면 이틀이면 한 발자국 목표를 향해 나아갈 수 있으니까. 어쨌든 목표를 향함을 놓지 않는 것이 중요했다. 어쩌면 그때의 나의 고통이 지금 내가 치유 프로그램으로 고통받는 사람들을 도와주어야겠다는 생각을 일으킨 원동력이 되었을 것이다. 스스로 아픔을 느껴보지 못한 사람들은 결코 다른 사람의 아픔을 느낄 수가 없다.

그런데 내가 치유 프로그램에서 만났던 많은 사람들이 도중에 좌절하는 것을 본다. 그들은 너무 쉽게 포기하고, 다시 좌절로 빠져 들어간다. 아주 작은 발밑의 돌부리에도 그들은 넘어졌고, 다시 일어서려고 하지 않았다. 그저 "피가 나요. 아파요."만 소리쳤다. 다시 일어서야 하는 것은 바로 자신의 의지다. 어쩌면 그들이 겪는 고통은 바로 그 의지를 강화시키기 위한 우주의 수업교재인 것이다. 그러나 그들은 빙빙 돌기만 할 뿐 수업에 참여하지 않고 땡땡이만 친다. 그러면 수료도 없고, 졸업장도 없다.

자기 자신을 극복하지 않고는 행복감을 맛볼 수가 없다. 설사 그런 험한 시련이 아니더라도 자신의 충동적이거나 습관적인 행동들을 극복하지 않고는 진정한 평화란 약속되지 않는다. 붓다는 자기 자신을 극복하는 사람이 세상 전부를 얻은 사람보다 더 위대하다고 했는데, 거기에는 글자 아래 아주 많은 뜻이 숨겨져 있다.

이러한 모든 개인적 성향들은 좀 더 숭고한 어떤 것을 향할 때 쉽게 극복되어질 수 있다. 그것은 존재의 근원적인 부분과 연결된 것, 또 전체와 연결된 것들일 때 자신의 크고 작은 결핍들이 채워지면서 나선형의 상승을 얻을 수가 있는 것이다. 자신의 이익만을 위해서 몸부림친다면 다시 자신의 오래된 습관들 속에 갇혀 그것 자체가 족쇄임을 경험하게 될 뿐이다.

고결하고 근원적인, 존재의 해결 쪽에 이상을 두어라. 그것은 다르마 또는 깨달음일 수도 있고, 이타행일 수도 있다. 작고 오래된, 그래서 쉰내나는 에고의 껍질을 깨고 과감히 비상하라. 새 마음을 굳건히 하라. 묵은 마음의 쉰내, 그러나 익숙한, 그 냄새에 중독되지 말라. 삶의 목표를 바르게 하고 그것을 향하여 묵묵히 나아가라. 감각적 쾌락이 아니라 근원과 연결된 목표일수록 흔들리지 않고 그대에게 힘을 줄 것이다.

단지 멈추지만 말고, 하루에 단 반 발자국이라도 목표를 향하여 몸을 기울여놓아라. 동쪽으로 기울어진 나무는 언젠가는 동쪽으로 쓰러질 것이다.

14

지구 종말에 관한 고찰 하나

슈만 공명 주파수Schumann Resonance, 시크릿, 축착합착, 대중·깨달음, 지구 종말, 황금시대, 승천ascension 또는 휴거, 그리고 피보나치의 황금비율. 전혀 연관성이 없는 것처럼 보이는 — 약간은 어마무시한? — 이 8~9개의 단어들이 모두 같은 곳을 가리키고 있다면? 그 손가락 끝은 어디이며 이 말들의 공통점은 무엇일까?

다행인지 어쩐지 2012년 12월 21일 지구 종말 예언의 날은 아무런 일 없이 조용히 지나갔고, 나는 일기에다 '지구는 무사하다.'라고 기록하고 넘어갔다. 그리고 지금 2015년, 나는 위에 적은 말들이 서로 같은 지점을 가리키고 있다는 것을 직관으로 알게 된다.

가장 재미있는 것은 슈만 공명 주파수다. 어쩌면 이 말을 알게 되면서 뒤의 말들의 수수께끼가 다 풀렸다고 할 수 있다. 슈만 공명 주파수는 한마디로 말하면 지구 고유의 수파수다. 7. 83Hz. 지구 고유의 주파수라는 것은 철수나 영희가 그들 각각의 고유 주파수를 가지고 있는 것처럼, 지구도 지구 자체의 고유 주파수를 가지고 있다는 것이다.

지구를 둘러싸고 있는 지표면과 전리층 사이의 대기 공간이 도파관의 역할을 하여 지구에서 발생하는 전자기파를 공간에 가두어둠으로써 그 안에서 공명이 일어난다. 이 공명은 특정의 주파수를 가지게 되는데 이것이 바로 7.83Hz로 슈만 공명 주파수다. 1952년 독일의 물리학자 슈만이 처음 발견했다.

이는 인간이 지구 대기권 속 대지의 품 안에서 생활하며 느낄 수 있는 가장 편안한 주파수라고 하며, 이 주파수는 지구가 우주와 교감하여 우주 에너지를 받아들이는 주파수이며, 평상시 사람들의 심장 박동 주파수도 이에 맞추어 공명하고 있다고 한다. 그러니까 이 주파수대에 있으면 우리는 매우 편안하고 행복한 상태라고 느끼고, 이 주파수대에서 벗어나면 뭔가 불편하고 고통스러운 그런 상태가 된다는 이야기다.

신경과학을 들여다보면, 우리의 감각기관이 받아들이는 것이 우리가 생각하는 그런 물질계가 아니라, 각각의 감각기관에 해당하는 고유의 주파수를 받아들인다는 것을 아주 간단하게 알 수 있다. 예를 들자면 눈은 형상을 보는 것이 아니라, 바깥의 어떤 대상이 보내는 빛광자를 받아들이는 것인데, 이것이 눈의 망막을 치면서 그 파동은 전기신호로 변해 두뇌의 뉴런세포로 들어가 하나의 정보가 되어 두뇌 뒤쪽의 시각피질에 전송된다.

바로 여기서 종합된 정보가 이 파동을 해석하여 '아, 이런 파동은 사과나무.'라고 일러주면, 우리는 '나는 사과나무를 보고 있다.'로 알게 되는 것이다.

코나 혀, 귀, 피부마저도 사실은 파동을 접수하고 있다. 그러므로 사실 모든 현상은 파동으로 수신되고 파동으로 전송된다. 그런데 이 파동들이 지구의 파동과 공명하고 있을 때, 우리는 마치 태아가 양수 속에서 느끼는 편안함과 행복감을 가지게 된다.

그런데 보통 우리가 일상생활에서 일하고 움직이고, 외부세계에 빠져 정신없이 살아갈 때, 우리의 두뇌는 베타파beta wave를 뿜어내는데 대개는 14~40Hz다. 베타파는 긴장과 흥분을 동반하는데, 이 상태가 오래 지속되면 뇌는 혼돈에 이르고 초조해진다. 이렇게 대부분의 사람의 뇌파는 일상생활 속에서 베타파인 14Hz에서 100Hz 이상으로 빠르게 움직이고 있으며, 특정한 수행이 없는 보통 사람들은 대부분 베타파의 영역에 놓이게 된다. 이것은 다시 말하면 행복감이 없는 상태다.

왜 하루가 끝날 즈음에 그렇게 피곤하고 힘들고 절망적인 느낌이 들까? 모든 존재는 행복을 추구하기 위해 사는데, 도대체 우리는 왜 그렇게 살아야 하는가? 이런 의문이 들 수밖에 없다. 해답은 의외로 간단하다. 지구의 파동이 7.83Hz라고 했고, 거기 들어가면 행복하다고 했으니, 그럼 어떻게든 우리의 파동을 행복감 없는 베타파인 14Hz에서 7.83Hz 쪽으로 좀 낮추면 되지 않을까? 그런데 어떻게?

이 지구파에 동조하려면 우리는 뇌파를 세타파theta wave, 즉 4~8Hz로 낮추어야 한다. 세타파는 꾸벅꾸벅 졸고 있거나 잠들었을 때 나타나는 파동인데, 얕은 수면 상태와 같은 세타파는 지각과 꿈의 경계상태로 불리기도 한다. 그러니까 우리가 막 잠에 들기 직전, 의식이 있는 것도 없는 것도 아니면서 마치 봄날처럼 포근하고 안온한 그런 느낌을 주는 상태다.

이런 상태에서는 갑작스런 통찰력이나 창조적 아이디어가 불현듯 떠오르기도 한다. 이때는 꿈은 아니면서도 꿈처럼 마음이 그림으로 이어지기도 하는데, 그런 이미지는 때때로 초능력적인 예시를 보이기도 하고, 불가능하게 보였던 어떤 문제들이 문득 간단한 해결법으로 나타나기도 한다. 그러니까, 다시 말하면 여기가 바로 '시크릿'이 저절로 작동하는, 지니의 램프가 움직이는 영역이라는 것이다.

명상으로 따지면 선정에 들어가기 바로 전, 하나로 잘 집중된 마음 상태다. 이런 상태에서는 그 당시에 어떤 특정한 계시나 초능력이 없었다 해도, 이런 상태에 들어갔다 나오면 직관이 생기고 문제해결력이 뚜렷이 진작된다. 그런데 이런 뇌파상태는 일상생활에서는 얻기가 어렵다. 외부세계로부터 완전히 떨어져 나와 마음이 한 가지에 잘 집중되어 있을 때만 얻을 수 있는 고도로 훈련된 마음상태다.

요즘은 인위적으로 이런 뇌파를 만들어서 음악처럼 들으며 거기에 뇌파를 동조시키는 기법들이 많이 나오고 있는데, 아직 나는 이런 장치들의 효용에 대해서는 아는 바가 없다. 단지 이론적으로만 보면 일시적인 효과는 어느 정도 있으리라 짐작은 되지만, 외부의 장치에 의존한다는 측면에서 여전히 반대급부로 우려되는 점도 있다.

그런데 이 다음이 아주 재미있는 대목이다. 이 슈만 공명 주파수가 오랜 세월 동안 7.83Hz로 일정하게 유지되던 것이 1990년대 중반 이후부터 최근까지 지속적으로 상승하여 현재는 11~13Hz로 점점 올라가고 있다고 한다. 우리의 일상생활 주파수가 베타파인 14~40Hz인데 지구 주파수가 11~13Hz라면, 우리가 조금만, 아주 조금만 낮추어도 이 비경의 시크릿 주파수와 공명하게 된다는 뜻이다. 바로 알파파alpha wave까지만 가면 된다.

알파파는 8~14Hz로 명상파라고도 하는데, 우리가 일단 눈을 감고 여섯 감각기관으로 들어오던 다섯 가지 정보들을 차단하고 마음만 움직이게 하면, 몸이 이완되면서 뇌파의 속도가 느려진다. 이때 뇌파는 14~8Hz 사이의 알파파를 폭발적으로 발생시키고, 명상자는 아무 조건 없는 — 와, 이 말 너무 멋지지 않은가? 아무 조건 없는 — 행복감을 자연스레 느낀다. 몸과 마음은 스트레스 없는 조화로운 상태를 유지하고, 더불어 의식은 매우 깨어 있는 집중의 상태를 지속한다.

잠깐 생각해보라. 그대가 하루 종일 피땀 흘리며 열심히 일하는 것은,

당신과 가족의 행복을 위해서다. 그런데 오늘 하루도 그렇게 열심히 일한 당신, 저녁에 거울 앞에 선 그대는 베타파에 흠뻑 젖어서 진이 빠지고 절망적이고 스트레스에 짓눌려 고통스럽다. 그런데 잠시 명상에 들어 알파파에 들었다 나온 사람은 혼자 비실비실 웃으며 행복에 겨워한다. 당신, 무엇을 위해 사는지 지금 즉시 참구해보아야 한다.

이것을 다시 풀어서 말하면, 이런 알파파의 상태가 지구파와 공명하고 있을 때 마음에 심은 것들이 아주 신속하게 물질계에 물질화되어 현실화된다는 것이다. 그런데 좋아하긴 아직 이르다. 나쁜 생각을 해도 이전보다 더 빠르게 그런 일들이 즉시 현실에 나타나기도 할 것이라는 이야기다.

그래서 나쁜 생각도 즉시 물질화되고 좋은 생각도 즉시 현실화되면서, 세상은 두 가지로 갈리게 된다. 이 지구 주파수에 올라타는 사람들과 거기에 전혀 올라오지 못하는 사람들. 그러니까 이 주파수에 들어오는 사람들에게는 이제 황금시대가 열리는 것이고 기독교적으로 말하자면 승천 또는 휴거가 일어나는 것이다. 승천은 구름을 타고 하늘로 올라가는 것이 아니라, 그렇게 사랑과 긍정의 뇌파로 의식이 상승하면서 고통 없는 세상을 누리게 됨을 말한다.

반대로 이 주파수에 올라오지 못하는 사람들은, 스스로의 부정적인 생각과 파괴적인 행동으로 파멸되어 고통 속에 떨어지게 된다. 종말로 치달는다. 바로 이 두 현상이 불투명하게 맞물려 있다가 극명하게 갈라진 시점이 지난 2012년 12월 21일이었다고 나는 생각한다. 과학자들은 이 시점을 계기로 지구의 북극과 남극의 극점이 서로 바뀌고 있다고 말한다. 그러니까 나침반에서 이전에는 북이던 것이 남이 되고 남이던 것이 북으로 바뀌고 있다는 것이다.

불교의 선가에는 오래전부터 '축착합착築著磕著'이란 말이 전해 내려오고 있다. 이 말의 뜻을 찾아보면 그다지 명쾌한 해석을 주고 있지 않다. 문자적인 해석만 보면 '섬돌 맞듯 댓돌 맞듯' 이렇게 나온다. 좀 더 현대적으로 풀어보면 여러 개의 퍼즐이 그냥 순간적으로 딱 맞아 문제를 해결해내는 상황이다. 그런데 나는 이 '축착합착'이란 말을 보자마자, '아, 이게 그 말이구나.' 하고 생각했다. 생각하는 대로 뭔가 척척 거기에 순응해주는, 다시 말하면 '시크릿'이 척척 발동해주는 그런 상태다. 그러니까 바로 이 지구 주파수와 공명하고 있는 상태라고 볼 수 있다.

기독교적으로 이 상태를 상승이니 승천이니 하는 말을 쓴다면, 우리는 '깨달음'이라는 말을 쓸 수 있다. 불가에는 네 가지 단계의 깨달음이 있는데 여기에 해당하는 깨달음은 세 번째 깨달음 이상의 상태다. 아나함과 아라한의 상태다. 이 인간 세상에 더 이상 돌아오지 않는 의식을 지닌 깨달음의 단계.

그래서 결국 우리는 이제 '대중·깨달음'의 시대가 도래했음을 분명히 감지할 수 있다. 대중들의 파동이 14~40Hz인데 지구 주파수가 11~13Hz이니 누구나 조금만 낮추면 깨달음의 상태에 진입할 수 있다. 지금 세상을 보면, 엄청난 양의 정보들이 쏟아져 나오고 있다. 이전에는 '축착합착'에서 볼 수 있듯이 고도로 훈련된 수행자들에게나 알려지던 비전들이, IT시대의 도래로 지금은 공공연하게 누구나 한 번 클릭으로 다 만날 수 있게 되었다. 우리는 이미 그런 시스템의 시대에 들어와 있는 것이다.

나는 한동안 이런 정보들이 수없이 쏟아져 나오는 것을 보며 깜짝 놀랐다. 어떻게 이런 비전들이 대중들에게 오픈이 되는 걸까. 왜 그렇겠는가? 어쩌면 이것은 마지막 시험을 보기 위해 모든 도서관의 자료들을 수험생들에게 다 공개하는 것과 같다. 우주의 자비와 사랑이 비처럼 쏟아져 내리고 있는 것이다.

자, 이제부터 복불복이다. 이것은 이렇게 물리적으로 나타나지만 여전히 파동으로 전달되고 있다. 그대 내면의 파동이 대상을 끌어당길 것이다. 그대가 마음속 깊은 곳에서 진정으로 행복을 원하고 ─ 오, 오해하지 말라. 그대만 잘 살겠다는 그런 이기적 행복이 결코 아니다. ─ 진리와 합일하기를 염원한다면 주변의 모든 것이 그쪽으로 움직여갈 것이다.

물론 외형으로 그것은 그대가 생각하는 것처럼 그렇게 화려하거나 신비롭거나 안전해 보이지 않을 수도 있다. 일단은 그대의 에고가 먼저 만날 것이기 때문이다. 그래서 심장박동이 중요하다. 심장 파동이 두뇌 파동보다 강하다는 것이 연구결과로 드러났다. 진실로 진실만을 원하고자 하는 그 염원, 진실 아닌 것을 과감하게 놓아버릴 수 있는 의지와 지혜, 그리고 자신의 선택과 그 결과에 대한 스스로의 책임, 그런 것들이 요구되는 시대다. 그러면 그렇게 끼리끼리 모여 승천을 하든지 종말로 가든지 하게 될 것이다. 그런 측면에서 종말론과 황금시대론이 함께 나오는 것이다.

바로 이런 단계에서 황금시대로 접어들지 못하는 사람들, 지구 주파수와 공명하지 못하여 떨어져버린 사람들은 낮은 파동의 물질계에서 의식이 물질에 지배당하면서, 시스템이나 물질에 노예화되는 삶을 살게 될 것이다. 요즘 미래를 그린 영화나 소설들이 거의 유토피아가 아닌 디스토피아를 그리고 있는 것은, 인류의 무의식이 이미 그쪽으로 기울어지고 있다는 사인으로 보인다. 신세계 질서니 뭐니 하면서….

요즘 제3차 세계대전은 의식의 전쟁 또는 정보의 전쟁이라고 하는 말들도 있다. 그것은 아주 무서운 말로, 우리의 정신세계의 파동이 어떤 의식적인 단체들에 의해 의도적으로 조작될 수도 있다는 말이다. ― '인셉션'이란 영화를 참조해보라. 그러면 이제 이 세상이라는 꿈에서 깨어나기도 어려운데, 지금 꾸는 꿈마저 조작되어 꿈에서 깨어난다는 것은 정말 꿈같은 이야기가 되어버리고, '매트릭스'처럼 그저 상위 몇 %의 사람들의 안

락한 삶을 위해 노동력을 제공하는 배터리로 세세생생 멸망의 그날까지 살게 될지도 모른다.

더욱 무서운 것은 그 상황 속에서는 그 상황이 무엇을 의미하는지 전혀 모르면서, 그것이 삶이려니 하면서 살아가게 될 것이다. 이때는 지금 우리가 누리는 이런 고급 정보들은 모두 차단될 것이다. 혹시 마음이 당기는 사람들은 영화 '헤리슨 버저론Harrison Bergeron' — 커트 보네거트의 단편 소설이기도 하다. — 이나 '화성인 지구 정복They live'을 참고하라.

그리고 노파심에 한마디 더 거들자면, 좀비나 뱀파이어가 나오는 영화나 소설들은 근처에도 가지 마라. 인간이 좀비나 뱀파이어처럼 강등되는 것은 상상조차 할 필요가 없다. 자신의 성장에 도움이 되지 않는 것들은 보지도 듣지도 않는 것이 좋다. 머릿속에 있는 것들은 언젠가는 실현된다. 아니면, 가능성으로라도 남아 있게 된다. 세상에 그 아름다운 인간을 그런 흉측한 동물로 만들다니, 아예 인지를 일으키지 못하도록 두뇌에 그런 종자를 심지 말아야 한다.

인지는 그대가 생각하는 것보다 훨씬 중요하고 강제성을 지닌다. 이전에 우리 조상들이 나쁜 말을 들으면 귀를 씻고, 나쁜 것을 보면 아이들의 눈을 가려주던 지혜를 생각해보라. 인간은 모든 존재 중에 가장 정교하고 아름다운 존재다. 두뇌 속 수조의 세포들이 작동하는 것, 그들이 모두 조화롭게 움직이며 인간의 일상을 주도해나가는 것, 그리고 무한한 창조의 능력, 물리적 아름다움 등등, 그것들은 오랜 시간 동안 인류가 함께 축적해온 진귀한 보물이며 인류의 재산이다.

달팽이의 집을 보라. 아주 아름다운 나선형의 상승곡선을 이루고 있다. 이 나선형 상승곡선은 모든 자연의 황금비율인 피보나치 수열을 따른다. 앵무조개, 해바라기, 은하계 또한 이 패턴을 따른다. 이것은 생명이 도태되지 않고 바르게 성장하는 모습이다. 우리는 까르마적으로 사는 좌우사방으로도 해야 할 일을 성실히 하며, 그 선이 찌그러지거나 움츠러들지 않도록 하면서, 그 힘을 다시 모아 위로 올라가야 한다.

위로 올라간다는 것은 의식의 상승 ─ 이 말은 의식의 청정과 같다. ─ 을 말한다. 의식의 상승은 베타파에서 알파파로 다시 세타파로 진입하면서 행복감이 있는 파동권으로 들어가는 것이다. 이것은 다시 말하면 사랑과 자비가 있는 영역에 들어섬을 의미한다. 결국 존재가 행복으로 안착하는 것은 예수가 말한 '네 원수와 네 이웃을 사랑하는' 것이고, 붓다가 말한 '탐진치의 소멸'로 귀착할 수밖에 없는 것이다. 즉, 청정한 도덕성의 회복 없이 인간의 회생은 불가능하다는 이야기다.

이런 말을 들으며 겁이 나고 뭔가 해야 할 것 같은데 막막하다면, 일상에서 간단히 실행할 수 있는 것 몇 가지를 추천하겠다. 일단 매일 나와 내 가족 말고 타인과 전체를 위한 일들을 하나씩 수행하라. 즉 '이타행'을 넓

혀라. 그리고 불교적으로 말하면 오계를 지켜 수행하여 도덕성을 회복하라. 즉 살생하지 말고, 남의 것을 가지지 말고, 육체적 순결을 더럽히지 말고, 거짓말하지 말고, 술이나 마약을 금하는 삶을 준비하고 실천하고 확립하라.

지금 시작하라, 지금의 그대에게 달려 있다. 소위 멘토들의 몇 마디 힐링 메시지로 문제들이 해결될 거라면 아예 문제거리에 들지도 못했을 것이다. 스스로 고통의 원인과 사슬에서 벗어나는 것만이 힐링이다. 그렇게 깨달은 이들이 파멸을 선택한 이들보다 많아진다면, 우리는 파멸로 떨어질 존재들까지 끌어올릴 수 있을 것이고, 우리가 선택하는 것으로 다음 세대들의 삶과 가치관도 더불어 달라질 것이다. 다음 세대란 바로 그대들 자식들의 세대이며, 그대가 해탈하기 전 다시 돌아와 살아야 할 그 세상이기도 하다.

일상의 할 일을 매순간 완전하게 마무리하고, 까르마적으로 발생하는 세상의 일들 속에서 아주 단순하게 살면서, 그 힘을 모아 외부 세상의 자극들을 내려놓고, 내면으로 들어가 의식의 상승을 도모해야 한다. 즉 베타파에서 알파파로 세타파로 의식이 나선형의 상승곡선을 타고 올라야 한다. 그게 오직 살 길이다.

누군가 아직도 이불에 얼굴을 파묻고 타조처럼 잠자고 있다면, 엉덩이를 걷어차라. 그대의 충만한 사랑과 자비로.

15

그래야 하므로 그럴 뿐

　요즘은 대통령 후보자들부터 연예인, 일반인 할 것 없이, 모두가 두 손을 머리에 올리며 하트를 만들어 상대방에게 자신의 마음을 전한다. 하나의 제스처에 100가지 말이 다 들어 있는 것이다. 회사들은 자신들의 이미지를 담아 로고를 결정하고, 그것을 그들이 파는 모든 상품에 부착한다. 그 로고가 고객의 눈에 들어오는 순간, 모든 것이 설명된다. 그리고 신문을 보면 매일 그날의 가장 큰 이슈를 그림 하나에, 혹은 두 컷에 절묘하게 담는다. 만평을 그리는 작가들은 정말로 천재적인 아이큐를 가졌을 것이다.

　이렇게 아주 많은 추상적이거나 구체적인 상황들이, 하나의 그림 속에 들어갈 때 우리는 그 상징을 저절로 터득하게 된다. 그리고 이것이 반복되면 그것은 하나의 사전적 의미가 되고, 모든 공유자들의 비언어적 언어가 되어 그들 사이에서 통하게 된다.

　예를 들어, 옴 또는 불佛과 같은 상징은 이제 세계적인 언어로 즉시 상

대방에게 메시지를 전할 수 있다. 그렇다면 누
군가가 이 지구를 포함한 전 존재계의 어떤 진
리를 터득하고 그것을 전하려고 했다면 어떤 제
스처, 또는 어떤 상징을 써서 그 내용을 후세에
알려주고자 했을까? 바로 이 지점에서 신성기
하학이라는 것이 나온다.

| 생명의 꽃 |

| 태극 문양 |

　이 중 하나가 '생명의 꽃'이라는 것이고, 사실
이 문양은 세계의 모든 사원과 기록에서 발견되
고 있다. 그런데 나는 그것보다 더 기가 막힌 상
징을 알고 있다. 바로 태극 문양이다.

　음과 양이 서로 맞물려 돌아가는 그림이다. 나도 이전에는 '뭐, 그냥 그
런 것인가 보다.' 그렇게 알고 있었다. 한국인에게는 너무나 익숙한 그림
이 아닌가? 그런데 내가 수행을 하면서 세상의 이치에 눈뜨게 되자, 어느
날 이 문양이 번갯불처럼 눈에 확 들어왔다. '아!' 하는 감탄과 함께.

　여기에는 모든 것이 들어 있었다. 이것을 만든 중국 사람의 지혜도 놀
랍고, 더욱 놀라운 것은 이것을 국기에 넣은 대한민국의 잠재적 도력이다.
게다가 바로 이 문양이 옛날 우리나라 양반집 대문마다 그려져 있지 않았
나? 그렇긴 해도 양반집의 도력이 또 그렇게 뛰어나다고는 아직 말할 수

없다. 만일 이 문양이 그려진 양반집의 양반들이 이 문양의 의미를 분명히 알았다면 당파싸움이나 알력다툼이 아예 없었을 테니 말이다. 그러나 잠재성이 분명히 있다는 것을 부정할 수는 없다.

나는 이 글을 쓰며 혹시나 하는 마음으로 중국의 국기를 찾아보았다. 이 문양하고는 전혀 다른, 빨간 바탕에 중간 별 하나와 작은 별 네 개가 그려져 있다. 그렇다면 음양yinyang을 만든 그 정신은 한국으로 고스란히 넘어왔음에 틀림이 없다.

뉴스. 앞에도 잠깐 말했지만, 아마 아직도 사람들은 '오늘의 뉴스'에 속고 있을 것이다. 지금 막, 지방선거가 끝났는데, 사람들의 마음은 다시 다음 선거로 달려가고 있다. 뉴스라는 것은 원래 그렇게 뭔가가 계속 쏟아져 나오게 되어 있다. 이 세상의 에너지들이 가장 적나라하게 움직이고 있는 곳이 정치권이다. 다음 선거가 끝나면 또 그다음 선거가….

걱정 마시라. 절대 멈추지 않고 달려갈 테니. 민주주의라는 미명 하에 투표로 일단 정권을 잡은 사람들은, 어떤 상황에서는 대중의 의사를 도대체 반영하지 않고 무조건 밀고 나갈 때가 있다. 그럴 때, 그 반대편에 있는 사람들은 반대 시위를 계속해 나가며 자신들의 의견을 피력한다. 그런데 어떤 수위까지는 정권을 잡은 사람들이 꼼짝도 하지 않는다. 이때, 상황이 옳고 그른 것은 둘째 문제다.

시위자들에게는 집권자들이 옳지 않고, 집권자들에게는 내 권력과 힘에 도전하는 시위자들이 옳지 않다. 두 힘이 요동친다. 도대체 그렇게 어렵게 권력을 쟁취한 쪽이 무엇 때문에 그 힘을 반대파에게 내주겠는가? 그들이 무슨 세상을 초월한, 도통한 도인들도 아닌데 말이다. 그들이 그 자리에 앉은 목적은, 말로는 '국가와 국민을 위해서'라고 하겠지만 실제로는 그렇지 않은 경우가 많다. 왜냐하면 국가와 국민을 위해서 그 일을 하는 '나'가 더 소중하기 때문이다.

그래서 뉴스는 늘 쏟아져 나오게 되어 있고, 정치사회 면은 늘 복작복작하게 마련이다. 에너지들이 끊임없이 움직이고 있는 것이다. 집권자들이 조금이라도 자신들을 양보할 때가 언제일까? 뭔가 전체적으로 힘의 균형이 변화하면서 위기위식을 느낄 때다. 보라, 정의나 이념이 아니라 힘이 움직이고 있는 것이다. 물론 그 힘의 이면에는, 그 나름의 이념이 전제되어 있기는 하겠지만 말이다.

신문도 야당지와 여당지를 보면 '똑같은 상황을 정말 이렇게 다르게 볼 수도 있구나.' 하고 놀랄 때가 많다. 그리고 그 서로 다른 양측이 둘 다 그럴듯한 당위성을 가지고 있다는 점에서 어느 쪽으로 기울어질 수가 없다. 그래도 어느 한쪽이 힘을 모으고 그쪽으로 몰고 가면서 그 세를 발휘한다. 다른 한쪽은 거기에 눌리면서도 자신들의 정당성을 확보하기 위해 안간힘을 쓰며 저항하기도 한다.

그렇게 당분간 지속될 것이다. 밀기도 하고 밀리기도 하면서. 어쩌면 100년 이내에 해결이 안 될 수도 있다. 그러면 사람들은 이렇게 생각한다.

'아, 이제 저 강한 힘에 기대어 살아야 하는구나. 정의는 강한 것이구나.'

이러면서 실세에 가담한다. 친일파들이 그랬다. 그리고 지금도 누군가가 법정에서 증언을 해야 할 때, 위증죄인 줄 알면서도, 사실fact보다 자신들의 이익을 위해, 또는 힘의 유지를 위해 거짓 증언을 한다.

무엇이 사실이고 무엇이 진실인지 알 수 없고, 진실이 밝혀져야 하는지에 대해 확신이 사라지면서, 사람들은 개념과 이념의 혼란을 겪게 된다. 옳다고 생각하는 것이 거부할 수 없는 어떤 것으로 부정당할 때 사람들은 변한다.

어쩌면 유약한 육신을 지닌 인간들에게 이런 변화는 너무나 당연한 것인지도 모른다. 그렇게 그렇게 매일의 뉴스처럼 인생은 흘러간다. 그리고 그들은 죽음의 시간을 맞이한다. 뉴스를 보라. 그렇게 유명했던 사람들이 다 죽었단다. 'OO 영화를 만들었던 유명한 감독 OOO이 오늘 사망했습니다.', '정치가 OOO이 타계했습니다.', '배우 OOO이 세상을 떠났습니다.' 등등. 다 '돌아 - 가신다.' 리턴return하는 것이다.

그리고 어디엔가 다시 태어난다. 어떤 사람은 천상에 태어날 것이고, 어떤 사람은 지옥에 잠시 들렀다 인간으로 다시 올 수도 있다. 또 누구는 이 인간계에서도 부잣집에 태어나고, 누구는 가난한 집에 태어난다. 또 누구는 권력자의 자식으로, 누구는 권력자의 눈치를 보는 자의 자식으로 태어날 것이다. 어쨌든 그들은 어떤 시대, 어떤 나라에서 다 함께 태어나 그 시공의 역사를 공유한다. 그러면 이 전편과 후편은 어떤 연관성이 있을까?

굳이 불교적인 용어로 '까르마'니 '전생'이니, '숙명통'이니 하는 말을 사용하기보다는, 누구나 접근하기 쉬운 용어를 써보자. 바로 에드가 케이시의 파일을 보라는 것이다.

미국인이며 기독교인이었던 케이시는 잠자는 상태로 들어가 다른 사람의 전생을 보는 능력을 지닌 사람이었다. 어떤 사람이 현생에 병이나 번뇌로 고통을 당할 때, 케이시는 잠자는 상태에서 그 사람의 마음속으로 들어가 그 사람에게 일어난 일의 원인을 찾아내어 알려주었다. 그리고 과거 어느 생에 지었을 원인을 이해하거나 제거함으로써 현생의 고통스런 결과에서 벗어나도록 도와주었다. 그는 환생을 믿지 않는 기독교인이었기 때문에 처음에는 이 윤회라는 상황에 많이 당황했지만, 반복되는 이런 과정 속에서 담담히 윤회와 환생을 인정하기에 이른다.

내가 자주 인용하는 이야기 중 하나가 바로 이 생에 허리 통증을 호소한 한 여인의 이야기다. 그녀는 아주 날카로운 허리 통증 때문에 고통을 겪고 있었다. 이 병 때문에 다른 많은 합병증까지 찾아와 고통이 가중되었다. 케이시가 그녀의 마음속으로 들어가 원인을 보았을 때, 그녀는 당시 로마의 귀족이었다. 우리도 영화 등을 통해 잘 알다시피, 그 당시 로마인은 기독교인을 박해했다. 기독교인을 잡아다가 경기장에 몰아넣고 맹수들을 풀어 싸우다 잡아먹히게 하기도 했다. 이때 이 여인은 관중석에서 기독교인들이 맹수에 물어 뜯겨 살해당하는 것을 구경하고 있었다. 그때 한 소녀가 사자의 발톱에 허리가 할퀴어지며 고통스럽게 죽어가는 것을 보고 깔깔거리며 재미있어했다. 바로 그 원인, 타인의 고통에 깔깔거리며 조롱하던 그 종자가 몇 생이 지난 이번 생에 발현된 것이다. 소녀와 똑같은 바로 그 자리, 즉 허리에 소녀의 고통이 각인되어버린 것이다.

케이시의 파일에는 이런 종류의 아주 많은 케이스들이 구체적으로 제시되고 있다. 나도 윤회와 전생을 설명해야 할 때는, 붓다의 경보다 더 많은 구체적인 사례를 제시해주는 케이시의 파일을 늘 인용하고 있다. 붓다의 경에는 더 심오한 경우들도 많이 나온다. 그러나 붓다의 경을 예를 들어 대중에게 말하면 사람들은 그냥 그런 것이려니 하고 받아들이곤 한다. 관성적 무관심이라고나 할까?

그래도 예를 하나 들어보자. 어떤 닭이 알을 낳기만 하면 고양이가 와서 먹어버리곤 했다. 닭은 고양이에게 앙심을 품는다. 이 둘은 생에 생을 거듭하며 서로의 새끼를 잡아먹었다. 그 말미에 붓다의 시대에 태어났는데 이때도 한 야차귀신이 여인이 낳은 아기를 잡아먹으려 기다리고 있었다. 바로 이때 붓다가 게송으로 법문을 설하신다. 이 둘의 얽히고 얽힌 원한을.

단 하나 확실한 것은, 자기가 먹은 밥은 자기가 배설해야 한다는 것이다. 어느 누구도 자신이 지은 행위의 결과에서 벗어날 수 없다. 결과를 모르기 때문에 사람들은 원인을 짓는다. 그리고 그 원인은 결과로 드러나고, 다시 그 결과는 또 다른 원인이 되어 돌고 돈다. 바로 여기다! 이렇게 장황하게 이야기하지 않고 그냥 저 태극문양 하나만 툭 던져주면 된다.

붓다의 45년 설법은 자비가 넘쳐흐른다. 그래서 선사들이 붓다에게 평지에 풍파를 일으켰다고 하지 않던가. 자, 보라. 내가 이 문양을 보고 번개가 번쩍였다는 장면을. 저 흰색과 검은색은 늘 함께 만나고 있고, 그 만남의 힘이 작동하고 있는 곳은 두 지점이다. 검은색의 가장 얇은 고리 끝은 바로 흰색의 가장 큰 힘과 만나고 있다. 흰색의 가장 얇은 고리 끝은 바로 검은색의 가장 큰 힘과 만나고 있다. 리비아를 42년간 지배한 독재자 카다피가 시민군에게 잡혀 굴욕을 당하며 '황금 권총을 줄 테니 살려달라.'고 애원하는 바로 그 부분이다.

한때 카다피는 검은색의 한가운데에 있었다. 그 안에 있을 때는 검은색만 보이지 흰색은 보이지 않는다. 이것이 힘의 무지다. 그리고 그 무지는 끄트머리에서 반대의 색과 만나면서 희미하나마 지혜의 빛으로 변한다. 카다피의 비극적인 최후를 뉴스로 전해 들었을 때, 나는 카다피를 죽인 그 사람 역시 바로 여러 생애 전에 또 하나의 카다피 같은 사람이었을 수 있다는 생각을 했다. 말하자면, 자기 자신의 모습인 그 카다피를 죽임으로

써 바로 자신이었던 카다피 중세에서 비로소 벗어나 그 업을 소멸하는. '이렇게 행동하는 사람은 이렇게 된다.'는 사실을 <u>스스</u>로 행동함으로 터득하는 것이다. 같은 파동끼리 만나는 것이니까.

힘은 움직인다. 그렇게.

붓다가 세상을 다 관찰하고 선언하신 것이 바로 무상의 법칙이다. 모든 것은 변화한다. 그 변화는 원인과 결과의 법칙 속에서 움직인다. 이 생에 안 끝나면 다음 생<u>으로</u> 넘어간다. 둘로 나누어진 것은 극단의 지점에서 언제나 서로 만난다.

남자가 여자를 박해하면 그는 다음 생에 여자로 태어나 남자에게 박해를 당할 수 있고, 권력자가 힘없는 자를 박해하면 그는 다음 생에 그 대극점인 바로 그 사람으로 태어나 그 시대의 권력자에게 박해당할 수 있다. 그렇게 그 종자를 상쇄하면서 그 행위에 대한 지혜를 얻을 것이다. 마찬가지로 자식이 부모를 박대하면 그의 자식이 그를 박대할 것이고, 곤충이나 생명을 함부로 죽이면 그 자신의 생명이 줄어들 것이다. 이러한 에너지의 흐름은 단순히 인간에게만 해당되는 것이 아니다. 모든 존재계, 모든 경우에 적용된다.

케이시의 파일에 보면, 어느 시절 궁중에 살면서 고급 음식을 즐기던 사람이 너무 포식하고 많이 먹으며 위를 혹사했는데, 이 생에서 그는 심각한 위장병<u>으로</u> 고생하고 있다는 이야기도 나온다. 각각의 경우마다 이 태극의 이치는 겹치고 겹치면서도 섞이지 않은 채로 운용되고 있다.

일중일체다중일一中一切多中一
일즉일체다즉일一卽一切多卽一
일미진중함시방一微塵中含十方
일체진중역여시一切塵中亦如是

'법성게'의 한 구절이다. 바로 이것이 '생명의 꽃'이 상징하는 것이다.

그래서 만일 그 태극 문양을 대문에 그려 넣었던 양반들이 그 의미를 알았더라면 우리나라 역사에 빠짐없이 등장하는 그 지긋지긋한 당쟁이나 권력다툼은 없었을 것이다. 그러나 그들은 그런 이치와 함께하려는 잠재력을 가지고 있었다고 보아야 할 것이다. 그 잠재력이 혹시 바로 이 시대에 우리 속에서 빛으로 발현되는 것은 아닐까?

그래서 결국은 거기다. 예수가 말한 '네 이웃을 사랑하라.', '원수를 사랑하라.'에 붓다가 말씀하신 '분노로 분노를 이길 수 없다. 오직 자비로서 분노를 이길 수 있을 뿐이다.' 이것이 단지 윤리적으로 착하게 살라는 말씀만이 아닌 것을 알 수 있을 것이다.

그래야 하므로 그럴 뿐. 이 말도 길다.

단지! 뿐!

16

숙명을 설명해줄 두 개의 거울

연기적 현상, 또는 조건을 연하여 일어나는 현상들.

붓다는 바로 이 연기를 통하여 깨달음을 얻으셨는데, 이 깨달음은 바로 고통의 완전한 소멸을 말한다. 우리는 연기를 12고리의 형식으로만 알고 있는데, 이 연기의 원형은 아주 간단하다. '이것이 있음으로 저것이 일어나고, 이것이 멸함으로 저것이 사라진다.'

우리는 여기서 몇 년 전 선풍적인 인기를 끌었던《시크릿》류의 가르침을 참고할 수 있다. 그들은 '끌어당김의 법칙The law of attraction'이란 말을 쓴다. 이것이 저것을 끌어당기고, 이것이 사라지면 그 끌어당겨진 저것도 사라진다는 것. 불교에서는 이것을 종자의 법칙이라고 말한다. 이러한 종자가 있으면 저러한 열매가 맺는다는 것.

그런데 이것보다 좀 더 다가가기 쉬운 회화적인 표현이 바로 '거울'이다. 트랜서핑transurfing에서는 이 세상의 구조를 설명하면서 '두 개의 거울이 무한히 서로를 비추는 것, 이외에는 아무것도 없다.'고 했다. 나는 연기를 공부하다가 문득 '바로 이거다.' 하는 생각이 들었다.

거기에는 예수의 전지전능도 붓다의 신통도 없다. 단지 이 존재계 자체가 그 거울의 역할을 수행해주고 있는 전체를 대변하는 각각들이다. 두 개의 거울은 하나는 정신이고 또 하나는 물질이다. 정신에서 일어난 것은 물질화되어 드러나고, 다시 그 물질은 정신에 반영되어 또 다른 물질화의 원인이 된다. 이 세상에는 이 법칙 이외에는 아무것도 없다. 이것이 무한히 반복되고 있을 뿐이다. — 불교에서는 이를 무시무종beginningless & endless이라 했다.

그래서 예수도 '네가 대접받고 싶은 대로 남을 대접하라.'고 했고, 붓다는 연기로 시작해서 연기로 끝을 냈다. 그 중간에는 까르마도 있고, 공덕도 있고, 깨달음도 있겠지만.

한국은 선거철마다 정신이 없다. 사람들의 정신과 물질이 어지럽게 섞여 드러나는 양상이다. 두 개의 커다란 흐름이 저 한쪽 거울에서 회오리를 일으키니 반대쪽 거울인 물질계에서도 그 양상이 여러 가지로 드러난다. 뉴스에서는 매일 난리가 난다. 만일 우리가 이 단순한 법칙을 정확히 이해한다면 굳이 이런 혼란이 일어날 이유가 없을 것이다. 내가 비춘 것이 내게 보이고 들리고 경험된다. 그러면 남 탓할 일은 하나도 없게 된다. 뭔가 내 경험이 맘에 안 들면 얼른 안으로 들어가서 내 안의 '정신의 청

사진'을 바꾸어주면 될 것 아닌가. 그런데 우리 개개인이 바로 전체의 일부이기 때문에 그 커다란 흐름이 주는 영향력에서 자유롭지 못하다. 그러므로 전체의 흐름이, 전체를 구성하는 개개인 모두에게 보편적으로 이로운 것일 때, 전체와 개개인은 어느 정도 혼란을 극복하고 안정을 누리게 된다. 그래서 지금 저 정신의 거울에서는 서로 주도권을 잡으려는 회오리가 몰아치고 그것은 가깝게 멀게 물질계에 그 모습 그대로 반영되고 있다.

우리는 두 가지로 접근할 수가 있다. 하나는 개개인들이 스스로 자신의 정신의 흐름에 대해 깨어나는 것이다. 그래서 자신과 전체에 해를 끼칠 일을 절대로 하지 않게 되면, 결국 그것은 당연하게도 자신의 번영과 행복으로 이어진다. 이러한 개개인이 구성원 다수를 차지할 때. 이때 우리의 사회는 말 그대로 이상적인 복지사회가 될 것이다.

또 하나는 전체가 구체적인 이상을 가지고, 개개인과 전체에 골고루 혜택이 가도록 사회구조를 바꿔 나가는 것이다. 이것은 정치와 교육의 측면이라 할 수 있겠다. 그러나 이때 그 전체의 구조를 만들어나가는 지도자들 개개인이 깨어 있어야 함은 두말할 나위가 없다. 만일 이들이 깨어 있지 않고 개인적인 탐욕과 무지로 가득 차 있다면? 그 구성원들은 그들이 탐욕과 무지로 창조한, 고통이 충만하고 조악한 물질세상의 일부가 되어 살아야 할 것이다. 아, 상상하기도 싫다. 그러므로 투표가 중요한 것 아니겠는가? 그 국민의 총체적 의식수준이 거기에 준하는 물질에 해당하는 사람을 최고 결정권자로 뽑는다고 하는 것이다.

그래서 나는 오늘 연기를 공부하며 두 개의 거울로 대치를 해본다. 오늘 경험한 그대의 세상을 보고 싶은가? 그대 앞의 대형 거울에 자신을 비추어보라. 아참, 그런데 이 거울이 어떤 것은 즉각적으로 그대로 비추어주고, 어떤 것은 시간이라는 에너지를 좀 거친 후에 비추어준다니 느긋한 마음으로 대하시라.

17

도道 닦는 사람들

아침에 수업이 있어 내내 방에만 있는 상황이었다. 중간쯤 밖에서 초인
종이 울리고 웅성웅성 사람들 소리가 난다. 이 시간에 절 초인종이 울릴
일이 없는데, 수업 중에 마음이 밖으로 움직인다. 마침 아줌마가 차를 가
지고 왔기에 물어본다. 밖에 누가 왔느냐고. 그러자 밖에서 지금 도랑을
파고 새로 홈을 만들고 있는데, 수도 계량기에 문제가 없는지 물어본 것
이라고 대답한다. 몇 명이나 되느냐고 물으니 한 십여 명 된다고 한다. 그
래서 그 사람들에게 차와 빵과 과자를 좀 내다주라고 했다. 수업 시간 내
내 밖에서는 웅성웅성 사람 소리와 크레인이 움직이는 기계음이 계속되
고 있었다.

수업이 끝나고 점심 후에는 아줌마도 집으로 돌아가고 나 혼자 있는 고
요한 시간이다. 그런데 그 크레인 소리는 계속되고 있었다. 소리가 계속
들리면 어떤 경우는 그것에 대한 자각이 둔해진다. 마치 우리가 시계초침

소리를 계속 듣고 있지만 거의 감지하지 못하는 것처럼.

　그런데 밤에 내가 명상을 하던 중 졸다가 깨서 다시 명상을 하려고 하는데 그때까지도 밖에서 웅웅거리는 소리가 났다. 밤이라 더 크고 거칠게 들려왔다. 시계를 보니 밤 1시였다. 문득, '아, 저 사람들이 이 한밤중까지 일을 하네…' 하는 생각이 들었다. 창밖으로 한번 보고 싶은 생각이 들었다. 그래서 내다보았더니 도랑을 회벽으로 막고 이제는 길에 검은 타일을 깔고 도로를 새로 깔고 있었다. 절 대문은 작은 길을 마주하고 있는데 큰 도로는 아니지만 그래도 다니는 차량이 적은 편은 아니었다.

　그렇게 밖의 상황을 확인하고는 밤만 아니면 음료수라도 내다주고 싶은 마음이었지만, 그냥 다시 자리에 앉아 명상을 계속한다. 기계음이 계속 웅웅거리니까 사실 명상에 들기가 쉽지는 않았다. 그러다가 문득, 바로 이 기계음이 내가 세상에서 제일 싫어하는 소리라는 자각이 일어났다.

　처음 명상을 시작할 때 나는 태국의 어느 명상센터에 있었는데, 그 절에서 우물을 파느라 하루 종일 이 기계음이 들려왔다. 그때는 젊고 신경이 날카로워서 이 소리에 아주 심하게 고통받았던 기억이 났다. 명상하는 중이라 어디로 피하지도 못하고 하루 종일 거의 녹초가 되어버린 상황이었다. 사실 좀 심각했는데 마치 하루 종일 소리와 싸우고 두들겨 맞은 그런 느낌이었다. 상상이 되는가? 크레인은 그냥 제 할 일을 하고 있는데, 나 혼자 방에서 난리 치고 있는 모습을.

그런데 지금 내 마음을 살펴보니 아주 희한한 감정이 흘러가고 있었다. 참 고맙네. 뭐 이런 감정이었다. 그런데 이것이 아침의 그 영상과 연관되어 있었다. 내가 뭔가 마음을 내어 작은 물질을 그들에게 주었다는 것이 하나의 고리가 되어서, 저 사람들이 나와 친근한, 즉 모르는 사람이 아니라는 생각에 저들이 밤에 저렇게 일하는 것이 차라리 고맙고 안쓰럽게 여겨졌다. 마치, 내 식구, 내 친척이기라도 한 것처럼. 나는 이 감정을 지켜보면서 만일 아침에 그런 관계가 형성되지 않았었다면, 태국에서처럼은 아니어도 이 날카롭고 거친 소리의 진동에 몹시 힘들어했을 수도 있었겠다 하는 생각이 들었다.

　그러면서 슬며시 미소가 일어났다. 아, 이것이구나. 아주 작은 물질이었지만 내 것을 덜어서 누군가에게 주는 순간, 우리는 그 대상과 연결되고 서로 동화가 일어난다는 것. 나눈다는 것은 잠시나마 너와 나라는 경계가 무너지는 순간이다. 그러면서 나눈 그것으로 인해 관계가 형성된다.
　그런데 좀 더 깊이 들여다보면 다른 사실이 보인다. 소리는 밖에 있는 것이 아니라, 우리의 두뇌 속에 있는 것이다. 밖에는 오직 파동만 움직이고 있고, 그 파동이 우리의 고막에 닿을 때 그 진동이 우리 두뇌 속에 기록된다. 그러면 우리 두뇌는 그것을 이전의 정보들과 종합하여 판단하고 해석해서 결론을 내려준다. 그 결론이 태국에서는 '괴로워서 죽을 것 같다.'였고, 지금은 '저 사람들 안쓰럽고 고맙다.'였다. 왜 똑같은 소리가 극단의 두 가지로 다르게 해석되었을까? 그것이 바로 비밀의 열쇠다.

태국에 있을 때, 나는 너무나 법에 목이 말라서 법을 터득해야 한다는 생각 이외에는 다른 사람을 배려하거나 다른 무엇을 고려할 여유가 하나도 없었다. 그래서 나 중심의 사고가 내 목적 이외의 모든 것을 배척하면서, 그 기계소리를 나를 괴롭히는 소리로 해석해낸 것이다. 그래서 결론은, 그 소리가 나를 확실하게 괴롭혀주었다. 두 손 두 발 다 놓고 대자로 누워 녹초가 되도록.

그런데 지금은 좀 많이 달라졌다. 수업을 하는 중인데 그래도 우리 절 대문 앞에서 일하는 사람들이니 차와 과자와 빵을 대접했다. 그리고 그것만으로도 충분히 즐거웠다. 바로 이런 개념이 입력된 상태에서 그 소리가 다시 들렸을 때, 내 두뇌는 이것을 '나의 누군가가 고생을 하고 있구나.'로 해석하면서 뭔가 도움을 줄 방법, 감사할 방법이 없는가를 생각한다. 그러자 나는 전혀, 그 소리 때문에 고통을 당하지 않았다. 그러니까 대상을 해석하는 두뇌가 이렇게 달라진 것이다. 나를 괴롭히는 쪽으로 해석하지 않고 나를 행복하게 해주는 쪽으로. 그런 것을 보면 내가 지난 20여 년을 헛되이 보낸 것은 아닌 것 같다. 아잔차 스님이 명상센터 근처에서 들리는 소음 때문에 수행을 못 하겠다고 불평하는 서양 제자 비구에게 '네가 소리를 방해하고 있다.'라고 일침했다는 말이 이제야 이해가 된다.

그리고 또 새삼 알게 된 것은, 우리가 늘 밟고 다니는 저 길들이 저렇게 몇몇 사람들이 밤새 고생해서 만들어놓은 것이구나 하는 깨달음이었다. 그러자 명상을 하던 대상을 바꾸어서, 일단 이 길을 만들어주는 이들에게 감사의 자애관과 이 공덕으로 그들이 항상 건강하기를, 그리고 그들이 가고자 하는 곳마다 길이 죽죽 뚫려지도록 축원했다. 그리고 이 작은 길이 이러할진대 저 밖의 큰 도로를 만들 때는 얼마나 많은 사람들이 수고했을까 하는 데까지 생각이 미친다. 마음을 확장하여 그 도로와 그것에 연관된 모든 사람들에게 감사의 자애관을 보낸다. 그러고 보니 처음으로 정부에게 감사하게 되었다. 이 길을 만들도록 계획하고 추진한 정부에 감사. 이렇게 우리 절 앞길에서 시작해서 큰 도로, 그리고 내가 다녔던 모든 곳들을 떠올리며 축원하고, 결국에는 스리랑카 전체의 도로까지 다 축원했다. 내친 김에 한국까지 가서 한국은 그냥 뭉뚱그려 한국의 모든 길들이라고 하고는 마쳤다. 그렇게 자애관 축원을 마치고 나서 다시 들리는 소리는 그 전하고는 또 달랐다. 훨씬 정겨웠다.

내가 글 제목을 '도道 닦는 사람들'이라고 해서 사람들이 읽다가, 소위 말하는 '뭐야, 이거 낚였잖아?' 할지도 모르겠다. 나를 탓하지는 말라. 도道는 바로 길이고, 길 닦는 사람들에 관한 이야기이니, 제목을 그렇게 달았다 해도 비난거리는 아니다.

그러나 아직 실망은 이르다. 이제부터 진짜 도 닦는 이야기다. 후, 그 '도 닦는다.'는 말 속에 우리가 얼마나 많은 환상을 꿈꾸어 왔었는지. 사실 우리가 도라고 할 때 빠알리어의 '막가magga', 영어로는 '패스path'라는 말이 중국에서 도道로 번역되어 우리는 그렇게 알고 말한다. 다른 번역을 보면 '열반'이라고 번역된 빠알리어는 '닙바나nibbāna' 또는 '니르바나nirvāna'이다. 'ㅂ'자 하나 빼고는 전혀 같은 구석이 없다. 중국 승려들을 보니 '니에반'이라고 읽었다. 열반이라는 말보다 조금 더 원어 발음에 가깝다. 그리고 담마dhamma 또는 다르마dharma는, 중국에서 법法으로 번역되어 우리도 법이라고 말하고 있다. 그런 측면에서 내가 제일 좋아하는 번역이 바로 이 '막가magga'를 '도道'로 번역한 것이다. 길!

세상을 살면서 어려운 일에 봉착했을 때, 우리는 저절로 이런 말을 내뱉는다.

"살 수가 없어, 도대체 길이 보이지를 않아."

그녀 또는 그는 지금 고속도로에서 운전을 하며 친구에게 전화로 말하고 있는 중이다. 왜 길이 보이지를 않아, 전화하면서도 운전대만 잘도 돌리는데. 그렇다. 그 눈에 보이는 물리적인 길이 아닌 것이다. 바로 우리가 가는 길은 마음이 움직이는 방향이다. 보이지 않는 그 길이다. 그런데 사실은 우리도, 우리 절 앞길을 닦던 그 아저씨들처럼, 밤을 새워 그렇게 그 길을 닦아야 한다. 길을 따라가면 어디가 나오는가? 바로 목적지다.

태국에서 명상할 때, 나는 아직 그 길을 다 닦지 못해서 고통스러웠다. 성냄이 길을 막고 있었다. 그런데 오늘은 베풂과 보살핌이라는 길을 뚫어 놓았더니 그 날카로운 소리가 나를 괴롭히지 못했다. 길이 좀 닦이긴 닦인 모양이다. 절망은 바로 이 길이 보이지 않을 때다. 그것은 바로 마음이 가는 길이다. 여기가 바로 '도道 닦는 사람들'이 있는 곳이다.

팔정도八正道라는 말을 자주 한다. 거기에도 '도'라는 말이 나온다. 그런데 누가 좀 깊이 생각해본 적이 있는가? 이것이야말로 길이다. 길, 마음이 가야 할 길. 그래서 팔정도에 있는 여덟 가지 길을 가면 길이 막히지 않으면서 마음이 어떤 대상을 만나더라도 길이 쑥쑥 뚫려버린다. 그것은 목적지로 가는 논스톱nonstop 직통길이다.

그러면 어디로 가는가? 길을 따라 가면 열매를 먹는다. 그래서 우리는 도道와 과果라고 말을 한다. 빠알리어로는 '막가magga와 팔라phala'라고 한다. 길 그리고 열매. 참 멋진 말이 아닌가? 길을 따라 가면 열매를 먹는다.

그날 밤 — 사실 이런 밤이 일주일이나 계속되었다. — 하마터면 분노와 짜증이라는 가시열매를 먹을 수도 있었는데, 다행히 나는 감사와 기쁨이라는 달콤한 열매를 누렸다.

18

밥 한 숟갈 나누는 공덕의 결과

오늘 아침에는 바닷가에 다녀왔다. 오늘은 유난히 많은 물새들이 줄지어 날아다녀 바다의 아름다움을 더해주는 것 같았다. 그렇게 바다에 다녀온 후 먹은 아침은 유난히 맛있고 행복하다. 아침에는 늘 국수를 먹는다. 매일 똑같은 것을 먹으면 질릴 법도 하고 맛이 없기도 하겠지만, 그래도 늘 맛 있고 새롭다. 매 순간이 끝없이 반복되어 다 같을 것 같지만, 사실은 매 순 간 서로 다르고 그것을 자각하는 만큼 의식도 새롭고, 그 대상도 새롭게 인 식된다. 아마 이것이 명상자가 누리는 신선하고 새로운 세상일 것이다.

샐러드와 국수, 그리고 채소국과 물, 이것이 나의 아침상이다. 맛있게 먹고 이제 두 젓가락 정도의 양이 접시에 남아 있다. 일단 샐러드를 모두 비운다. 그리고 다시 남은 국수를 먹으려고 하는데, 샐러드를 먹는 동안 국수에 대한 생각이 사라져버려 다시 국수를 먹으려 하니 조금 부담스럽 다. 그리고 보니 배도 차서 더 먹고 싶은 생각이 없다. 나는 배가 찼다 싶으면 단 한 숟가락도 더 넣지 않는 편이다. 그때 조금이라도 더 먹으면 영락없이 몸이 불편해지기 때문이다.

그런데 지금 상황은 아직 그 정도는 아니고, 먹어도 상관없고 안 먹어도 상관없는 뭐 그런 조금 망설여지는 상황이었다. 그래도 '음식 남기면 죄받는다.'는 개념에 워낙 훈련이 잘되어 있어서, 마저 먹어 치우려고 수저를 들었는데, 문득 어제 챙겨두었던 붓다의 말씀이 생각났다.

"밥 한 숟갈 나누는 공덕의 결과를 안다면 어느 누구도 그냥 먹는 사람은 없을 것이다."

그렇지. 굳이 이것을 억지로 먹지 말고, 차라리 다람쥐들에게 주자.

바깥 베란다가 나무들하고 연결이 되어 거기에 수시로 다람쥐들이 드나들기 때문에 우리는 이미 안 쓰는 프라이팬을 벽에 매달아 다람쥐들에게 먹다 남은 음식들을 주고 있었다. 그런데 이제까지 그들에게 준 것은 다 먹고 남은 것들이었다. 이번처럼 먹을 수도 있는데 주는 경우는 생각해보지 않았었다. 그러니까 이번 음식은 다 먹고 남은 찌꺼기를 주는 것하고는 조금 달랐다.

나는 국 속에 남은 채소들과 국수를 모아서 매달아 놓은 프라이팬에 부어주었다. 그리고 보니 이전에도 떨어진 국수를 몇 가닥 주었을 때, 그것을 한 가닥씩 양손에 붙들고 맛있게 먹던 다람쥐를 본 기억이 떠올랐다. 다람쥐가 국수를 좋아하는 것이 분명했다. 일단, 이렇게 하는 것만으로도 기분이 정말 좋았다. 그렇게 음식을 처리하고 들어와 이를 닦고 식후 30분씩 하는 경행을 하고 칫솔을 말리기 위해 다시 베란다로 나갔다.

무심코 나가보니 다람쥐 한 마리가 프라이팬 속에 얼굴을 파묻고 — 꼬리만 보였다. — 열심히 먹고 있는 모습이 포착되었다. 다람쥐들도 예민해서 사람 인기척이 나면 먹다가도 얼른 달아나 버린다. 그런데 내가 그렇게 지척에 있는데도 녀석은 먹기에 완전히 몰두해 외부인의 정체를 파악하지 못하고 있었다. 순간 내 얼굴에 미소가 퍼져 나간다.

'와, 먹어줘서 고맙다.'

그러고는 방해하지 않으려고 얼른 다시 방으로 들어왔다. 그렇게 스승을 높이 받드는 승가에서도 음식 먹을 때는 스승이 와도 일어나지 않는다 할 정도로, 음식 먹는 것은 다 존중해주게 되어 있다. 그들이 그렇게 먹는 것이 나를 참 기쁘게 했다. 그리고 이것이 다는 아니겠지만 역시나 붓다의 말씀이 옳았구나 하는 생각에 이른다.

누군가에게 아주 작은 것이라도 베풀면 그 이상의 것을 받게 된다. 그 물질이 되돌아오는 것은 차치하더라도 그 마음 자체가 큰 축복으로 승화되는 것을 본다.

생각의 말미에 또 다른 생각 하나가 맞물린다. 필리핀에 수해가 나서 수많은 사람들이 피해를 입었다는 소식이 연일 뉴스를 장식한다. 아이들이 "음식 주세요."라고 쓰인 팻말을 들고 사진기 앞에 서 있다. 만일 세상 모든 사람들이 자기가 먹는 밥에서 한 숟가락씩만 덜어 보내준다면 이런 재해는 순식간에 복구되리라. 어쩌면 우리는 아직도 엄청난 잠재력을 가지고 있는지도 모른다. 그것을 어떻게 쓰는가에 우리의 미래가 달려 있겠지만.

나는 꼭 승부를 갈라야 하는 스포츠를 원래 좋아하지 않는다. 그래서 올림픽 같은 운동대회에도 별로 관심이 없었는데, 만일 우리가 이런 대회를 열면 어떨까? 가난한 나라의 빈민들에게 누가 더 많은 마음을 보내고 음식을 보냈는지, 그것을 더 많이, 더 잘하는 국가나 국민에게 승리의 월계관을 주는 올림픽. 예를 들어, 음식이나 물질뿐 아니라, 어떤 나라에 재해가 발생하면 다른 나라들이 모여 마음을 모아 평화의 에너지를 전달하는 것이다.

"한국에서 수천 명의 시민들이 청계광장에 모여 마음을 모아 필리핀의 재해민들에게 자애의 마음을 전달하기 시작하자, 재해민들에게 여기저기서 구호물품이 전달되고, 병이 낫고, 마음이 편안해지고 몸이 건강해지면서 건물을 재건축하는 작업이 속도를 더하고 있습니다. 이 속도로 가면 아마도 며칠 내에 재해가 완전히 복구될 것으로 전망됩니다. 아닙니다. 한국뿐 아니라, 인도, 태국, 미얀마, 스리랑카, 일본, 중국, 영국, 호주, 미국 등에서 엄청난 정신적 에너지가 쏟아져 들어오고 있습니다. 아마도 순식간에 이 재해가 복구되리라 확신합니다. 지금까지 필리핀에서 깔야나미따 뉴스였습니다."

19

타고 온 뗏목은 버려라

'자기 꾀에 자기가 속는다.' 이런 말을 많이 듣는다. 자기를 잘되게 하려고 온갖 술수를 다 부렸는데 결국 그 모든 술수가 스스로에게 독으로 돌아오는 경우다. 이런 예는 많다. 신데렐라를 괴롭히는 자매들의 술수, 콩쥐팥쥐 이야기 등. 그런데 이보다 더 기막힌 경우가 있다. 그것이 바로 꿈이다.

"꿈에 이랬는데요, 꿈에 저랬는데요, 이제 무슨 일이 일어나려고 이러는 걸까요?"

물론 프로이드를 비롯해 많은 심리학자와 정신분석학자들이 공헌한 바가 적지는 않다. 그냥 낮에 사는 것도 힘들어 죽겠는데, 밤의 꿈까지 분석해 내느라고 삶을 더 꼬아 꽈배기를 만든다.

"꿈에 거울이 깨졌는데? 아마도 나의 삶에 무슨 큰일이 깨지려나봐."

대부분이 이렇게 생각한다. 그러나 "거울이 깨졌으니 가짜 영상이 사라지고 이제 거울이 아닌 진짜 실존인 그대의 삶이 시작되려는 시점입니다."
이러면 어떻게 되는가? 완전히 반전 아닌가? 어떤 때는 꿈이 너무 선명해 머릿속에 도장이 찍힌 것 같기도 하다. 실제보다 더 선명하게 남아 있다. 그러면 그날 하루는 낮에 살면서도 여전히 그 꿈의 영상권에서 벗어나지 못하며, 여전히 잠자고 있는 듯이 산다.

　모든 것 중에서 가장 중요한 것은, 우리 모두 행복할 권리가 있다는 것이다. 꿈에서 호랑이가 쫓아온다. 사력을 다해 도망간다. 이런, 가다가 다리에 힘이 빠져 푹 넘어지는 순간. 다리가 호랑이 입에 들어간다. 악! 소리치다가 눈을 뜨니 꿈이다. 온몸에 진땀이 흥건하다. 그러나 어쨌든 호랑이 같은 건 그림자도 없다. 호랑이도 사라졌는데 왜 다시 그것을 끄집어내서 대낮의 시간을 다시 쫓기며 사는가?

　"제 업장 때문인가요? 제가 죄가 많아서…. 무슨 암시인 거죠?"

　꿈이라는 것은 호랑이 같은 것이다. 눈 뜨면 없어지는 그런 연기 같은 것이고, 거품 같은 것이고, 그림자 같은 것이다. 밤하늘에 잠깐 일어났다 사라지는 번개 같은 것일 뿐이다. 그리고 사라지면 없는 것이다. 만일 우리가 꿈이란 아무 짝에도 쓸모없는 것이라고 배웠고, 모두 그렇게 말한다면 아무도 꿈에 대해 심각하게 생각하지 않을 것이다. 그런데 저 유명한 프로이트 선생님을 필두로 꿈에 뭐가 있다고 암시하기 시작하자 그것이 개념화되어 버렸다. 지금 조금 전에 일어난 생각도 사라져버리는데, 지난

밤 꿈을 곱씹을 근거가 어디 있는가?

그래도 아직 꿈의 파워는 만만치가 않다. 이런 것들이 바로 개념이다. 공동으로 꾸는 꿈. 공업Collective Karma. 그래서 지혜로운 선인들이 이렇게 말한다. 돼지꿈을 꾸면 돈이 생긴다. 똥을 밟는 꿈을 꾸면 좋은 일이 생긴다. 그렇게 믿으면 그렇게 되기 때문이다.

붓다는 아무 개념이 없는 상태인 니빠빤차를 닙바나와 동일한 용어로 사용했다. 깨달음의 상태는 이런 한정 짓는 개념을 모두 넘어선 곳에 있다. 결국 붓다는 붓다의 근본 가르침인 사성제니, 팔정도니 하는 것도 강을 건넌 다음에는 버려야 할 뗏목이라 하신다.

뗏목이 아무리 고마워도 어깨에 짊어지고 다니지 말라. 종이호랑이를 그려내어 무섭다고 호들갑 떨지 말라. 잠에서 깨자마자 꿈같은 것은 싹 잊어버려라. 세수하면서 싹 씻어버리면 세숫물 떨어지면서 끝이다. 그러면 씻었다는 행위로 얼굴 깨끗해짐만 남고 더러워진 세숫물은 그대로 사라진 것이다. 정 아쉬우면 아무것도 아닌 어젯밤 연속극 정도로만 생각하면 된다.

그대는 오직 강을 건너고, 뗏목은 버리고, 훨훨 나는 자유를 누리면 된다.

20

생각이 놓인 그 자리가
모든 해결의 자리

'축복경'으로 번역되는 테라와다 '망갈라숫따'의 마지막에는 고통이 완전히 소멸된 아라한의 특성이 묘사되어 있다. 그 묘사 중의 마지막이 '아소카 위라자 케마'다. 아소카는 '슬픔 없음'이요, 위라자는 '더러움 없음'이며, 마지막 말 케마가 바로 '안전'이다.

안전, 9·11 테러 이후 우리에게 안전이란 말의 안전장치가 사라진 것 같다. 이전에는 사람이 사람을 죽일 때는 이유가 있었는데, 이 이후로는 그 양상이 달라진 것이다. 이름 하여 '묻지 마 살인'. 게다가 쓰나미나 원전폭발, 지진 등의 자연재해 앞에서 인간의 능력은 수돗물에 바둥거리다가 씻겨 내려가는 개미와 그다지 많이 다르지 않아 보인다. 그래도 산 사람은 그 상황에 비껴 있으니 그러다가 또 잊어버리고들 산다. 역사는 반복되고 시간은 흘러가고 삶이라는 것이 그렇게 계속 굴러간다.

며칠 전에 뉴스를 보다 보니 특이한 기사가 눈에 띈다. 사실 이제는 별로 특이할 것도 없지만. 사람들이 이것을 눈치 챘을까? 이전에는 UFO가 나타났다는 기사가 나오면 사람들의 관심이 이것이 UFO냐 아니냐에 맞추어져 있었다. 그런데 어느 시점부터 기다 아니다가 아니고, 나타났다고 단정 짓는 기사가 나오고 거기에 어떤 반론도 없이 받아들여지는 것을 본다. 이제는 그들을 언제 만나느냐가 초점이 된 것인가.

지금은 기존의 모든 개념이 다 깨지거나 바뀌는 시대이기 때문에 그런 일들이 일어날 수도 있을 것이다. 과거의 모든 일들이 사라졌듯이, 다시 일어나는 일들은 그 어떤 일들도 일어날 수 있다. 우리가 우리의 과거에 없었던 쓰나미와 9 · 11 테러, 지진 같은 사건을 바로 이 시대에 함께 겪은 것처럼.

사람들의 마음이 바닷물방울처럼 수도 없이 일어나고 부서져 사라지기 때문에, 그 물방울만큼이나 많은 일들이 벌어질 수 있는 곳이 여기 지구라는 행성이다. 그것은 신비도 아니고 과학도 아닌 그저 단순히 사실이다. 진리는 신비가 아니라 리얼리티reality다. 사람들 마음에 있는 것들이 밖으로 물질화되어 나타나는 곳이 바로 우리가 경험하는 외부의 물질세계이기 때문이다.

지금 지구 안에서도 나라와 나라가 의견이 대립하고, 그 나라 안에서는 정당과 정당이, 이 부류와 저 부류가 싸우고, 한 부류 내에서도 서로 다른 의견으로 또 내분이 일어난다. 또한 그 구성원들의 가정에서는 부모와 자식, 아내와 남편이 각자의 주장을 내세우며 다투고, 개개인은 이 생각 저 생각으로 미워하고 증오하고 분노하고 집착하며 내면에서 혼자 싸운다. 그러고 보면 우리는 참 많이 싸우며 산다. 에구, 우리끼리 싸우기도 바빠 죽겠는데, 그것도 모자라 외계인의 출현이라니.

　지금은 인터넷으로 세계 각국의 사정을 실시간으로 알게 되었고, 또 거기에 반응하는 대중들의 동향도 즉시 나타난다. 우리 같은 출가자들은 세상을 직접 경험하는 일이 드문데, 이렇게 인터넷으로 세상을 만나 세상 돌아가는 모습을 공부할 수 있다는 것은 참으로 큰 이익이라 할 수 있다.
　그중에서도 내가 많이 배운 것이 하나 있는데, 그것은 그 어떤 것에도 절대적인 의견이란 없다는 것이다. 내가 볼 때 사과인데 다른 사람 눈에는 그것이 배로 보일 수도 있다는 것에서 나는 새로운 관점을 배운다. 옳고 그르고를 떠나서 그런 현상이 일어나고 있다는 그것을 배운다. 학창시절에, 지금은 누구 소설인지 기억이 안 나는데, 부부간에 겪은 똑같은 일화를 남편은 남편의 입장에서 쓰고 부인은 부인의 입장에서 쓴 작품을 읽었다. 어떻게 똑같은 상황을 한 작가가 이렇게 양쪽의 입장에서 객관적으로 볼 수 있는지 매우 인상적이었다.
　바로 그런 기분이었다. 아, 이렇게 전혀 다른 각도에서 보면 이 사람도 그것이 옳다고 생각할 수 있는 충분한 근거가 있구나. 그래서 세상에는 싸움이 끊일 수가 없구나. 이런 결론에 도달했다. 그리고 나는 왜 깨달음이 필요한지 이해하게 되었다. 사실, 이 세상에는 옳은 것도 그른 것도 없다. 그 기준이 모호하기 때문이다. 그러나 사람들이 함께 살기 위해 여럿이 함께 행복하기 위한 어떤 기준을 세워놓은 것은 있다. 그것이 도덕이고 윤리이고 도리라는 것이고, 종교의 측면에서는 계율이라는 것이다. 그런데 이것도 세상의 힘에 의해서 색이 더해지고 덜해지면서 제각각일 수 있기 때문에, 힘이 바뀌면 다시 싸움이 일어난다.

대학을 막 졸업한 한 청년이 내게 약간 따지듯이 물었다. 내가 그 녀석의 연애관에 대해 약간의 충고를 했기 때문이다. 그 청년이 물었다.

"스님, 그런 것을 지키는 것과 안 지키는 것이 뭐가 달라요?"

내가 출가해서 십여 년을 스리랑카에 있다가 한국에 다시 들어갔을 때는 정말 내가 알던 모든 개념이 다 바뀌어 있었다. 내가 적응을 못하고 혼란마저 느낄 정도로 변해 있던 것이 남녀관계였다. 그때 나는 그 청년에게 이렇다고 명백한 대답을 해줄 수가 없었다. 왜냐하면 내가 그런 말을 해봐야 사회 분위기와 너무 동떨어져 당위성을 줄 수가 없었기 때문이다.

그러나 한 사람이 도덕 기준을 어기기 시작하면 — 설사, 사회가 용납하는 선이라 하더라도 — 자신에게 당장은 그것의 결과가 보이지 않겠지만, 그렇게 한 사람, 두 사람이 시작하고 그것이 사회 전체의 흐름이 되었을 때, 전체적으로 제어력이 무너지고, 제어력이 무너지면 사회에 범죄가 더 많아지고, 그리고 그것이 더 심해지면 결국 그것은 아주 약한 에너지인 어린 아이들이나 장애인들에게 나쁜 힘으로 작용하게 된다. 예를 들어, 학교의 왕따현상이나 자신을 방어할 수 없는 장애인들에 대한 무지막지하고 잔인한 양상들이 나타난다.

그래서 내가 그 청년에게 '네가 규칙을, 계율을 하나 안 지켜서 그런 일이 일어난다.'고 이야기해보아야 알아들을 것 같지도 않아 그냥 침묵하는 것이다. 내가 출가하지 않고 세상에 남아 있었다면 나도 그 와중에 그런 개념들하고 피 터지게 싸우다가 다치거나, 아니면 그 개념에 굴복하여 그 중 하나가 되어 있을 수도 있다. 사회의 구조는 어느 개인이 저항하기에는 너무나 큰 물결이기 때문이다.

그러나 다행히 나는 출가, 즉 세상을 떠났다. 내가 여기서 말하는 출가란 머리 깎고 회색 옷 입은 출가를 말하는 것이 아니다. 물론 시작은 그렇게 하지만, 내가 말하는 세상은 바로 그런 개념들이 서로를 사슬처럼 묶고 있는 그곳을 말한다. 그리고 내가 떠났다는 것은 바로 그 사슬, 즉 개념을 떠났다는 말이다.

옳다, 그르다로 싸우기 시작하면 피 터질 때까지 싸워도 끝이 안 난다. 역사를 보라. 옳다, 그르다로 싸우는 데 끼면 결국 가슴에 커다란 상처만 가득한 채 링에서 내려올 수밖에 없다. 거기에는 승자가 없다. 다음 게임에서 또 바뀌기 때문이다. 사람들이 가장 많이 끙끙거리며 보듬고 숨이 넘어가게 달려오는 부분이 바로 가슴의 상처다. 이 상처는 어디 가서 치료를 받아야 합니까….

33천상을 다스리는 신 중의 왕 샥카가 부처님께 여쭙는다.

"왜 사람들은 평화롭게 살려고 하는데도 그렇게 못 살고 시기와 질투에 빠져 서로를 괴롭게 하는 것입니까?"

부처님은 간단히 대답하신다.

"그것은 빠빤차 때문이다. 빠빤차란 생각이 꼬리에 꼬리를 물고 일어나는 현상이다. 그리고 그것은 결국 개념으로 종결된다. 그리고 그 개념의 핵심에는 '나'라는 것이 마구니의 눈처럼 도사리고 있는 것이다."

그런데 어느 날, 명상을 하며 이 생각을 똑, 똑, 놓아버리다 보니 세상에 이렇게 행복할 수가 없는 것이다. 누가 옳고 그를 시간이 없다. 그냥 그뿐! 그러니 네가 옳네, 내가 옳네 할 거리가 없다. 드디어 휴식이 온 것이다. 그러면 세상은 어디로 흘러가느냐고? 스님은 출가자니까 그럴 수 있어도 세상 사람은 그럴 수가 없다고? 해 뜨고 달 뜰 때 그대가 일일이 생각으로 지시하는가? 그래도 배고플 때는 밥 찾아 먹고, 화장실 부르면 화장실 가고, 졸리면 자고…. 도대체 뭐가 문제란 말인가? 그대가 생각을 놓으면, 생각이 놓인 그 자리가 모든 해결의 자리라는 것을 보게 된다.

그때 나는 '안전'이란 말을 알게 되었다.

그런데 어느 날, 명상을 하며
이 생각을 뚝, 뚝, 놓아버리다 보니
세상에 이렇게 행복할 수가 없는 것이다.
누가 옳고 그를 시간이 없다.
그냥 그뿐!
그러니 네가 옳네, 내가 옳네 할 거리가 없다.
드디어 휴식이 온 것이다.

일상에서
마음 해탈하기

Part 2

21

즉석 진통제 대신 이것!

정말 많은 사람들이, 아니 모든 사람들이 행복을 찾아 헤매고 있다. 그럼에도 행복이 무엇이냐고 물으면 '이것이다.'라고 딱 내놓을 수 있는 사람은 드물다. 그만큼 행복을 경험하는 사람들이 적다는 것이다. 물론 인간으로 태어나서 소소한 행복을 경험하지 않은 사람은 없겠지만, 그것은 너무나 소소해서 별안간 혹은 때때로, 수시로 밀려오는 행복이 아닌 감정들에 무너져버렸기 때문에 결국 '행복했었던 적도 있었기는 했지.'로 마무리된다.

사람들이 행복이라고 저기 던져놓고 달려가는 그곳은, 말하자면 돈이 많은 곳, 권력이 충만한 곳, 그리고 사회적 지위가 높은 곳 등이다. 그런데 우리는 가끔, 아니면 자주, 아니면 늘, 바로 그 자리에 있는 사람들이 돈이 많음에도 불구하고, 권력이 넘쳐남에도 불구하고, 사회적 지위가 하늘 바로 아래임에도 불구하고, 뜻밖의 모습으로 뉴스에 나타나는 것을 본다. 그리고 바로 그 일로 인해 그렇게 만인들이 우러르는 그 자리에서 순식간에 수직하강 하는 모습을 아주 자주 목격한다. 그렇다고 해서 그곳으로 가고자 하는 사람들의 열망이 식는 일은 결코 없지만 말이다.

대부분 술과 욕망 때문인 것 같다. 나는 그 모든 것들의 중심에 이 단어를 넣고 싶다. '제어력'. 요즘은 사회의 모든 측면에서 이 단어가 사라진 것 같다. 교사와 학생 간에도, 부모와 자식 간에도, 직장 내 동료 간에도, 사업관계에서도, 한마디로 인간관계에서 모든 제어력의 끈이 느슨해지거나 낡아서 간당간당한 상태다. 신문을 보면 나날이 더욱 부서져가는 것이 보인다. 끈이 풀어지면서 불필요한 일들이 너무 많이 범람한다. 결국 사회에는 고통이 가중되고 그 사회의 요소들인 개인들은 불안과 소외감에 직간접적으로 무방비하게 노출되어 있다. 행복? 요즘은 행복을 논하기 전에 지금 당장 직면하고 있는 이 날카로운 고통부터 좀 어떻게 했으면 하는 즉석 진통제가 필요한 시대다. 그래서 또 힐링이란 말이 남발하기도 하는 세상이다. 힐링이란 말이 힐링은 아닌데 말이다.

수행자에게 제일 처음 주어지는 수행의 덕목은 바로 제어력이다. 붓다가 처음 승가에 들어오는 제자들에게 주신 수행덕목은 감각기관에 대한 제어력이다. 눈의 대상인 형상에 대해, 귀의 대상인 소리에 대해, 혀의 대상인 맛에 대해, 코의 대상인 냄새에 대해, 몸의 대상인 촉감에 대해, 그리고 마음의 대상인 생각들에 대해 제어력을 주문하셨다. 그리고 이어 말씀하셨다.

"그것이 바로 고통의 소멸에 이르는 길이며, 그것이 곧 행복이기 때문이다."

우리는 맛있는 것을 많이 먹는 것이 행복이라고 생각한다. 그래서 맛집을 찾아다니거나, 뭔가 특별한 음식을 먹으려고 찾아다닌다. 그런데 너무 많이 먹으면 아무리 맛있는 것도 금방 고통에 떨어진다는 것을 안다. 또 맛집을 찾아다니기 시작하면 금방 새것을 찾아야만 다시 행복을 얻게 된다. 그런데 혀에서 잠시 씹힌 후 침과 섞여버리면 사실은 다 같은 맛이다. 음식과 혀가 잠깐 조우하는 바로 그 순간만, 그 특별한 맛이라는 것이 환상처럼 존재하다가는 순식간에 사라져버리는 것이다. 그래서 그 음식을 쫓아다니다가는 끝없는 술래잡기가 벌어진다.

나는 배가 찼다 싶으면 단 한 숟가락도 더 취하지 않는다. 왜냐하면 그 선에서 딱 한 숟가락만 더 취해도, 그날은 속이 영 불편하고 몸의 평정이 기울어져 뭔가 불편해짐을 알기 때문이다. 그런데 필요한 만큼만 먹고 수저를 딱 놓으면 그날은 몸이 경쾌하고 더불어 마음도 상쾌하다. 마음이 몸을 잘 제어하며 움직여 나가는 날은 행복감이 아주 드높다. 더욱이 명상에 깊이 들었다가 나와 밥을 먹으면 무엇을 먹어도 맛이 새롭고 물을 마셔도 그야말로 새 물맛이 난다. 경에 보면 명상을 하면 감관이 깨끗해진다고 했다. 정말 그 말이 딱 맞았다.

　그러니까 최소한 행복이 음식에 있는 것이 아님은 확실하다. 나는 밥을 먹을 때마다 최고급 호텔 음식보다, 어느 왕후장상의 음식보다 내가 먹는 음식이 훨씬 맛있다는 것을 안다. 나는 혼자 중얼거리곤 한다. 어느 왕후장상이 부럽지 않은 나의 밥상이라고. 그렇게 감관이 깨끗하게 정리된 날은, 새소리는 내 동무고, 창문을 통해 온몸으로 떨어져 내리는 저 쏟아지는 햇빛은 우주의 축원이고, 문 모퉁이마다 힘을 얻어 달려 나오는 바람은 바로 내 사랑이다. 굳이 어디로 무엇을 찾아갈 일이 없는 것이다.

22

본능을 극복한 고양이

햇볕이 따갑게 쏟아져 내리는 전형적인 열대의 한낮이었다. 늘 그렇듯이 햇볕이 아까워서 얼른 빨래를 해서 내다 널고 있는 참이었다. 하나씩 널고 있는데 별안간 옆 나무가 소란스러워지더니 고양이가 급히 튀어나왔다. 그리고 무엇인가도 저 멀리로 휙 바람결에 달려간 것 같았다. 분위기가 영 심상치가 않았다.

순간 나는 고양이가 다람쥐를 잡으려 하고 있다는 것을 알 수 있었다. 다람쥐는 내 시야에서 사라져 담을 넘었고, 고양이가 그 다람쥐를 쫓아 막 담을 넘으려는 순간이었다. 위기일발. 그 속도로 보아 고양이가 달려가면 다람쥐는 그야말로 '고양이 앞의 쥐'가 될 상황이었다. 고양이가 담을 넘으려는 순간, 나는 빨래 널던 손을 멈추고

'고양아!'

나도 급작스레 소리를 질렀다. — 마음으로 소리를 질렀다. 그러자 고양이

가 속도를 멈추고 나를 흘깃 본다. 아직 달려가던 가속도가 남아 지금이라도 다시 달릴 기세였었다.

나는 다시 속으로 말했다.

'야옹아, 살려줘라. 착하지, 내가 나중에 맛있는 것 줄게, 살려줘.'

그러자 녀석이 흘깃, 다람쥐가 달려간 쪽과 나를 번갈아 본다. 그리고는 못내 아쉬운 듯 혀를 내밀어 입맛을 다신다.

'그래, 착하다. 살려줘, 살려주렴….'

녀석은 여전히 그쪽을 향해 멈칫거린다. 그러더니 포기한 듯 설렁설렁속도를 풀었다. 나하고 잠시 눈이 마주친다.

'야옹아, 너 정말 기특하다. 너는 고양이로서 정말 대단한 일을 한 거야. 본능을 이기다니. 그 공덕으로 다음 생에는 사람 몸 받기를 축원한다.'

나는 다시 널던 빨래를 널었고 녀석도 다시 자기 갈 길을 갔다. 잠깐이지만 녀석은 분명히 내 말을 알아들었고 나도 분명히 녀석의 마음을 볼수 있었다. 미물도 진실에는 감응했다. 내가 녀석에게 약속한 대로 따로먹을 것을 주었는지는 기억이 안 난다. — 내게는 특별히 녀석이 좋아할 만한음식이 없었으므로. 그러나 축원은 분명히 해주었다.

본능이라는 것에 대해 생각할 때는 언제나 이 녀석이 떠오른다. 우리가밥을 먹듯이 녀석에게는 쥐를 잡는 일이 너무나 당연한 일인데도, 녀석은 사람의 말을 받아들여 자신을 본능을 넘어섰던 것이다. 기특한 녀석!

우리가 본능을 넘어서면 거기 다른 차원의 세상이 열린다.

23

갈망과 환상에 관한 작은 에피소드

한국으로 들어오는 중에 비행기가 잠시 타이페이 공항에 들러 40분 정도 기다리고 있었다. 대기실은 넓고 깨끗했다. 의자가 늘어선 주변에는 고풍스런 도자기들이 전시되어 있어 기다리는 사람들의 지루함을 덜어주는 듯했다. 나는 다리를 풀어줄 겸해서 경행을 하기도 하고, 잠시 도자기 앞에 멈추어 서서 감상하기도 하며 시간을 보냈다.

의자에 앉은 사람들이 무엇인가에 열중한 듯해 살짝 뒤로 가서 보니 많은 젊은이들이 노트북 컴퓨터를 꺼내들고 만화를 보고 있었다. 내게는 아주 이색적인 풍경이었다. 컴퓨터로 만화를 볼 수 있다는 것이 신기했다.

그렇게 대기실을 한 바퀴 빙 돌고 다시 도자기가 있는 곳으로 왔는데, 한 젊은 남자가 갓난아기를 팔에 안은 채 물통의 스위치를 신경질적으로 눌러대고 있었다. 그 사람이 누르고 있는 스위치는 붉은색이었다. 그러나 물은 나오지 않았고 그래서 이 남자는 더욱더 신경질적으로 스위치를 눌러댔다. 거기에는 붉은색, 흰색, 파란색 스위치가 달려 있었다. 그리고 그 밑에는 영어로 "Hot water is not available(뜨거운 물은 나오지 않습니다)." 라고 붉은 글씨로 선명하게 적혀 있었다.

정황으로 미루어 보니 이 남자는 아이에게 따뜻한 물을 먹이고 싶어 하는 것 같았다. 그래도 확실하지 않아 나는 조용히 다가가서 파란색 스위치를 눌렀다. 차가운 물이 주르륵 흘렀다. 남자가 말했다.

"I need hot water(나는 뜨거운 물이 필요해요)."

그랬다, 내 직감이 맞았다. 나는 말없이 손가락으로 붉은색 스위치 밑에 쓰인 그 게시글을 가리켰다.

"Hot water is not available(뜨거운 물은 나오지 않습니다)."

더 이상의 말은 필요 없었다. 그는 그 순간 모든 것(?)을 알았고, 그대로 아기를 안고 다른 곳으로 갔다. 나중에 비행기 안에서 보니 중국말을 하는 이 사람은 아마도 대만 사람인 것 같았다.

나는 이 정황을 보며 갈망과 환상이라는 생각이 일어났다. 아직 솜털이 보송보송한 아기를 안은 젊은 아빠, 아기에게 더운 물을 먹이고 싶다는 갈망이 있었고, 그 갈망에 집착한 나머지 아이 아빠에게는 더운물을 표시하는 붉은 스위치만 보이고, 그 바로 밑에 쓰인 "뜨거운 물은 나오지 않습니다." 하는 글은 보이지 않았던 것이다.

현재의 진실인 그 글을 보지 못하게 한 것은 그의 갈망이었다. 아이에 대한 집착에서 오는. 그래서 그는 나오지도 않는 더운물 버튼을 붙들고, 비록 몇 분이지만 승강이를 하고 있었다. 그 순간 진실이 가려진 환상을 붙들고 있었던 것이다. 환상, 자신의 욕구에 충실하게 자신이 만들어낸 환상. 그리고 그는 나오지 않는 더운물이 원망스러워 순간적으로 고통스러웠고…. 잠시 후, 그 글을 읽은 후에는 상황에 대한 이해가 일어났고, 갈망도 환상도 고통도 모두 멈추었다. 진실을 확인한 후에는.

우리는 일생 내내 이러한 작은 에피소드들을 반복하고 있는 것이 아닐까? 진실의 사인을 놓친 채.

24

이해, 존재의 가치를
새롭게 발견하고 인정하는 것

'어프리시에이션Appreciation'이란 단어가 있다. 사전에는 '감사, 이해, 진가의 인정'이라고 나오는데, 그중에서 '진가의 인정'이란 뜻이 가장 가까울 것 같다. 형용사가 많은 한국어를 영어로 옮기면 그 뉘앙스나 뜻에 뭔가 모자라는 듯한 느낌이 드는 것처럼, 영어를 한국어로 옮길 때도 종종 그런 일이 발생한다. 그러니까 전체 문맥으로 보면, 뭔가가 일어났는데 그것을 '전체적으로 받아들이고 이해하고, 그리고 그 존재와 함께 그것의 가치를 즐거워하는 것'이라고 내 나름대로 이 단어의 뜻을 풀어본다.

나는 어느 날, 이 문득 문득 튀어나오는 까르마가 어디에 저장되어 있는 것일까 하는 의문을 품게 되었다. 그러다가 DNA에 이르렀다. 그렇다. 우리의 기억과 성격의 경향성이 거기에 암호로 기록되어 있다고 한다. 어떤 사람은 DNA가 신들이 자료를 기록하는 방식이라고 했다. 또 내가 이런 말들을 받아들이는 데는, 나의 개인적인 명상에서 체험한 경험들과도 통하는 데가 있기 때문이다.

그런데 우리가 감사와 사랑과 이해 — 여기서 일단 appreciation을 '이해'로 번역해보겠다. — 의 감정을 가질 때, DNA의 이중 나선곡선은 긴장을 푸는 것으로 반응하고 얽혀 있던 매듭을 풀었다고 학자들은 보고한다. 또한 DNA의 길이 자체도 길어졌다고 한다. 그러나 관찰자들이 성냄과, 공포, 당황 또는 스트레스의 감정 속에 있을 때, DNA는 더 꽉 조여져버리는 것으로 반응했고, 길이는 짧아졌으며 수많은 코드들이 닫혀버렸다고 한다.

만일 우리가 어떤 부정적 감정을 경험했을 때 몸도 그렇게 닫혀져 버리는 것을 경험했다면, 바로 이런 증상 때문이라고 한다. DNA가 그렇게 반응하면 몸도 같이 반응한다. 그러나 관찰자가 다시 사랑과 감사와 이해의 감정을 가지게 되면, 이들도 다시 긴장을 풀고 문을 여는 반응으로 되돌아갔다고 한다. 이 실험은 나중에 AIDS 바이러스 양성 반응자들에게도 행해졌는데, 사랑, 감사 그리고 이해의 감정들은 그런 감정들 없이 저항할 때보다 30만 배의 저항력을 보여주었다고 한다.

실험자들은 이렇게 말한다. 그 어떤 무시무시한 바이러스나 박테리아에 둘러싸여 있다 할지라도 기쁨과 사랑, 이해, 감사의 감정을 증진시키라고. 그러니까 우리가 이 어프리시에이션의 감정을 가지면 우리 세포 속의 DNA까지도 반응한다는 것이다. 그러니 그 나머지 물질계는 어떠하겠는가? 그것은 까르마를 변하게 할 수 있다는 말이다.

사실상 우리는 수행을 하며 고도로 감정을 절제하고 표현을 자제할 것을 요구받는다. 더욱이 자신을 드러내고 표현하는 것은, 에고의 표현으로 발전될 경향성이 높아 극도로 억제한다. 그런데 내가 작년에 태국에서 열린 국제 세미나에 처음으로 가보았을 때 이런 일을 경험했다.

그 세미나의 의장과 임원들은 모두 서양 사람들이었다. 물론 사용언어가 영어여서 그렇기도 했겠지만, 그들은 아주 작은 사항에도 의미를 부여하고, 함께 동조해주고, 뭔가를 만들어 나갔다. 반면 불교 승려들은 거의 침묵하고, 맞장구를 쳐주지도 않고, 반응을 하더라도 아주 가볍고 짧게 마쳐버렸다.

이 국제 세미나는 규모가 엄청나게 컸는데, 마침 부처님 오신 날 행사까지 겹쳐 태국의 공주가 승려들에게 불상을 선물하고, 스리랑카의 대통령도 참석했다. 태국의 여자 수상이 그 모든 준비와 진행을 맡았다고 한다. 그래서 마치 파티처럼, 행사 중간에 티타임도 가지면서 사람들이 삼삼오오 모여서 담소하며 차를 마셨다. 그런데 그곳에서 긴 소파에 가부좌를 틀고 앉아 눈 감고 있는 사람들은 다 승려였다. 물론 그것이 나의 직업이기도 하지만 최소한 나는 여기서는 저러고 있어서는 안 되겠다는 생각에 파티 기분을 내며 이 사람 저 사람과 일부러라도 말을 하곤 했다. 사람들이 와서 사진을 찍자고 하면 — 평상시에는 절대 안 찍는다. — 미소 지으며 함께 찍어주었다.

그런데 정말 이런 환경이 우리에게는 쉽지 않은 일이었다. 놓고 떠나고 침묵하는 것에 익숙한 우리에게는. 그런데 내가 세미나가 진행되는 동안 한 가지 크게 느낀 점이 있었다. 우리가 불교를 아무리 잘 안들, 명상세계의 깊이를 얼마나 체험했든, 만일 표현이 없다면 어떻게 그것을 상대에게 알릴 것인가? 신경생리학자 칼 프리브램Karl Pribram은 어떤 인터뷰에서 이렇게 말했다.

"과학의 아름다움이란 기본적으로 나눔에 있다. 그것이 우리가 정량화하고 정의를 내리는 데 의미를 두는 이유다. 그러면 나누고 교류하기가 훨씬 용이하다. 그래서 모든 과학은 나눔의 개념에 그 근거를 두고 있다. 그래서 우리는 사물의 정의를 내리는 것을 필요로 한다."

만일 한 불교 수행자가 '내가 이런 수승한 경험을 하였다.' 또는 '내가 빛을 보았다.'라고 말한다면, 나는 그 사람이 무슨 말을 하는지 알 수 없을 것이다. 그러면 나는 그것을 나눌 수가 없다. 그러나 만일 그 사람이 나에게 그 사람이 경험한 것과 똑같은 것을 갖게 할 수 있다면, 그것은 바로 과학이 된다. 그리고 만일 내가 정의를 내릴 수 있다면 그것을 당신에게 묘사할 수 있다. ― 말하자면 송과선은 갑자기 빛이 번쩍이는 듯한 경험을 초래하는 어떤 물질 또는 그런 종류의 무엇을 분비한다.

그러면 우리는 어떤 사람이 그저 '내가 빛을 보았어.'라고 말하는 것에 어리벙

벙해지는 경우보다 좀 더 확실하게 경험을 나눌 방법을 가지게 된다. 이것이 단지 은유 또는 시각기관의 자극에 대한 단순한 반응이 아니라는 확신과 함께.

그러고 보니 맞다. 유튜브에 들어가 보면 많은 양자물리학자들이 양질의 내용을 담은 영상을 공개하며 전법(?)하고 있었다. 넷판법석이 벌어지고 있다. 그것을 보면서 붓다가 말씀하신 공空과 마야maya를 이해하게 된다면 아이러니라고 말하겠는가?

이런 과정을 보며 나는 이렇게 생각했다.
'그렇지, 붓다도 옛길을 발견하고 드러내어 알렸다고 하시지 않았던가?'
그러면서 나는 다시 '침묵'에서 '표현'이란 명제로 돌아 나오고 있었다. 이 표현에 있어서 어떤 존재를 그 존재 자체로 인정해주고, 그것의 가치를 최대한으로 감상해주는 것. 이것이 가장 높은 자애수행, 즉 메따metta가 아닌가 한다. 모든 존재의 가치를 그 존재만큼 인정해주는 것. 그것이 바로 살려내는 것이다. 무지와 권태가 창조로 변형되는 모습이다. 꼭 무엇인가를 만들어내는 것뿐만 아니라, 기존의 어떤 것들의 존재의 가치를 새롭게 발견하고 인정하는 것, 이것도 위대한 창조의 일부다.
나는 문득, 창가에서 음영을 떨구며 공간 속에 완전한 구도로 휘늘어진 작은 화분 속의 난을 닮은, 그러나 난은 아닌 그 이파리들의 완전한 아름다움과 공간적 예술에 감탄한다. 그리고 말한다. 너는 정말 아름답구나. 이 완벽함이라니! 아마 김춘수 시인이 꽃을 노래할 때 그도 그런 심정이 아니었을까.

지금 당장 우리 주변을 둘러보자. 그리고 무엇에라도 누구에게라도 사랑을 '표현'하자. 그 사람, 또는 상황을 자각하고, 인정하고, 감사하고, 그것을 빛나게 해보자. 그것은 바로 나를 비추는 빛이 될 것이다.

나도 아주 오랫동안 인생의 의미를 찾아 헤매었다. 그러다가 '의미란 그저 존재하는being 것이며 그리고 즐거워하는joy 것이다.'라는 결론에 도달하면서 한동안 좀 멍했었다. 이… 거… 야? 그랬다. 에고적으로 전체와 분리되어 살아온 인간의 속성은, 즐거워하고 누리는 데 아직 익숙하지 않다. 그러나 이제는 즐거워하며 누릴 시간이다. 만물과 함께 맘껏 즐거워하자. 나 없이selflessly.

25

건강은 마음의 구조에 달린 것

뉴스를 보다 보니 '희생'이란 타이틀로 헐벗은 닭들이 주루룩 도마 위에 있는 사진이 툭 나왔다. 그 옆을 보니 '복철 대비 영양식'이라는 헤드라인. 헐벗은 닭들 사진이 있고, 그다음에는 투박한 질그릇 속 뽀얀 국물에 잠긴 그들의 사진, 그리고 그 그릇이 쟁반에 들려 나가며 그것을 기다리고 있는 사람들의 사진이 이어서 나왔다.

사실은 내가 뉴스를 켜며 첫 번째 나오는 장면에 자애관을 해야겠다는 생각을 하고 들어갔던 참이었다. 나는 여기 이 랑카 고적암에 있는 동안은 사람들을 만날 일이 아주 드물기 때문에, 어떤 때는 이렇게 수행 주제를 결정하기도 한다. 그런데 딱 만난 것이 헐벗은 그들의 몸이었다.

기자는 '희생'이란 단어를 썼지만, 희생이란 스스로 결정하는 것이다. 누군가에 의해 강요된 것은 강제이지 희생이 아닐 것이다. 하여간 나는 희생이란 말은 쓰지 않기로 했다. 동물들에게 하는 자애관의 형식에 따라 눈을 감고 내 앞에 닭 한 마리를 떠올린다. 그리고 그 존재를 닭이라는 개념이 아니라 존재 그 자체로 인정한다.

자애관 수행에 보면 그 각각의 존재와 상황에 따라 적절한 축원의 말을 창조하는 것도 지혜의 일부라고 했다. 막상 이렇게 닭을 앞에 놓고 보면, 뭐라고 해야 할지 순간적으로 막막하다. 일단 그렇게 존재 자체로 인정하고 보니, 내가 출가하기 전에 먹었던 녀석들의 동료와 그 수많은 계란들이 떠오른다. 그리고 떠오른 말은 감사였다. 고맙다. 또 하나, 미안하단 말도. 덧붙여 너의 존재 자체를 사랑한다고 말해주었다.

그리고 그 형체를 넘어 그들의 본질인 원자atom의 구조로 들어간다. 거기는 형체가 없이 텅 비어 있는 에너지의 영역이다. 그리고 빛의 영역이다. 나는 그 빛의 영역으로 들어가 이들이 이러한 경험으로 더 높고 고결한 파동으로 승화되도록 축원한다. 한 마리를 그렇게 빛으로 비추고, 다시 두 마리, 세 마리, 여섯 마리, 열 마리, 백 마리…. 한국에 있는 모든 닭들, 스리랑카에 있는 모든 닭들…. 전 세계의 모든 닭들을 그렇게 빛으로 축원하고 마친다.

다시 기사의 내용을 보니, 이 닭 '보양식'으로 기력을 회복하여 모두 건강한 여름을 지내고 힘내자는 격려의 말로 마무리가 되었다. 그리고 백숙이 잠긴 쟁반이 나가는 그림 옆에는 노인분들이 기다리고 있는 모습도 보였다. 어떤 이에게는 모처럼 효심을 내어 부모나 어른들을 모시고 오는 경우일 수도 있다. 닭의 입장이라고 해서 그것을 소비하는 사람들을 그 반대의 적으로 볼 수는 없다. 닭이 희생이 아니듯이, 사람의 입장에서는 착취나 강제가 아닐 것이다.

얼마 전에는 호흡만으로 살아간다는 사람의 기사도 본 적 있었다. 나의 경우도 보면 처음에 오후 불식을 시작할 때는 세 끼를 다 먹어야 한다는 개념 때문에 두 끼만 먹으면서는 몸무게도 내려가고 기운도 없는 것 같았다. 그런데 두 끼만 먹는다는 것을 잊어버리고 그냥 그것이 삶의 습관이 되어버린 지금은, 오후에 물 마시는 것도 귀찮을 지경으로 안 먹어도 건강에 전혀 지장이 없다. 요즘에는 오히려 두 끼를 한 끼로 줄여볼까 하고 있다. 건강이 점점 더 좋아지고 있기 때문이다. 우리가 마음에 부정적인 요소들을 제거하면 몸은 저절로 가벼워지고 건강해진다. 이것이 진짜 보양식이다.

나이 드신 어른들께 효심으로 백숙 한 그릇 대접하는 효심은 아름답지만, 음식에 대한 개념은 사실 건강에서 나온다. 그러면 건강이 정말 물리적인 음식에서 오는 것인지 한 번쯤 생각해보았으면 싶다. 사실은 나도 죽음을 생각할 정도로 건강이 나빴던 적이 있었다. 그중에서도 가장 심각했던 것이 알레르기성 재채기였다.

무더운 스리랑카에서 살면서 십여 년 동안 선풍기를 틀지 못하고 살았고, 아이스크림은 상상도 할 수 없었다. 사람들이 많은 곳에서 선풍기가 돌아가면 나는 털모자를 쓰고 있었어야 했다. 한 번 재채기가 시작되면 온 몸에 기운이 빠져 한두 시간은 누워 안정을 취해야 했다. 공부하고 수행하느라 시간이 늘 모자란 상황에서 그런 건강상태는 정말 힘든 조건이었다. 의사들을 만나도 별 뾰족한 수가 없어 그쪽은 아예 포기하고, 명상에 들어갔다 나오면 어느 정도 회복되곤 하는 것으로 겨우 유지했었다.

그런데 어느 날, 명상 후에 어떤 개념의 전환이 일어났다. 내가 어떤 생각을 탁 놓아버리자, 어느 순간 자연스레 선풍기를 틀고 있는 나의 모습을 발견하게 되었다. 그때 나는, 건강은 절대적으로 마음의 구조 속에 있는 것이지 물질의 힘 속에 있는 것이 아니라는 것을 확실히 알게 되었다.

다음 복날에는 마음에서 건강을 해치는 요소들을 관찰하고 제거하는 것으로 마음을 청정히 하고, 그리고 몸은 결과적으로 자연히 건강해지는 그런 '보양심心'을 먹기를 제안해본다. 사실, 나는 이 축원을 보양심으로 삼는다. 어쨌든 나도 오늘은 닭으로 나의 보양을 한 것이다.

26

위로보다 지혜

쓰나미가 뒤에서 밀려오고 있는데, 위로받을 시간도 없고 위로할 시간도 없다. 아니, 이건 애초부터 위로 같은 우윳빛 정서로 해결될 문제가 아니라는 인지가 먼저 있었을 것이다. 턱도 없는 우윳빛이라니, 얼음 같은 냉철함으로도 모자랄 일을. 따뜻하면 어떻게들 하나? 거기 엉덩이 들이 밀고 그 따뜻함이 사라져 엉덩이가 얼얼해질 때까지 절대 일어나지 않는다. 그게 인간의 감각기관의 기능이다.

경허 스님이 시자 스님과 마을에 내려가 쌀을 탁발 받아서 돌아오는 길이다. 다행히 시주들이 마음을 담아 쌀자루가 가득 찼다. 젊은 장정인 시자 스님이 메도 여간 무거운 것이 아니다. 갈 길은 멀고 자루는 무겁고…. 시자 스님은 점점 뒤쳐지며 끙끙거린다.

그런데 엎친 데 덮친 격으로 별안간 경허 스님이 지나가던 아낙네에게 덥석 입을 맞춘다. 그 옆에 아낙네의 남편이 있는데도 말이다. 아니나 다

를까, 남편은 "아니, 이런 미친 중이 있나?" 하면서 장작을 들고 경허 스님에게 돌진해온다.

경허 스님은 총알처럼 달려간다. 이것을 보고 있던 시자 스님도 아차 싶어서 그냥 무조건 달리기 시작한다. 숨이 찬지, 자루가 무거운지, 그런 것은 챙길 겨를도 없다. 한참을 달려 이제 절이 코앞에 보인다. 고래고래 소리 지르며 쫓아오던 그 남편도 이제 보이지 않는다.

시자 스님이 기가 막힌 듯 경허 스님에게 불평을 늘어놓는다.

"아니, 스님 그런 짓을 하면 그 남편이 가만히 있겠습니까? 왜 그런 위험한 짓을…"

그러자 경허 스님이 절을 가리킨다. 절이 코앞이다. 그제야 시자 스님은 비로소 깨닫는다.

'앗, 내가 이 무거운 자루를 들고 순식간에 뛰어왔네…'

우리에게 필요한 것은 위로가 아니라 지혜다. 행동할 것인가 죽을 것인가, 사느냐 죽느냐!

그래도 그 시자 스님은 시시포스보다는 운이 좋았다. 그는 스승을 잘 만나 한걸음에 절에 도착할 수 있었으니까. 시시포스는 바위를 산 위로 굴려 올린다. 바위는 올라간 만큼 가속도가 더해져서 또 떨어져 내려온다. 또 굴려 올린다. 또 떨어진다. 또 굴려 올린다. 또 떨어진다. 어떻게 무엇을 위로해줄 수 있을까? 시시포스는 위로를 들을 겨를도 없고 위로가 뭔지도 모른다. 그냥 굴려 올리고 떨어져 내리고 또 굴려 올리고…. 그는 다른 방법을 모른다. 단지 그가 터득하는 것은 혼신을 다해 굴려 올리는 것뿐이다.

아, 위로가 딱 하나 있다면 '이번에는…' 하고 굴려 올린다는 것이다. 그러나 그것은 또 떨어져 내린다. 우리는 모두 안다. 산 위로 굴려 올린 바위는 분명히 다시 굴러 떨어진다는 것을. 그런데 시시포스는 오직 바위를 굴려 올리는 것에만 전심전력을 다한다. 그리고 바위가 굴러 떨어지는 것을 보고, 절망하고 낙담한다. 죽음을 생각한다. 하지만 시시포스는 죽을 수 없다.

굴러 떨어지는 바위를 보며 그가 할 수 있는 것은 다시 그 바위를 굴려 올리는 것뿐이다. 그게 시시포스다. 그게 시시포스의 바위다. 얼마의 시간이 흘러야 하는 걸까? 아니, 끝이 있기나 한 걸까? 도대체 어떻게 해야 하는 걸까? 얼마나 시간이 흐른 걸까? 잠시 우리가 간헐적으로 일어나는 따뜻함에 엉덩이를 지지다가 궁둥이가 얼얼해지는 동안, 문득 우리는 그가 산 정상에 서 있는 것을 본다. 어?

그런데 거기 시시포스는 없었다. 물론 시시포스가 없으면 바위도 없다. 사람들은 묻는다.

"시시포스야, 어떻게 된 거야?"

그래, 달달한 위로는 없다. 그러나 길은 보여주겠다. 이 길이 옳은지 그른지도 그대가 결정해야 할 것이고, 그 길을 갈지 안 갈지도 그대가 선택해야 할 문제다.

여기 길이 있다. 길道을 따라 가라. 열매를 먹을 것이다.

27

복숭아가 사람을 먹다

어느 여름, 우리는 여름 집중수행을 마치고 몇몇 수행자들과 함께 설악산으로 등산을 갔다. 마침, 이전에 거쳐 간 한 수행자가 백담사에 있어 그곳에 여장을 풀 수가 있었다. 덕분에 우리는 아주 융숭한 대접을 받았는데, 별장처럼 떨어진 운치 있는 독채를 숙소로 제공받았다. 거기에는 많은 종류의 차와 찻상, 과자들이 정갈하게 준비되어 있었다. 우리는 여장을 풀고 잠시 차를 마시며 법담을 나누고 있었다.

그때 백담사 쪽의 아는 수행자가 커다란 쟁반에다 지금 막 천상에서 뚝 따온 것 같은 탐스런 복숭아들을 한가득 담아 들여보냈다. 나는 저녁을 먹지 않았지만 일행들은 저녁을 마친 후였다. 우리는 그때 차를 마시고 있었는데, 일행은 복숭아를 보자마자 칼을 찾아 깎아 접시에 내놓고 먹기 시작했다. 오후 불식으로 오후에 씹는 음식을 먹지 않는 나에게 좀 미안해하기도 했지만, 일단 복숭아가 자신들의 입에 들어가자 그런 사치스런 감정은 저절로 사라지는 듯했다. 그때 내가 그것을 보며 이렇게 말했다.

"배고파?"

"아니요."

"그런데 그것을 왜 먹어?"

"어, 정말 그러네요."

그렇게 상황이 확인되었지만 먹기를 멈추는 사람은 한 사람도 없었다. 그냥 먹는다. 먹고 또 먹다가 배가 불러서 더 이상 들어갈 수 없으면 그제야 멈추었다. 그러면서 가끔 내게 묻는다.

"스님은 안 드셔도 괜찮으세요?"

때때로 사람들은 내가 먹고 싶은데 꾹 참는다고 생각한다. 그러나 내 입장에서는 오히려 그것을 먹어야만 하는, 그 불편함에서 벗어나지 못하는 그들에 대한 연민이 일어난다. 그래서 내가 말했다. 그것을 먹음으로써 그것을 먹지 않을 수 있는 능력을 박탈당하는 것이라고. 사람들이 고개를 갸우뚱하고는 말을 잇지 못했다.

아마도 그들은, 거기 먹을 것이 있고, 남들이 먹는데 자신이 안 먹으면 혹은 못 먹으면, 그것을, 그러니까 그 복숭아를 못 먹는 것이 손해라고 생각할 것이다. 내가 볼 때는 복숭아가 그들을 먹었다.

물질에 점령되기를 멈추면 거기 새로운 정신적 세상으로 향하는 문이 열린다. 물질은 꼭 필요한 만큼만 사용하면서 물질이 사람의 정신을 점령

하지 못하게 해야 한다. 그러면 맑은 정신세계를 누릴 수 있다. 그것은 사실 복숭아보다 훨씬 더 맛있다. 사람들은 이 비밀을 모르기 때문에 "스님도 복숭아 먹고 싶지 않으세요?" 하고 우문을 던진다.

28

혼자 사는 사람

같이 있으면 괴롭고, 혼자 있으면 외롭다. 외로움이냐, 괴로움이냐? '타인은 지옥이다.'라고 말한 사르트르의 말을 빌리지 않아도, 우리는 이것이 무엇을 말하는지 너무나 잘 알고 있다.

한 서양 젊은이가, 동양의 어느 여성 수행자가 한 토굴에서 20년을 보내고 있다는 소리를 듣고 극도의 호기심이 발동했다. 그에게 그것은 거의 불가능으로 보이는 상황이었기 때문이다. 그는 안내를 받아 그곳에 찾아갔다. 그리고 여성 수행자가 가끔씩 음식을 받기 위해 외부인에게 작은 창문을 열어주는 시간에 동참했다. 그는 무엇을 기대했을까? 괴팍스럽거나아니면 고집스럽거나…, 아니면 아주 말이 없고 신성한 그런 모습을 기대했을까?

같이 간 안내인이 외부로 난 작은 창문을 두드렸다. 잠시 후, 문이 열렸다. 문이 열림과 동시에 말이 쏟아져 나왔다. 그리고 미소도 마구 흘러 나왔다. 그러나 굳이 표현을 하자면 그랬다는 것이고, 그냥 단순히 아주 자연스러운 무언가였다. 그녀는 방문자의 질문에 대답했고, 들여보내준 음식에 감사를 표했고, 방문자들을 축복해주었다. 무엇을 하고 지내냐는 외부인들의 말에 그녀는 모든 존재가 행복하기를 축원하며 지낸다고 했다.

그녀는 다시 문을 닫고 침묵 속으로 들어갔고, 닫힌 문 앞에서 그 호기심 많은 서양 젊은이는 당혹스러워했다. 그가 기대했던 것은 뭔가 아주 특이하고 신비스러운 것이었지만, 그가 본 것은 아주 자연스런 일상이었다. 치아는 듬성듬성했고 얼굴은 까무잡잡했지만, 그녀는 너무나도 즐거워 보였다. 도대체 혼자 토굴 속에서 무엇을 하기에 사람 얼굴이 저렇게 즐거울 수 있는 것일까?

어떤 사람이 아무 데도 돌아다니지 않고 혼자 사방이 막힌 한 장소에서 20년을 살았다면 그것은 둘 중 하나다. 전체와 만났거나 미쳤거나. 다행히도 그 여자 수행자는 전체와 만났다. 그녀는 눈을 감고 — 눈을 뜨고 특별히 보거나 들을 것이 그녀에게는 없었는지도 모른다. — 그 안에서 모든 존재를 만난다. 그리고 자기 안에서 만나는 그들은 모두 사랑이고 축복이다. 그래서 그녀는 밖에서 자유롭게 다니며 먹고 마시고 놀고 즐기는 그 서양 젊은이보다 훨씬 즐거워 보인다. 작은 창문이 닫히면서 그녀는 다시 무한한 시공의 자유로 돌아갔고, 서양 젊은이는 문이 닫히자 다시 자신의 작

177

은 개념의 동굴에 갇힌다. '어떻게 혼자 토굴 속에 사는 사람이 저렇게 행복해 보일 수 있단 말인가?' 하고 혼자 중얼거리면서.

개념의 동굴이 세상이라고 여기는 세상 사람들은, 그래서 잠에서 깨어나려고 하지 않는다. 꿈속이 더 재미있다고 말하면서. 그러다가 가끔 그렇게 꿈 밖의 사람들을 만나는 것은 꿈이 깨질 정도로 충격적이다. 그렇다면 왜 그녀는 굳이 사방에 벽을 바르고 그 안에서 살까? 그것은 바로 그런 청년들과 그런 세상 때문이다. 세상은 꿈을 꾸고 있기 때문에 꿈에서 깬 사람들에게는 오히려 불편하다. 그대는 '플라톤의 동굴'이라는 글이나 동영상을 본 일이 있는가? 꿈꾸는 사람에게 꿈 깬 사람이 들려주는 이야기는 여전히 다시 아련한 꿈속이다.

'이것은 이것이다.'라고 한정하는 그 모든 개념들을 놓았을 때 꿈은 깨지면서 거기서 그녀는 세상 전체, 아니 세상을 만든 그 원고를 만난다. 그리고 그 안에서 새로운 원고를 쓰면서 즐겁게 산다. 물론 그녀의 즐거움 때문에, 새로 쓰는 원고의 내용은 모두가 누리는 즐거움이 된다. 작가가 쓰는 글은 바로 그 작가다. 그래서 작가가 즐거우면 그 원고에는 즐거움이 담긴다. 한을 품은 작가는 한을 표현하는 원고를 쓸 것이고. 혹시 그대는 어떤 원고 속의 주인공인가?

외로움 아니면 괴로움?

29

쿨하게 놓아주기

녹음한 것을 들으려고 미니스피커에 녹음기 연결선을 끼운다. 그런데 불통이다. 이것저것 눌러보아도 소리가 나지 않는다. 배터리는 바로 얼마 전에 갈아 끼운 기억이 있다. 녹음기를 다른 컴퓨터에 연결해보니 소리가 난다. 그렇다면 이 미니스피커가 문제다.

'어제까지만 해도 잘 나왔는데…, 잘 나왔는데…, 잘 나왔는데…'

다시 한 번 이것저것 눌러보지만 여전히 먹통이다. 받아들여지지가 않는다. 색은 흰색이고 모양은 좀 특이하게 땅콩처럼 생겼고, 한 손안에 쏙 들어와 어디든지 들고 다닐 수가 있어서 내가 아주 아끼는 물건 중 하나다. 다시 한 번 이것저것 눌러보다 결국 포기하고 서랍에 넣어둔다. 이 상황을 인정하기까지 약간의 시간이 걸렸고, 그 과정에서 고통이 있었다.

아침을 준비하던 아줌마가 당황스런 얼굴로 다가온다.

"스님, 가스가 떨어졌어요."

바로 조금 전까지 찌개를 보글보글 끓여주던 가스가 어느 순간 뚝 끊어져버린 것이다.

"아휴, 조금 전까지는 잘 나왔는데…."

요즘은 좀 괜찮아졌는데, 스리랑카는 예전에는 하루에 한 번은 전기가 나갔다. 짧게는 10분, 길게는 30분 정도, 어떤 때는 반나절 정도 지난 후에 들어온다. 전기가 딱 나갔을 때는, "아, 바로 조금 전까지 잘 들어오던 전기가 왜 나갔지?" 이런 소리가 툭 튀어 나온다. 바로 조금 전까지 선풍기나 에어컨 바람이 시원했는데, 전기가 나가자마자 등에서는 땀이 뚝뚝 떨어지는, 전혀 다른 상황이 벌어지는 것이다.

컴퓨터를 켰는데 인터넷 접속이 안 된다. 뭐지? 뭐지? 이것저것 플러그마다 확인을 해본다. 인터넷 회사에 전화를 해본다.

"아니, 왜 이러지요? 바로 전까지 멀쩡하게 잘 나왔는데요…."

그렇게 친절하던 사람이, 어떻게 저렇게 소리를 지르며 이성을 잃고 저럴 수가 있어? 아니, 그렇게 잘나가던 사람이 하루아침에 빈털터리가 되다니 믿을 수가 없어. 아니, 저 사람이 그 사람이 맞아? 아휴, 개천에서 용 났네….

붓다가 가장 강조하신 담마는 바로 '변화'다. 세상 모든 것이 조건 따라 변화한다는 것이다. 우리가 보통 말하는 '인생무상'이다. 무상한 세상.

우리는 이 말을 굉장히 심각하고 거창하게 생각해서, 저 멀리, 붓다의 나라에나 있는 그런 심오한 것으로 생각하고 멀찌감치 밀어 놓는다.

그런데 내가 이 땅콩 스피커를 보며 믿을 수 없다는 듯이 이것저것 눌러보고 끼워보고 결국 안 되는구나 하고 내려놓기까지 30여 분이 걸렸다. 그런데 이 과정을 지켜보다가, 나는 '아, 이것이 변화인데 여전히 나는 이것을 인정하지 않으려고 30분을 버텼구나.'라는 자각이 일어났다.

변화하는 것, 그리고 그 변화는 딱 한 순간에 일어난다는 것. 그런데 우리는 그 변화를 인정하지 못해서 싸우거나 분노하거나 아니면 울화병이 도져 드러누워 버린다. 사람도 물건도 다 그렇게 조건 따라 변한다는 것. 이것이 붓다가 말씀하신 가장 큰 진리라는 것. 그리고 이것을 받아들이지 못할 때 우리는 고통을 느낀다는 것.

우리는 관성의 법칙 속에서 뭔가 지속되기를 바라고, 그것이 안 될 때 정도는 다르지만 심한 고통을 느낀다. 사실, 가스가 있었던 상황과 가스가 딱 끊어진 상황은 바로 한 순간에 결정된 것이었다. 그리고 전과 후는 아주 다른 결과를 주기 때문에 우리는 이 상황을 일단 거부한다. 그리고 화를 내거나 당황하는 등의 반응을 보인다. 바로 담마의 흐름에 반대하고 있는 상황이 된다.

아니, 하필이면 모처럼 손님을 초대해서 막 요리를 시작하려는데 가스가 나갈 게 뭐야? 아니, 이 프린터는 왜 중요한 서류를 출력할 때 잉크가 떨어지냐고? 특히 바쁠 때 꼭 이런 일이 벌어진다. 아니, 내가 모처럼 밤새워 시험공부 좀 해보려는데 왜 전기가 나가는 거야? 그 사람이 그렇게 나올 줄은 정말 몰랐다. 가슴이 찢어진다.

내 기억 속의 땅콩 스피커는 나를 쫓아다니며 내가 필요한 소리들을 들려주었다. 그런데 지금은 그 기억에 반대되는 상황이 벌어졌다. 나는 이 상황이 내 기억대로 움직여주기를 강요한다. 땅콩은 먹통이다. 내 기억과 반대상황. 내가 내 기억을 주장하고 현재 상황을 받아들이지 못하면 거기에서 고통이 일어난다. 그러나 그저 쿨하게 '그렇구나.' 하면서 현재 상황을 받아들이면 거기서 상황은 그저 있는 그대로 종료된다. 고통 없이. 그러면 오히려 해결책은 자연스럽게 저절로 드러난다.

그것을 좀 어렵게 말하면 '집착을 버렸다.'고 한다. 부처님 말씀이 사실은 굉장히 실용적이다. 실용적이라고 하는 것은, 집착을 놓으면 즉시 고통이 사라진다는 측면에서 그렇다.

혹시 누군가가 소리가 안 나온다고 스피커를 발로 차버리고 싶다면, 그저 쿨하게 "변하는 게 법칙이고, 무상이야."라고 말하고 놓아주어 보라.

30

꺼진 촛불은 어디로 갔나요?

차관을 들고 2층으로 올라온다. 올라오면서 내 시야가 순간순간 변하여 가는 것을 본다. 특히나 계단을 오를 때 순간마다 장면이 바뀌는 것이 선명하게 들어온다. 그러다가 나는 바로 눈앞에 들어온 부처님 상 옆의 꽃에 시선을 멈춘다. 어? 잠시 내가 나에게 놀라 다시 멈춘다. 왜 가만히 있지? 1주일이 채 안 된 꽃은 불단의 하얀 테이블보에 가녀린 꽃잎들을 흩뿌리며 고개를 떨구고, 그것도 힘들어 입술을 깨문 듯 죽은 핏빛으로 떨어져 내리고 있었다. 그런데 내가 가만히 있다. 그냥 그렇게 보고만 있는 것이다. 나에게 피식 웃어주고는 방으로 들어온다. 그렇구나. 내가 변하고 있구나. 언제 그 늪과 같은 사라짐의 블랙홀에서 벗어났지?

기억이 없다. 그냥 그럴 뿐. 꽃이 시들어갈 때마다 나는 죽어가는 모든 것들, 사라져가는 것들의 고통이라는, 이 거부할 수 없는 절망감으로 온몸이 부들부들 떨렸다. 그리고 척추에 힘이 빠져 그런 생각이 일어날 때마다 며칠씩 허우적거렸다.

가령, 가까운 사람이 세상을 떠났다. 있었는데 없다? 며칠을 또 엉금엉금 기어다닐 정도로 '없음'에 빠져 숨을 쉴 수가 없었다. 없다는 것을 인정하는 것은 자신의 죽음을 살아서 보는 것과 같다. 일어나는 모든 것들을 진저리나게 혐오하면서도 왜 사라지는 것에 이렇게 저항하는지 모를 일이었다. 그것은 내 이성이 아니라 내 존재적 본능이 하는 일이었기에 나로서도 대책 없이 수년을 그렇게 당하며 살았다.

눈앞에서 무언가가 사라질 때마다 나는 일어서다 다시 쓰러졌다. 간신히 일으켜 세워 좌선을 하면 다시 눈앞에서 나머지 세상이 땅부터 하늘까지 무너지는데, 고개를 푹 떨구고 간신히 "붓다⋯."라고 되뇔 뿐이었다. 이런 것이었나요? 이런 것이었군요. 가까운 사람의 죽음을 경험한 후로는, 살아 있는 사람을 보면 그 사람이 점유한 공간 너머로 그 사람이 없는 그 자리가 함께 보였다. 텅 빈 지구를 본다.

그런데 오늘 내 아름다운 꽃들이 내가 사랑으로 감싸고 눈에 고이 담아두었던 그 여린 피부와 찬란한 빛, 도도한 아름다움, 그것들이 저렇게 핏빛으로 처참히 떨어져 내리는데도 나는 태연히 찻관을 들고 방으로 들어온다. 그리고 커피를 마신다. 그리고 스스로에게 중얼거린다.

'대단하구나. 너, 괜찮아? 그냥 보낼 수 있어?'

나는 혀끝으로 커피의 쓴 맛을 잘근거린다.

'그래, 아직 꼬리가 다 잘린 것은 아니지만, 이제는 시들어가는 꽃하고는 싸우지 않아. 그냥 보내준다. 그렇게 사라지도록 허락하는 것이야.'

혀끝에 커피 맛이 잠시 미적거리다가 또 사라진다. 눈을 공허하게 껌뻑여보고 잠시 손끝이 미세하게 떨리지만 아무도 모르니까, 나도 모른 척하며 다시 한 모금을 머금는다. 또 사라질 속임수, 그래도 사라지기 전까지의 그 존재성에 목매달면서.

떨어진 꽃잎들을 치우지 않는다. 그냥 그렇게 둬. 그것은 쓰레기가 아니야. 그것도 똑같이 꽃이야. 나는 내가 겸허해졌다고 말해준다. 밤 좌선을 마치고 촛불을 끈다. 어떤 바보가 묻는다. 꺼진 촛불은 어디로 갔나요? 그냥 꺼진 촛불이란다, 요 녀석아.

없다는 것을 인정하는 것은
자신의 죽음을 살아서 보는 것과 같다.
눈앞에서 무언가가 사라질 때마다
나는 다시 쓰러졌다.

떨어진 꽃잎들을 치우지 않는다.
그냥 그렇게 둬.
그것은 쓰레기가 아니야.
그것도 똑같이 꽃이야.

31

생각고문

생각, 생각이 없는 인간을 상상할 수 있을까? 로댕의 '생각하는 사람'. 그렇군, 생각하는 사람이지 생각 안 하는 사람이 아니다. 또 '생각한다, 고로 존재한다.' 근대의 합리주의 철학자 데카르트, 생각하기 때문에 존재한다고 선언했다. 그리고 생각에는 꼭 소유격이 붙는다. 이건 내 생각, 그건 너의 생각. 그러므로 생각에는 꼭 주인이 있는가 보다.

철수가 영희와 만날 약속을 하고 약속 장소에 간다. 철수는 미리 와서 기다리는데 영희는 약속시간이 지나도록 나타나지 않는다. 철수는 잠시 기다려보다가 전화를 한다. 영희가 받는다. 그런데 분위기가 이상하다.

"나, 지금 약속 장소에 와 있는데 너는 언제 올 거니?"

"약속? 무슨 약속? 아아아. 그렇지. 맞아, 오늘 너하고 약속했었구나. 어떡하니, 나 지금 다른 볼 일 있어 부산에 내려가는 길이야."

"뭐라고? 네가 약속 잡아 놓고 까맣게 잊고는 부산에 가고 있다고? 야,

너 뭐하는…."

"뚜뚜뚜…."

전화가 끊어졌다.

전화란 참 편리한 것이다. 얼굴을 보고 있으면 금방 끝나지 않을 일도 전화로 이야기하면서는 그냥 툭 끊어버리면 된다. 철수는 잠시 멍하다가 이어 생각모드로 자동 진입된다. 여러분도 아주 자주 경험하겠지만, 처음에는 상대방에 대한 분노가 발생하고, 그것을 분석하기 시작하고, 그리고 결론을 내린다. 이 과정에서 철수를 행복하게 하는 생각은 단 하나도 없다. 그럼에도 불구하고 철수는 생각으로 철저히 무장을 하고 이 팬터마임을 수행한다.

그리고 결론을 내리고는 그동안 자신을 괴롭힌 것도 모자라서 도저히 참을 수 없다며 술집으로 가서 술을 퍼마신다. 술 마시는 동안은 오히려 이 고통을 즐기는 양상으로 접어든다. 지갑이 가벼워지자 겨우 등 떠밀려 일어난다. 집에 돌아와서는 이제까지 좋았던 추억들을 떠올리며 이제는 슬픔과 비참함과 불쌍함의 자기연민 모드로 들어선다. 그러다가 마지막에는 '내가 뭘 잘못했나?' 착하게 잘 교육받은 인간답게 반성모드에 떨어진다.

이렇게 그 약속시간 이후, 철수의 시간은 각양각색의 다양한 고통으로 모자이크 된다. 그리고 물어본다.

'거울아, 거울아, 지금 누가 철수를 이렇게 괴롭히고 있니?'

철수는 '고 여우 같은 영희다.'라는 대답을 기대하고 있는데, 거울이 뜻밖에도 이렇게 반듯하게 답한다.

'세상에서 가장 바보 같은 철수, 너.'

그때 철수가 어제 사온 책을 펼쳐보니 에크하르트 톨레가 거기서 이렇게 말하고 있다.

"너, 지금 네 마음에 무슨 짓을 하고 있는 거냐? 아니, 네 마음이 지금 너에게 무슨 짓을 하고 있는 거냐?"

앗, 이게 무슨 소리냐? 술이 확 깬다. 철수야, 철수야, 뭐하니….

세수하고 다시 정신 차려 자세히 자신을 살펴본다. 뭐야, 정말 나 혼자서 장장 몇 시간 동안 나를 고문하고 있었나? 이건 뭐, 물고문도 고춧가루고문도 아니고, 아, 이것이 바로 생각고문. 오, 이 순간 철수의 묵은 꿈이 드드드 떨어지면서 철수는 깨어난다.

'뭐야. 아, 이런 속임수가…, 내가 나에게 속고 있는 것이구나.'

성인들은 말한다. 그냥 음성언어가 약간의 개념이라는 모양을 형성하다가 사라지는 것이다. 거기에 철수의 개념이 스스로 말려들어가 뭐라고 한참 떠들다가 거품처럼 푹 꺼져버린 낮꿈이다. 그래서 조금 깨어난 사람들은 이런 말을 쓰곤 한다. 쿨하게…, 놓아버려.

전화를 받은 철수가 영희의 말을 음성으로 처리한다. '오, 이런 음성이 들리고 있구나.' 그리고 '음성이 사라졌구나.' 끝! 철수는 영호하고 공차기 하다가 순희하고 줄넘기 하다가 집으로 돌아와 저녁 명상으로 하루를 깨끗이 정리한다. '생각 안 하는 사람' 철수는 행복하고 순결하게 콜콜 잠을 잔다.

도대체 왜 로댕은 '생각 안 하는 사람'을 조각하지 않은 걸까? 왜 데카르트는 '생각한다, 고로 고문한다.'라고 선언하지 않은 걸까? 그들이 하지 않았어도 그것을 한 사람들이 있기는 하다. 생각 안 하는 사람의 조각은 여러분도 익히 보아 알고 있다. 그것은 붓다의 조각이다. 그리고 '생각한다, 고로 고문한다.'라고 천지가 쩡하도록 생각만 일어나면 몽둥이를 휘두른 사람들이 선사들이다.

뭐, 세상사에 바쁜 사람들은 생각이란 놈이 뭔지, 그것이 어디 있는지 생각이 시키는 대로 하느라고 생각에 대해 생각할 시간을 평생 가지지 못할 수도 있다. 주인이 던져주는 생고기를 쫓아다니는 개는 오직 어떻게 하면 더 맛있는 생고기를 더 많이 먹을까만 생각하며 주인이 던지는 대로 쫓아만 다닌다. 그 주인의 손을 덥석 물어 생고기에서 벗어날 생각을 못한다.

생각은 과거형과 미래형을 가진다. 하나의 영상이 떠오르면 거기에 연하여 의식에 떠오르는 강한 생각들과 자신이 의식하지 못하면서 그 생각 속에 잠겨 있는 무의식적 생각들이 연상작용으로 줄줄이 걸려 나오는데,

그때마다 그 생각의 소유자는 그 생각이 주는 기분, 혹은 좋거나 싫거나에 다시 자동으로 빠지면서 고문이 시작되는 것이다. 그리고 다시 그런 생각들이 우주로 퍼져 나가면서 거기에 상응하는 외부 물질세계를 철수에게 끌어당긴다. 이렇게 돌고 돈다. 그래서 그것을 윤회라고 했다.

생각마다 놓아버리면, 그 어떤 것도 그대를 움직이게 할 수 없다. 그런데 문제는 그놈의 생각이 그렇게 맘대로 떨어져 나가주질 않는다는 것이다. 그래서 그것을 체계적으로 만든 것이 명상이다. 마음 다스리는 방법.

상황이 이와 같으니, 영희를 만나고 철수를 만나는 것보다, 자기 마음을 다스리는 방법을 먼저 아는 것이 인생의 복지가 아니겠는가? 모두가 생각을 놓아버리면 거기에 내 생각, 네 생각은 없다. 소유함으로 그것을 책임지며 고문당하지 않아도 된다. 모두가 생각을 버린 그 자리에서 우리는 모두를 만나는데, 거기는 갈등과 싸움, 시기, 질투 같은 뒤틀린 정서가 없다. 내면으로 들어가 그대 마음을 만나 상황을 평정하라.

32

그대는 빠져 나가야 할 감옥에 있다

누군가의 심부름을 하는 것, 누가 시키는 대로 살아야 하는 것을 좋아하는 사람은 없을 것이다. 그러면서 사람들은 자기 맘대로, 자기 뜻대로 일을 도모하고 싶어 한다. 그럴 때 자존감이 팍팍 솟아오르기 때문이다.

아침 5분을 극복할 수 있는 사람은 사실 많지 않다. 거의 모두가 끙끙거리며 일어나 어찌어찌 일상에 밀려가다 보면 또 하루가 그냥 간다. 어떤 사람이 오늘은 일찍 들어와서 수행을 해야지 또는 영어회화 공부를 해야지 또는 책을 봐야지 하고 크게 마음먹고 일찍 들어와 앉는다. 그런데 '아, 조금만 놀다 하지 뭐.' 하면서 텔레비전 앞에 앉게 되고, 그리고 이리 저리 채널을 돌리다가 결국 '영화'라는 상황에 꼭 잡혀서는 자신이 무슨 결정을 내리고 집에 왔는지는 이미 까마득하게 잊어버린다.

영화 속 허구의 세계 속에서 그들이 시키는 대로 울고 웃다가 엔딩 자막이 올라갈 때, 아, 그 속 쓰림이라니. 썰렁한 텔레비전 앞에 덜렁 혼자 남겨진 자신. 이제라도 뭐 좀 계획대로 해볼까 하고 앉아 보지만, 머릿속에는 아까 본 영화의 장면들이 제멋대로 떠다니며 이렇게 말 걸고, 저렇게 떠들며 머릿속에서 윙윙거리고, 이미 텔레비전에 에너지를 다 빼앗긴 체력은 앉자마자 이미 새빨개진 눈이 돌덩이처럼 떨어져 내린다. 에이 그냥 오늘은 접고 자자. 쿨쿨! 그런데 문제는 그 오늘이 매일 오늘이더라는 것.

《의식혁명》의 저자 데이비드 호킨스 박사는 사람의 의식수준을 수치로 매겨 공개하는 데 성공했다. 그리고 그는 선언한다. 의도적으로 의식수준을 높이려고 노력하지 않은 상태로 할머니, 할아버지가 될 만큼 오랜 시간을 산다고 해도 그의 의식에 질적 향상은 일어나지 않는다고. 이것은 정확하다. 의도적으로 자신을 계발하지 않는다면 그는 그가 태어날 때 가져온 의식수준을 죽을 때도 그대로 가지고 다음 생으로 떠나게 된다. 그리고 뭐, 비슷비슷한 또 다른 영희, 철수가 되어 살게 되겠지. 비슷한 것은 그래도 성공한 케이스일 것이고, 그보다 조금 더 못하기 십상이다. 전생에 고착된 습관들 때문에.

알람이 울어야 일어나고, 재촉이 와야 움직이고, 마감이 가까워야 머리가 쭈뼛 솟아오르고, 큰소리로 야단을 맞아야 겨우 고치고…. 그러니까 직장에서도 누군가가 시키는 일만 하게 되는 것이다. 그 상황이 그 상황 아닌가? 누군가가 시켜야만, 상황이 밀어주어야만 움직이는 무의식의 게으

름. 남이 시키면 입이 댓 발 나와서 구시렁구시렁 마지못해 움직이면서도, 왜 알람에게는 그렇게 구시렁거리지 않는가?

그러면서 이들은 생각한다. 이건 내가 아니야. 내가 생각하는 나는 이런 사람이 아니야. 평생 그렇게 생각만 하다 — 아주 — 간다. 나는 잔인하게도 그런 사람에게 이렇게 말해준다.

"네 생각 속의 너는 그냥 하나의 생각에 불과하고, 사실은 그런 너의 습관이 바로 너다."

그런 사람들은 이제 더 이상 버틸 수 없는 곳까지 밀려가서 상황이 그 사람을 파괴하는 데까지 가야만 마음과 몸의 형판이 변한다. 때때로 아니면 매일 그대가 겪는 재앙이 바로 우주가 그대에게 베푸는 자비의 그 순간이다. 그래서 습관 하나 고치는 데 평생이 걸리는 경우도 있다.

사실은 우리가 "이대로 살다 죽게 내버려둬."라고 말하는 그 습관 속에 아주 강한 까르마가 들어 있다. 그리고 바로 그것이 우리가 너무 성스러워서 감히 가까이 가려고도 하지 않는 성스러운 사성제의 첫 번째 진리다. 고통. 고통의 원인이 바로 그 습관 속에 있다. 고통의 소멸은 그것을 고통으로 인식하는 데 있다. 거기서 고통의 원인을 발견하게 되기 때문이다. 불이 뜨거운 줄 알면 다시는 난로에 손을 대지 않는 것이다. 고통의 소멸이 일어난다. 고통을 고통으로 자각하면서 형판의 변형이 일어난다.

그런데 이러한 몸과 마음의 주형을 나라고 생각하면 그것은 거의 영원히 견고한 형판으로 굳어 버린다. 아주, 아주 오래 전에 본 '빠삐용'이라는 영화가 생각난다. 그는 감옥에 갇혀 있는데 이 감옥은 섬에 있어서 탈출은 상상도 할 수가 없다. 사방이 바다로 막혀 있기 때문이다. 그런데 이 주인공은 매일 바닷물의 흐름을 관찰한다. 어느 시간에는 물결이 어디서 어디로 움직이고 그 파고는 어느 정도고, 어느 정도의 속도를 가지게 되고 등.

그렇게 그 바다의 물결을 매일 관찰하던 주인공은 이제 확신을 가지게 된다. 어느 순간에 그 물결을 타면 어느 속도로 이곳을 빠져나갈 수 있겠구나. 그리고 장면은 수염이 더부룩한 주인공이 쌀자루 같은 것을 바다에 던지고 그 흐름을 타며 유유히 감옥을 저 뒤로 하고 바다 한가운데로 떠나가는 모습을 보여준다. 그리고 그다음 장면은 멋지게 차려입은 한 신사가 도시를 활보하는 모습이다.

자신을 관찰하라. 이 인간으로 태어나 가장 중요한 것은 시간이다. 이 시간 내에 그대는 빠져 나가야 할 감옥이 있다. 아니면 또 몇 바퀴 — 대부분 정신없이 계속 — 돈다. 몸과 마음이라는 주형화된 감옥이다. 매시간, 매분, 매초를 관찰하고 기록해보라. 자기가 하루라는 시간을 어떻게 보내고 있는지. 그리고 그것은 상사가 시켜서 그렇게 하는 것인지 스스로 하는 것인지. 그 감옥 속에서 다만 1분이라도 자신이 자신을 사용하도록 해보라.

알람이 울리기 전에 스스로 의지를 일으켜 매일이 오늘인 그 오늘, 오늘, 오늘 아침을 정복하라. 탈출하라. 그 순간 그대의 빠삐용이 문득 멋진 신사가 되어 쾌적한 도시를 자유롭게 활보하리라.

아참, 팁으로 우리 스승님 말씀을 하나 전하자면, 그렇게 자신을 운용하는 만큼만 세상도 운용할 수 있다고 하신다.

33

내가 철학이 아닌 종교를 선택한 이유

'큐브'라는 영화가 있었다. 나는 보지는 못했지만 그것이 어떤 식으로 진행되는지 얼핏 보기만 했다. 큐브Cube는 정육면체를 말한다. 영화에서는 몇몇 배우들이 그 정육면체 속에 갇혔고 한 면이 열리면 그쪽으로 탈출해보지만 거기도 똑같은 정육면체 속의 공간이 되어버리면서 이들은 결국 감옥 아닌 감옥에 갇힌 꼴이 된다.

오리지널 큐브는 매우 철학적인 근거에서 발생한 것 같다. 언어에 갇힌 사람들. 나는 여기서 영화 큐브를 말할 생각은 없다. 나는 원래 문제만 제시하고 답을 보여주지 않는 것들을 별로 좋아하지 않는다. 그것이 내가 철학을 선택하지 않고 종교를 선택한 이유이기도 하다. 그 정육면체의 벽들이 여섯 측면에서 사람들을 조여 오는 모습을 보면서 섬광처럼 내 머리를 스쳐가는 생각이 있었다. '아, 저거다!'

작가는 그곳을 사람들이 스스로 만든 언어에 갇힌 모습이라고 했다는

데, 나는 그 순간 이런 생각이 떠올랐다. 하나는 형상에 갇힌 모습, 또 하나는 소리에 갇힌 모습, 또 하나는 냄새에 갇힌 모습, 또 하나는 맛에 갇힌 모습, 또 하나는 감각에 갇힌 모습, 그리고 마지막 하나는 생각에 갇힌 모습.

영희가 목욕을 하고 잠을 자려고 침대에 누워 있다. 낮에 바로 옆자리에 앉아 있던 미스 김, 나이도 어린 것이 무엇을 시키면 공손히 "네." 하지 않는다. "네."라고는 하지만 앞의 억양을 탁 높여 거기 반항을 담아 공격한다. 할 일은 다 하고 순종하지만 그런 식으로 자신의 자존심을 세우고 반항하는 것이다. 그녀의 목소리가 자꾸 울린다. 듣기도 싫다. 그런 말을 할 때 그 표정이라니, 뭔가 온몸에 불쾌감이 좍 퍼져 나가면서 진저리가 쳐진다.

영희는 이 불쾌감을 없애기 위해 일어나서 향초를 여기저기 켠다. 그리고 텔레비전을 켜고 냉장고 문을 열어본다. 양손 가득 초콜릿, 피자, 과자, 아이스크림 등등을 집어 들고 텔레비전 앞에 앉는다. 텔레비전을 보니 미스 김 생각에서 벗어나는 것도 같다. 그래도 간간이 생각이 떠오르면 몸이 진저리를 친다.

아마도 이 중에서 영희가 진정으로 원하는 것은 없는 것 같다. 영희는 목욕을 하고는 행복한 분위기에서 자신의 내일과 미래에 도움이 될 어떤 것들을 즐기거나 계획하거나 실행하면서 평화를 누리고 싶다. 평화…? 그런 것이 무엇인지 사실 영희는 알지도 못한다. 아마 전쟁이 없는 것을 평화라고 하겠지. 그럴까?

평화란 원하는 것을 하면서 그 어떤 것에도 방해받지 않는 상태다. 그런데 영희는 아무도 없는 자신의 방에서도 이렇게 수많은 것들로부터 방해를 받고 있다. 머릿속 생각으로, 그 형상으로, 그 소리로, 그리고 그것들을 막기 위해 다른 텔레비전 소리와 형상이 필요하고, 혀에 자극적인 감각으로 억지 기쁨을 유발해야 하고, 코에다 냄새를 집어넣어 주어야 하고, 몸에 감각을 즐기기 위해 땀 흘려 번 돈으로 비싼 브랜드의 옷과 부드러운 침대보를 두르며 위로한다.

이렇게 가정을 해보자. — 가정이라고 하지만 실제일 수도 있다. 원래 인간은 무한한 존재다. 그런데 그 감각기관에 그림들이 비추이면서 무한을 놓치고 그 한계에 갇혀 버린다. 형상이라는, 소리라는…, 생각이라는.

이것이 시시각각 쳐들어오는 정육면체의 공격과 무엇이 다른가? 내가 그 장면에서 본 것은 바로 이렇게 쳐들어오는 매일, 매 순간의 정육면체 감옥이다. 감각기관receptor의 감옥. 여기서 어떻게 빠져나갈지가 인생의 퍼즐게임이다.

그 영화의 평을 보니 이런 말이 나온다. 문제는 인간들이 그 언어에 갇혔다는 것을 모른다는 것이라고. 그리고 그것이 거기서 못 빠져나오는 것보다 더 큰 문제라고. 맞다. 일단 자신이 거기 갇혀 있는 것을 모른다는 것이 가장 큰 '비非평화' 상태다. 생각해보라. 빠삐용은 결국 섬에서 빠져나왔다. 자신이 감옥에 있다는 것을 알고 있었기 때문이다.

내가 답을 알기 위해 철학이 아닌 종교를 택했다고 했는데, "그럼, 스님은 답을 찾았습니까?"라고 묻고 싶을 수도 있을 것이다.

답은 푸하하…. 인간에게서 여섯 감각기관이 멈춘 자리를 보았는가?

34

사랑을 '하는' 것이 아니라
사랑이 '되는' 것

점심을 먹고 잠시 책상에 앉아 일을 하기 전에 눈을 감고 명상에 든다. 집중을 하고 사념을 관찰하다, 잠시 시간이 지나면 모든 것은 사라지고 그 모든 것이 사라진 거리감 없는 공간이 드러난다. 그런데 바로 그 밑 없는 공간 속에 뭔가 하나가 불쑥, 솟아올랐다.

아스파라거스. 그 이미지가 떠오르더니 파릇하고 톡 튀는 맛과 향이 온몸으로 아니, 온 공간으로 퍼져 나가며 아주 신선한 기쁨이 일어난다. 문득 '사랑이다.' 이런 말이 떠올랐다. 아까 점심에 샐러드로 먹은 아스파라거스다. 요새는 저녁에 음식을 안 먹는 대신 채소와 과일 주스를 마시는데, 모든 주스에 이 아스파라거스 이파리를 한두 개 넣어 함께 갈아 마시면 그 향이 온몸에 퍼지고 신선함이 더해진다. 그러면 미소가 저절로 일어난다. 나는 그 순간 이 우주 전체와 함께 사랑 속에 있음을 안다.

사랑이란 말이 떠오르며 며칠 전 전화가 생각났다. 따르릉, 전화가 울린다. 대부분 꺼놓는 편인데 일단 울린 것이라 번호를 보니 +91이 뜬다. 인도? 전화를 받아보니 인도에서 인도 전통무용을 하고 있는 한국인 아가씨다. 전에 내게 명상지도를 받았던 인연으로 알고 지내는 사이다. 한국에 돌아간다고 한다. 몸이 좀 안 좋다고. 그러다가 대화가 진행되는 동안 다시 말을 바꾼다.

"스님, 몸이 안 좋다고 했지만 사실은 마음이 편치 않아요. 사랑이 필요해요."

"사랑?"

"네, 사랑이요. 뭐 그런 에로스적 사랑 말고요. 진짜 사랑 말이에요. 아가페적인."

사랑? 정말 가슴 시린 말이다. 우리가 이 말에 얼마나 목숨을 거는지. 이전에 한 부부가 했던 말이 생각난다. 불교를 공부하던 부부였는데 니르바나, 해탈 같은 주제로 대화를 나누던 중, 니르바나도 좋고 해탈도 좋지만 열렬한 사랑도 한번 못 해보고 니르바나에 들어가기는 좀 억울하다는 말을 했다.

나는 그 둘을 쳐다보았다. 둘이 부부인데, 사랑을 못 해보았다고? 그랬더니 부부의 사랑과 정말 목숨을 걸 정도로 미칠 것 같은 사랑은 다른 것이라고 말한다. "그런가? 그렇구나."라고 고개를 끄덕였다.

사랑. 모두가 사랑을 원한다. 모두 사랑에 목마르다는 것은 사랑이 많이 부족하다는 것이다. 부족해도 아주아주 많이 부족하다. 모두가 가슴이 텅 비어 휑하다. 그래서 사람들은 혼자 있는 것을 도둑놈보다 더 무서워한다. 그 텅 빈 공간에 갇히는 것이 두려워서 뭔가 먹어야 하고, 스마트폰에 얼굴을 파묻고 뭔가 보고 들어야 하고, 그리고 무엇엔가 취해 있어야만 한다. 술에, 일에, 영화에, 드라마에, 춤에, 음악에…. 그러다가 문득 '아, 나는 사랑이 필요하구나.'라고 거부할 수 없는 자각이 일어나면 쓸쓸히 한국으로 귀국하는 비행기에 몸을 싣는다. 아니면 외국행 비행기에. 어디엔가 있을 사랑을 찾아서.

사실 아가페적인 사랑이라고 하지만 그것이 '진짜 에로스'의 다른 말인지, 아니면 어떤 사람들에게는 둘 다 같은 뜻인지 그건 모를 일이다. 그 사랑을 몸이 원하는 건지 마음이 원하는 건지, 그것도 사람들은 잘 모른다.

그런데 나는 왠지 내가 그 사랑을 몽땅 다 갖고 있다는 생각이 든다. 아, 내가 세상에 미안해해야 하는 걸까? 아스파라거스가 그 빈 허공에 툭 떠오르는 순간, 나는 그 아스파라거스의 향과 맛과 존재성과 하나가 된다. 서로 거부감이 없다. 그래서 사랑이다. 그리고 나는 그를 알고 그는 나를 안다. 하나이기 때문이다. 그래서 사랑이라고 했다. 그러나 사실 나의 연인은 그 하나가 아니다.

요즘 특히 계단을 오르내릴 때마다 계단에 뚫린 반투명 유리창으로 들어와 굼실거리는 햇빛은 나의 오래된 아주 친숙한 연인이다. 또 가끔씩 찾아와 가슴 설레게 하는 그는 바로 아침과 저녁 결에 인도양에서 불어오는 바람이다. 아, 고백하자면 요새 또 새로운 연인이 생겼다. 햇빛을 가득 머금고 자라난 뽀송뽀송한 수건이다. 뽀송뽀송하게 마른 수건으로 얼굴을 씻을라치면 그 순간 코끝을 스치는 그 따사로움은, 그는 태양 냄새 가득한 태양의 자손이다. 그는 태양의 모든 정보를 내게 알려주는 아주 따뜻하고 친절한 사랑임에 틀림없다. 그래서 나는 사랑에 겨워 혼자 춤춘다. 하늘로 뚫린 저 투명한 지붕을 향해 두 손 활짝 펼치며.

그런데 사랑이 필요하다는 그 아이는 아마 나의 사랑에는 관심이 없는 듯하다. 누군가 아직도 다른 사람이 자신을 사랑해주어야 행복해질 거라는 환상을 가진 사람은 아직 괴로움을 겪을 거리가 더 남아 있음을 말할 뿐이다. 사랑은 주면서 드러나는 것이고, 전체와 하나가 되면서 일어나는 일체감, 즉 분리감에서 벗어남의 상태다. 그것이 바로 사랑이다. 아니, 다시 말하면 사랑은 의식의 상태이지 물리적 소유 또는 어떤 정서적 상태가 아니라는 것이다. 사랑을 '하는' 것이 아니라 사랑이 '되는' 것이다.

35

거기는 너무 위험하지 않니?

오늘은 문득 '노래'라는 말이 튀어나왔다. 참으로 오랫동안 잊고 살았던 단어다. 무슨 마음이 들었는지, 인터넷을 켜고 그냥 듣고 싶은 노래를 찾아 클릭했다. 요즘 노래는 잘 모르고, 내가 20대였을 때 들었던 노래다. 그런데 유튜브에는 온갖 노래가 다 있었다.

'와, 이렇게 쉽게 노래를 들을 수 있구나.'

그런데 정말 이렇게 의도적으로 노래를 들으려고 한 것은 출가 이후 처음이었다. 노래를 듣는다. 지난 시간이란 것들이 노래의 배경, 그 시대의 이야기와 함께 떠오른다. 잠시 마음이 몰입된다.

'이렇게 쉽게 마음을 변화시킬 수 있는 수단이 있었구나. 그렇게 마음이 힘들 때 노래라도 들을 걸.'

이런 생각이 일어났다. 그러나 그때는 그 위안이 불안했을 것이다. '그렇게 위안받다가 그것에 집착하게 되면 어떻게 하나.' 하는 생각에, 불에 델까 봐 아무리 추워도 불 근처에는 절대 안 간다는 그런 신념.

이전에 미얀마 명상센터에서 비구 스님이 안내를 해주고, 신도가 자동차를 가지고 와서 그 차를 타고 이동했다. 차에 타니 철 지난 팝송이 울려 퍼지고 있었다. 내가 나도 모르게 "Noisy(시끄러워요)!"라고 소리를 질렀다.

자신은 달콤하게 듣고 있는데 내가 소음이라고 소리치니 흠칫 놀라는 듯했지만, 승려가 팝송을 듣겠다고 주장할 수는 없는 일, 소리 없이 꺼주었던 기억이 난다. 그렇게 조금이라도 마음이 붙들릴 기미가 보이면 나는 가차 없이 잘라버리곤 했다. 아. 물론 작은 쾌락을 버려 큰 자유를 얻기 위한 것이었다.

그러고 보니 세상의 시간으로 많은 시간이 지났다. 노래를 듣는다. 느낌이 일어난다. 참으로 가수들이 경이롭다. 똑같은 목소리를 가지고 어떻게 한정된 단어에 저런 기가 막히게 응축된 감정을 실을 수 있는지. 노래를 듣는 이도 그 감정에 즉시 이입된다. 그리고 아주 달콤한 느낌이란 세계가 펼쳐진다. 뭔가 미묘한 안개 같은 환상의 세계가 펼쳐진다. 혀로 치면 달콤한 아이스크림이랄까, 달콤하고 아련하고…, 뭔가, 그래 뭔가 있는 듯한 그런 기분을 준다. 뭔가가 있는데, 그게 뭔지는 모르겠지만, 마음이 거기 흠뻑 젖어 빠져 나오지 못한다. 그것이 느낌이다.

그런데 그 뭔지 모르겠는 상태가 바로 마음이 대상에 흠뻑 젖어 있는 느낌의 상태, 그 자체를 말한다. 단어 하나하나가 마음을 탁, 탁 잡아챈다. 그것을 잘하는 가수의 음성이 대중들에게 사랑받는다. 그리고 노래 하나가 끝난다. 마치, 사탕 하나를 물고 빨다가 딱 끊어진 그런 느낌, 손은 다시 다른 사탕의 껍질을 까 입에 넣는다. 이전의 달콤함이 사라질세라.

그래서 수험생들이 노래에 빠지면 공부를 못한다는 것이다. 마음이 붙잡혀서 나오지를 못한다. 느낌의 세계다. 부처님이 왜 춤과 노래를 하지도 말고, 보지도 말라고 하셨는지, 그 이유를 알 것 같았다. 춤과 노래는 그야말로 느낌의 종합선물세트고, 느낌은 모든 행동의 뿌리이기 때문이었다. 노래 한 곡이 끝나면 대중들이 환호하고 열광하고 박수소리가 커다란 홀을 가득 메운다.

'아, 그래. 거기 분명 뭔가가 일어나고 있다.'

대중도 가수도 거기에서 빠져 나오지 못한다. 거기 그렇게 인생이 일어나고 있다.

듣는다. 그리고 본다. 그렇구나. 내 귀로, 눈으로 대상들이 들어오고 내게도 똑같이 아니 더 정교하게 그 대상이 주는 느낌들이 일어난다.

'거기 거기다.'

아, 문득 거기를 분명히 보았다. 거기 욕계라는 곳.

'여섯 감각기관, 그것 자체구나.'

읍, 온몸이 순간적으로 진을 짜내듯 진주 같은 눈물 한 방울이 뚝 떨어진다.

후~. 그리고 숨을 뱉는다.

'저 무서운 곳을 어떻게 빠져나왔지.'

저 환호성, 저 아름답고 달콤한 느낌들. 그리고 보았다. 거기서 문득 빠져나와 서 있는 나, 묻지 않는다. 느낌, 똑같이 일어나지만 이제 묻지 않는구나. 그래, 느낌은 똑같이 일어난다. 그러나 잡지 않는 것이 아니라 아예 묻지 않는다. 그래서 자유다.

그리고 다시 또 한 방울의 눈물이 나도 모르게 뚜르르 떨어진다. 이전 것보다 조금 더 슬픈 감정이 묻어 있다.

'저기 저 세상에 있는 사람들. 저 사람들 어떻게 하지.'

저기를 어떻게 빠져 나올 것인가. 아까 그 가수의 노랫말이 떠오른다.

'그래, 어쩌면 꿈일지도 몰라…'

그들이 바로 과거의 나 아니던가. 저기와 여기가 그렇게 펼쳐졌다 다시 접힌다. 거기는 시간이 흐르고 사연이 흐르고 희로애락이 흐른다. 그리고 내가 볼 때 거기는 너무 많이 아프다. 여기는 정적이다. 정적이지만 모든 것이기도 하다.

내가 경험한 바로는 여기는 그래도 편하고 안전하고 평화로운데, 그래도 사람들은 뭔가 있는 듯, 아리아리한 저 열광의 세계를 그리워한다. 그렇게 마음으로 일으키고 정신작용은 느낌에 응집되고 그 무서운 느낌의 강제성에 따라 행동을 하고 그 결과를 경험하느라 정신이 없는 저 욕망의 세상. 그리고 사실은 그렇게 일어난 것이 사라지는 것 이외에는 아무것도 없는. 내가 엄마라면 이렇게 말하겠다.

"아가야, 거기는 너무 위험하지 않니, 이리 건너오지 않을래?"

36

구두바닥 말고 발바닥

어떤 사람이 혼자 살면서 가장 어려울 때가 등에 파스 붙일 때라고 했다. 그는 파스를 일단 방바닥에 놓고 몸을 거기에 던지는데, 그때 그 비애라는 것이 말로 표현할 수가 없다고 했다. 물론 열 번 중 아홉 번은 정확한 자리에 붙지도 않았다고 한다.

이런 경우는 어떨까? 등이 가려운데, 오른손이 내려가고 왼손이 올라오면서 양손이 안 닿는 딱 그 자리가 가려울 때. 그럼 이건 어떨까? 지금 뭔가 양손이 아주 바쁘고, 사람들 많은 곳에서 별안간 발바닥이 막 따끔거리고 가렵다. 그래서 바닥을 긁어보는데, 구두바닥만 긁힐 때. 발바닥이 가려운데 구두바닥만 긁는 느낌.

내가 수행처에서 집중수행을 지도하며 수행자들과 함께 지내고 있을 때, 그 절에서 사무를 보는 장난꾸러기 처사 한 사람이 공양시간에 내게 친근하게 다가와 하소연을 했다.

"글쎄요, 스님. 이런 놈들은 어떻게 해야 하죠?"

"왜요? 어떤 사람인데요?"

"글쎄, 이 커피 말이에요, 이렇게 껍데기에는 거품이 한사발인데, 내가 직접 끓여 봤더니 거품은커녕 멀건 국물만 얼핏 비추고 말더라고요. 이거 신고해야 되겠죠?"

그러자 우리 수행자들이 밥을 먹다가 킥킥거리며 웃음을 참는 소리가 들려왔다. 내가 또 한마디 거들었다.

"그래? 그럼, 내가 검사 한 사람 소개시켜줄까?"

그러자 또 우리 수행자들이 입을 가리고 킥킥거린다. 마침 우리 수행자 중에 검사가 한 사람이 있었기 때문이다.

껍데기와 내용이 다르다?!

발바닥이 가려울 때는 어떻게 해야 할까? 때로는 발을 좌우로 비비며 긁어본다. 구두바닥이라도 긁으려는 것이다. 그나마 발바닥에 가까우니까. 그런데 문제는 '딱' 그 지점이 긁어지지 않는 것이다. 그래, 맞다. 힐링이라는 말이 힐링은 아니듯이 말이다. 아참, 등이 가려울 때 왜 효자손을 안 써보느냐고 묻는 사람도 있다. 어떤 경우, 효자손이 아주 약간은 도움이 되기도 한다. 그래도 내 손만 하지는 않다. 내 손에 뻗쳐 있는 수조

개의 신경조직과 그 막대기 조각이 같을 수 없으니 말이다.

나도 가끔 뉴스를 보거나 인터넷 서핑을 한다. 뉴스라는 것은 뭔가 새로우니까 뉴스news라는 이름이 붙었을 것이다. 그래서 나도 보긴 보는데, '뉴스'가 아니다. 그냥 그렇고 그런, 매일 똑같은 '올드old'도 아닌, '그냥 그렇고 그런'이다.

사람들이 웃고 떠들고 그래서 어쨌다는 말인가? 요즘 한국 사람들은 가족과 함께 유럽여행 가는 것이 최고의 소원이라 하던데, 거기 가면, 거기 갔다 오면 뭐가 어쨌다는 건가? 유럽이라고 뭐 별난 거라도 있나? 지구 안에는 다 그렇고 그렇다. '태양 아래 새로운 것은 없다.'란 영어속담처럼 말이다.

그러다 문득 아주 옛날에 읽었던 어떤 문장이 떠올랐다. 아마도 모파상의 어떤 단편소설에 나오는 대목이었던 것 같다.

"인생이란 그다지 고상하지도, 그다지 천박하지도 않은, 대중잡지의 표지모델 같은 것."

내가 가끔 되뇌곤 하는 말이다.

그래, 원래 내용과 껍데기가 그렇게 대단하지 않다고 하지 않는가.

그래도 왜 세상에 놀러나갔다 돌아올 때는, 늘 벽에 부딪쳐 돌아오는 것 같은 느낌이 들까? 나아가면 함정, 멈추면 벽!

아, 이것이 누군가가 나랑 안 놀아주어서 생긴, 중2병 같은 그런 것은 아니다. 모파상스러움보다 조금 더 깊을 수도 있는 그런 증상이다. 그래도 나는 신이 죽었다고 말하는 니체스러움에서는 일찍이 벗어나 철이 든 것 같다. 내 사주에 보면 돌다리도 두드리고 건너간다고 적혀 있으니 말이다. 만약 니체를 믿고 신이 없다는 생각으로 막 살다가 혹시라도 신이 살아 있으면 어떻게 하겠는가? 나는, 일단 할 수 있는 건 끝까지 다 해본다는 주의다.

아, 그러고 보니 생각나는 것이 있다. 어릴 때도 그랬었던 것 같다. 그리고 불교를 알면서 내가 나에게 이렇게 말했다.

"부처님이 '이 세상이 환영'이라고 하는데, 정말 그런지 내가 일단 이 세상을 다 다녀보아야 되겠다. 그 말이 진짜일까? 어떻게 이 멀쩡한 세상을 환영이라고 하는 것이지?"

그런데 그 말이 씨가 되어서 내가 세상을 다 돌아다녀 보기도 전에 — 세상을 다 돌아본 건 아니지만, 세계 각국의 사람들은 대충 다 한 번씩 본 것 같다. — 그 사실을 알아버리고 말았다. 정말 부처님 말씀이 맞았다. 그래서 이제 내게는 유럽도 없어졌고, 지구도 이제 간당간당하고, 뉴스도 올드도 없어졌다. 이제 이렇게 세상이 어쩌고 하며 노닥거리고 싶어 하는, 조금 남은 '나'만 없어지면 될 것 같다. 그러면 간지러운 발바닥을 박박 긁을 수 있을 것 같기도 하다.

그런데도 아주 가끔은, 이 지구를 어디에 신고하고 싶은 생각이 든다. 특히 발바닥 대신 구두바닥이 긁혀질 때 그렇다. 등 한가운데 어디쯤 왼손도 오른손도 닿지 않을 때도 그렇다. 그래도 나는 최소한 파스를 방바닥에 놓고 몸을 날리는 일은 하지 않아도 되니, 공덕이 조금은 있었다고 자부할 수 있지 않을까?

100명이 전부 설탕이 짜다고 한다면, 당신은 '설탕은 달고, 간장은 짜다.'라고 말할 수 있을까?

사족 : 혹시, 설탕은 설탕이고 간장은 간장이다, 아니면 설탕이 간장이고 간장이 설탕이다. 뭐 이러고 싶은 것은 아니겠지? 헤이, 마이 프렌드! 구두바닥 말고 발바닥.

37

그대가 그렇게 목말라하던
바로 그 사랑

뉴스를 보았다. 고3 남학생이 자신의 어머니를 죽이고 시신을 8개월간 방에다 방치한 사건. 그리고 뭐 강남괴담이라나, 읽어보니 아들이 엄마를 벽으로 밀어붙였는데, 그 벽에 미리 접착제를 발라놓아 벽에 붙어 버둥거리는 엄마를 보고 아들이 비죽비죽 웃더라는 얘기다.

사회 각 분야의 전문가들이 이 사건에 대해 의견과 대책을 이야기했다. 그런데 사람의 정신과 그 정신이 물질계에 드러나는 법칙 — 굳이 까르마라는 오래된 용어를 사용하지 않더라도 — 을 공부하는 수행자인 내가 이 사건을 보는 견해는 좀 다르다.

얼마 전 아들을 미국에 유학 보내고 대학 입학허가를 기다린다는 한 엄마를 알게 되었다. 결국 아들은 좋은 대학에 들어가게 되었고, 그 엄마는 안도의 한숨을 쉬며 내게 이런 말을 했다.

"아들이 제 자존심이더라고요."

바로 이것이다. 엄마들은 아들을 자기와 동일시해버린다. 그리고 그 아들이 잘돼야 자기가 산다고 생각한다. 신문에 나온 내용을 보니 그 고3 학생의 어머니는 남편하고도 별거 중이고 오로지 아들에 의지해서 살아온 것 같았다. 아들의 무의식은 자동적으로 안다. 엄마가 아들을 사랑해서 몰아치는 것인지, 아니면 엄마 자신의 자존심과 미래를 위해 아들을 혹사시키는 것인지. 그러다 아들과 엄마의 공업共業을 넘어서는 지점까지 가면, 거기서 그냥 일반적인 업식業識이 발생한다. 준 대로 받는.

부모들은 자녀가 자신의 소유물이라는 착각에서 벗어나야 한다. 그들은 말한다. 내 배 아파 내 속으로 낳은 내 새끼라고. 이 말에서 자유로운 사람은 한 사람도 없다. 누구나 그렇게 세상에 태어나기 때문이다. 이 말을 하는 여인은 정말 당당해 보인다. 그녀의 절대적 권리의 선언이다. 그러나 그대가 그대의 인생을 살려고 세상에 태어났듯이, 그대의 아들딸들도 그들 자신의 인생을 살려고 그대의 몸을 통하여 이 세상에 도착한 것이다.

물론 자녀들은 부모들에게 세상 그 어떤 것과도 바꿀 수 없는 기쁨과 보람을 줄 것이다. 그 기쁨을 먹으며 부모들도, 아이들이 육체적으로 커나가는 동안 또 다른 차원으로 성장한다. 자기 이외의 다른 존재를 책임지면서 '무조건적인 사랑'이라는 것을 배우게 된다. 여기까지는 우주가 이미 계획한 존재성숙의 시나리오에 잘 맞는다. 우주는 모든 존재를 성숙시키고자 하는 본성을 지니고 있다.

그런데 이 틈새에 이 모든 것을 내 것으로 소유하고자 하는 인간의 낙후된 원시적 감정이, 무조건적인 사랑을 빙자하여 수시로 들락날락거리게 된다. 아이를 성숙시켜 제 몫의 삶을 살도록 세상에 내놓고, 부모 자신은 이제 자신의 자리에 있으면 되는데, 그 아이의 몫을 내 것으로 소유하려는 순간부터 부모자식 간에 갈등이 시작된다. 부모는 내놓으라 하고 자식은 내 것이라 한다.

부모가 자식더러 '부모 뜻에 맞게 살아라.' 하는 것이 바로 소유를 주장하는 것이다. 그 아이가 세상에 잘 적응하여 살도록 부모로서 최선을 다하고 나서는 놓아주어야 한다. 자식 또한 부모의 그늘 아래서 최선을 다해 자신의 역할을 하고, 자신의 세상을 구축한 후에는 부모가 내 소유라는 개념에서 벗어나, 존재로서의 감사와 존경으로 보살펴주어야 한다. 이것이 우주가 부모자식에게 부여한 교육과정이다. 그런데 중간에 너무 많은 소유욕이 개입하면, 우주의 프로젝트는 비정상적으로 비틀어진다. 이 비틀림이 너무 심해서 본래의 목적보다 부작용이 더 커지면 우주는 이제 다른 방법으로 존재들의 성숙을 도모할 것이다.

경제적 갈등과 부담이 아버지들 쪽에서 일어나고 있다면, 감정적, 소유적 갈등은 주로 어머니들 쪽에서 발생하고 있다. 엄마들은 자식에 목숨을 건다. 더욱이 남편과의 관계가 좋지 않을 경우 그 정도는 더욱 심해진다.

여인들이여, 그대의 아름다움을 그렇게 왜곡하고 축소시키지 말라. 그대들은 참으로 이 지구의 아름다운 존재들이다. 그대들은 생명을 탄생시키고, 그대들의 섬세한 손으로 그들을 씻기고 먹여서 하나의 온전한 생명체로 세상에 내보낸다. 남자들이 머리로 생각한다면 그대들은 몸 자체로 반응한다. 그대들이 꽃을 보면 그대들은 바로 꽃이 된다. 그대들이 까르르 웃을 때는 흐드러진 벚꽃보다 더 아름다운 에너지가 우주로 퍼져 나간다. 우주는 그 순간 함께 기뻐하며 즐거워한다. 그대들은 남자들보다 더 많이 스스로의 존재 자체를 즐길 수 있다. 그대들은 가슴과 자궁이 아니다. 그것보다 더 크고 높고 아름답고 고결한 존재들이다. 그대는 그대라는 존재 자체로 이 세상의 시이다.

그대가 임신을 할 때 그대는 깊은 사랑 속에 있다. 그대는 쾌락의 기쁨을 품고 새로운 생명을 얻는다. 그대가 새 생명에 젖을 줄 때 그대는 또 모성의 새로운 기쁨을 느낀다. 수유할 때 행복의 호르몬이 나온다는 것을 알 것이다. 그래서 그대는 이 모든 것이 그대에게 기쁨이라고 절대적으로 믿고 있다. 그대는 이 기쁨을 영원히 간직하고 싶다. 그러나 때로는 그대에게 사랑을 주던 남편도 고통이 된다. 그대의 사랑 그 자체였던 자식도 괴로움을 준다. 그대는 이전에 느꼈던 그 기쁨을 영원히 간직하고 싶다. 그래서 그들이 없으면 안 된다고 굳건히 믿게 된다.

그들이 사라지면 그대들의 기쁨이 사라지고, 그러면 그대 자신의 존재성이 의미 없다고 생각된다. 그래서 그대는 그렇게 무의식 속에서 너무나 강렬하게 그들을 잡고 있다. 절대로 놓아주지 않겠다는 무조건적인 신념으로. 그래서 그대의 모습은 보이지 않고, 어느샌가 사라져버렸고, 남편과 자식만 보인다. 그들이 흔드는 대로 그대의 행복도 흔들려버린다. 위험하지 않은가?

그대 본연의 아름다움을 회복하라. 그대 여성의 존재성을 자각하라. 그대는 그대 자체로 완전하다. 그대 내면으로 들어가 그대의 존재성과 만나라. 그대가 애착했던 그 기쁨들은 그들이 준 것이 아니다. 여러 가지 조건들이 만나, 가을에 단감이 열리듯, 그렇게 잠시 달콤했다가 사라진, 그냥 연기와 같은 단순한 현상이었을 뿐이다.

그대가 그렇게 잠시 조건에 따라왔던 기쁨들을 그냥 흘려보낼 수 있을 때, 그대는 그 기쁨의 족쇄에서 벗어나, 바로 그런 집착이 사라진 그 자리가 절대적 기쁨이 되는 것을 발견할 수 있을 것이다. 그대가 아들의 성적표 때문에 끙끙거리는 그 마음을 놓아버리면, 거기가 바로 아들을 사랑하는 마음만 있는 그 자리가 된다. 집착을 놓아버린, 사랑만 조용히 고여 든 엄마를 아들은 존경하게 된다. 집착으로 붙잡고 흔드는 엄마에게 아들은 증오심을 품게 된다.

여인들이여, 그대는 한 사람의 엄마이기 이전에, 아내이기 이전에, 그대 자신으로 완전한 존재다. 그대 내면으로 들어가 그대 자신을 만나라. 거기, 그대가 놓친 모든 사랑이 있다. 그대가 가지려고 했던 그 많은 사람들이 거기서 기다리고 있다.

그대가 더 깊이 들어가 고요해질수록 그대는, 그대가 그렇게 목말라하던 바로 그 사랑을 얻게 될 것이다, 아니, 바로 그대가 그 사랑이 될 것이다. 그것은 그대가 생각하는 것보다 훨씬 더 완전하다. 그것은 드러난다. 아주 자연스럽게, 열대에서 부는 시원한 바람처럼, 평범하고 완전한 평화의 모습으로.

여인들이여, 그대는 가슴과 자궁이 아니다. 엄마, 아내가 아니다. 그보다 더 높고 고결하고 완전한 존재이다. 그대 내면의 완전한 사랑이 돼라. 그렇게 깨달음을 얻어라.

38

일곱 가지 보물

보물! 사전을 찾아보니 "썩 드물고 귀한 가치가 있는 보배로운 물건"이라고 나온다. 그런데 그 가치라는 것이 각각 다르다면 보물도 각각 다를 것이다.

《청정도론》을 읽다 보니 수행자가 첫 번째 도道를 얻는 장면이 나온다. 이제 고통스런 윤회를 거듭하는 중생에서 벗어나, 최고 일곱 생 이내에는 완전한 열반을 얻는다는 '수다원'이 된 것이다. 이 수다원은 원어로는 '소타판나sotâpanna'라고 하는데, '소타'는 '흐름'이란 말이고 '판나'는 '도달한 자'라는 뜻이다. 그래서 수다원을 예류자라고 하기도 한다. '흐름에 든 자'라는 뜻으로. 어떤 흐름인가? 바로 올바른 법의 흐름 속에 들었다는 뜻이다. 더불어 수다원을 얻으면서 얻게 되는 여러 가지 이익에 대해 설명하고 있었다.

그런데 거기 이런 이야기가 함께 나온다. 이제 이 사람은 '일곱 가지 성스러운 보물'을 얻는다. 나는 이 일곱 가지 보물을 보면서 피식 웃음이 나왔다. '보물'이란 말 때문이다. 책에서 열거한 일곱 가지란 믿음, 계, 양심, 수치심, 배움, 관대함, 지혜다. 내가 왜 피식 웃었는지 알고 함께 웃는 사람도 있을지 모르겠다.

이 일곱 가지가 '썩 드물고 귀한 가치가 있는 보배로운 물건'인가? 썩 드물다는 면에서는 어쩌면 모두가 수긍할지도 모르겠다. 그런데 귀한 가치가 있다고? 누가 그래?

어느 신실한 신도분의 자제가 결혼을 한다고 해서, 내가 그분에게 자식에게 오계를 적어서 함에 넣어 선물로 주고, 그것을 가보로 삼으라고 하면서 그야말로 자식의 성공과 안전을 보장하는 선물이 될 것이라고 말해준 적이 있다. 그런데 그 신도분이 스님에게 존경심을 보이기 위해 "예."라고는 했지만, 나는 그 말 속에 긍정이 들어 있지 않음을 금방 알 수 있었다.

한번은 십선을 지키는 이익과 오계를 지키는 이익에 대해 법문을 하고, 그것을 신도들의 보시로 CD로 만들어 법보시를 두루두루 한 적이 있었다. 그것을 신도가 많은 어느 스님에게 보내드린 후, 나중에 만날 기회가 있어 CD가 어떻더냐고 물었다. 그 스님 말씀이, 그것은 구식이라고 요즘 누가 오계를 운운하느냐고 했다.

뉴스를 보면 거의 모두가 오계를 범한 사람들의 이야기이다. 살인, 살생, 도둑질, 사기, 간음, 불륜, 거짓말 그리고 마약과 술로 인한 사건사고들…. 그것은 아마 기독교의 십계명을 적용해도 마찬가지일 것이다.

불교에서 말하는 완전한 정치인인 전륜성왕은 백성을 너무 잘 다스려 주변 국가가 오히려 자신들의 국가를 들고 와 봉헌할 지경에 이르렀다. 그가 다스리는 나라는 평화롭고 부강하고 날로 번영을 거듭한다. 그럼, 그는 무엇으로 나라를 다스렸을까? 검과 군대와 술수로? 그런 것들은 바로 그것의 반대의 날과 만나고 있어, 앞면은 빛날지 모르지만 뒷면은 이미 그 어둠을 잉태하며 기다리고 있는, 매우 일시적인 성공에 불과하다. 그렇다면? 전륜성왕은 바로 오계로서 나라를 다스렸고, 주변국이 자신들의 나라를 봉헌하면 그들에게 다시 나라를 돌려주면서 오계로 다스리라고 일러주었다.

오계는 다음과 같다. 살생하지 말라, 주지 않은 물건을 가지지 말라, 성적인 나쁜 행동을 하지 말라, 거짓말하지 말라, 정신을 혼미하게 하는 술이나 마약을 취하지 말라. 아마 그 나라에는 분명히 뉴스가 없었을 것이다. 무슨 호랑이 담배 먹던 시절 이야기를 하느냐고? 그렇다면 우리가 늘 상대에 대해 흥분하고 화내는 것들을 요약하여 이 오계에 적용하여 보라. 거의 모두가 이 속에 들어갈 것이다.

그것은 인간들이 관계 속에서 서로의 안전과 행복을 위해 지켜야 할 최소한의 약속인 것이다. 아마, 요즘은 이걸 누가 철저히 지킨다고 하면 오히려 바보 소리를 듣지 않을까? 그러나 거꾸로 생각해본다면, 만일 그대가 지도자라면, 회사의 대표라면, 누군가가 이 다섯 가지를 완전하게 지킨다고 할 때, 많은 지원자 중에서 이 사람을 선택하지 않을 자신이 있는가?

그렇다. 아주 조용히, 이 복작거리는 세상의 어느 틈새에선가 이것을 지키고 법의 흐름을 향하여 살금살금 다가가고 있는 사람들은 스스로 그것을 안다. 그것이 무엇을 말하는지. 그들은 특별한 사람들이다. 그들의 가문은 굉장한 부자다. 그래서 그들은 유산이 엄청나다. 그들의 아버지는 이 지구를 다 가지는 것보다 더 귀한 것을 그들에게 유산으로 남겨주었다. 그들의 아버지는 말씀하셨다.

> 땅 위의 절대적 주권보다, 천상에 가는 것보다,
> 온 세상을 통치하는 권력보다도, 더 나은 것이
> 법의 첫 번째 과를 얻은 수다원이다.
> 《법구경 178》

바로 이때 이 일곱 가지 보물도 함께 가지게 되는 것이다. 믿음, 계, 양심, 수치심, 배움, 관대함, 지혜. 그런데 이렇게 일곱 가지 보물이 있으니 거기에 꼭 가보라고 말할 수 있는 사람이 있을까? 아마도 다이아몬드, 루비, 에메랄드, 사파이어, 비취, 금, 은 등이 들어 있다고 하면 사람들이 낮

밤을 가리지 않고 문전성시를 이룰 것이다.

'가치'라는 말이 핵심에 있다. 우리는 고통이 없는 상태를 최상의 행복으로 여기고 움직인다. 세상도 행복을 찾아간다고 한다. 같은 말 같지만 방향성이 다르다. 한 가지 분명한 것은 다이아몬드 등을 가지면 분명히 물질적 궁핍으로 인한 고통에서 벗어나 어느 정도 행복은 누릴 수 있을 것이다. 그러나 거기에 정신적 행복까지 보장되어 있다고 말할 수는 없다. — 아, 그러나 어쩌면 우리가 이미, 거기까지 생각할 여유가 없다고 말한다면 할 말이 없다. 우리가 말하는 행복은 그렇게 불안정한 행복이 아니다. 우리는 모든 면에서 완전한, 그런 것을 행복이라고 해야 한다. 그럴 때 바로 이 일곱 가지가 보물이 되는 것이다. 믿음, 계, 양심, 수치심, 배움, 관대함, 지혜. 이 보물은 우리를 점진적으로 '고통 없음'의 나라로 인도해준다.

"그래, 바로 이거야."라고 말하는 사람들에게, 어떤 사람들은 "보물? 이게 무슨 보물이야? 좀 말 같은 소리를 해."라고 말할까봐 저으기 불안하다. 아니, 불편하다. 비정상의 정상화인지, 정상의 비정상화인지…. 일찍이 그랬다, 전도몽상이라고….

그러나 어쨌거나, 세상이 '그러거나 말거나', 나는 내가 보물이라고 생각하는 이것들을 꼭 움켜쥐고 살 거다.

39

생각 이전에 작동하는 것

불교의 이치와 명상 중에 발견되던 현상들이 양자물리학자들에 의해 과학언어로 표현되는 것을 보는 것은 내게는 참으로 경이로운 일이었다. 그중 가장 경이로운 것은 물리학자들 자신들도 가장 아름다운 실험이었다고 자칭할 정도로 놀라운 결과를 불러온 '이중 슬릿 실험'이다. 사람이 보면 전자가 입자가 되어 물질로 드러나고, 사람이 보지 않을 때는 파동이 되어 물질계에 존재하지 않는, 아인슈타인마저 혼란케 했던 이 실험. 아인슈타인은 "저 달이 내가 보지 않을 때도 거기 있는 것이라고 믿고 싶다."고 말했다. 내게는 이것이 까르마를 비롯해 공덕 등 추상적인 개념들을 이해하는 실마리가 되어주었다.

한국에 잠시 나갔다가 다시 스리랑카에 들어오기 위해 몇 가지 필요한 물건들을 사야 했다. 아는 아가씨 한 사람과 대형마트에 가서 물건을 사고 있었다. 아가씨의 도움으로 목록에 있는 물건들을 다 사고, 이제 에스

컬레이터를 타고 주차장으로 내려가는 길이었다. 우리는 내려가고 있었고 우리가 내려가는 층에는, 지금 막 쇼핑을 마친 몇 사람이 박스에 물품들을 넣으며 정리를 하고 있었다. 그런데 그중 한 사람이 한 세트의 칫솔을 한손에 별나게 높이 들고 있었다. 그리고 그것은 에스컬레이터를 타고 내려가는 내 시야에 정확하게 들어왔다. 마치, 내게 보여주기 위해 그렇게 별나게 손을 높이 들어 올린 것 같은 느낌이 들 정도였다.

그런데 그 순간, '아, 그렇지. 내가 칫솔 사는 것을 잊었구나.' 하는 생각이 팍 스쳐 지나간다. 나는 미세모로 된 칫솔을 쓰는데, 스리랑카에서는 그런 칫솔을 구할 수가 없어서 칫솔은 한국에서 꼭 사가야 했다. 그리고 순간, 내 뒤통수를 치는 직관. 아, 이건 누군가가 내게 보여준 것이다.

사실, 이런 일이 수시로 일어난다. 가령 《시크릿》이나 '트랜서핑', '세도나 메서드'를 사람들에게 가르치기 전에 나도 수시로 실험을 해보곤 했는데, 그러한 투사가 일어나는 것이 내게는 별로 특별한 일도 아니었다. 그런데 이번 경우는 좀 달랐다. 그런 실험에는 내가 먼저 투사를 하고 그 결과를 경험했는데, 이번에 칫솔은 전혀 내 의식권에 없었다. 스리랑카에 돌아와서 구입해야 할 물건 목록을 다시 살펴보니 거기에도 칫솔은 적어놓지 않았었다. 그러니까 내가 한국에 들어갈 때 칫솔을 사야겠다는 생각을 전혀 하지 않았다는 것이다. 더욱이, 이렇게 나라 사이를 이동하면 의식견과 환경이 달라지면서 계획이 그렇게 차곡차곡 진행되지도 않는다. 그런데 정말 내게 꼭 필요한 것이 내 의지권에 들어와 자각된 것이다. 누가? 무엇이?

혹자는 부처님의 가피加被라고 말할지도 모르겠다. 아니면 스님의 수행력(?)이라고…. 물론 그것도 완전히 틀린 말은 아니겠지만, 나는 이 일을 계기로 과학자들의 말을 실제로 경험하게 된 것이다.

한 과학자가 양손을 실험도구에 올려놓고 뇌파를 검사한다. 오른쪽을 누르고 싶을 때는 오른쪽을, 왼쪽을 누르고 싶을 때는 왼쪽을 눌렀다. 다른 한 사람은 그때의 뇌파를 검사했다. 실험결과가 나왔고 실험에 직접 참여한 과학자는 허탈하게 실험결과를 수긍한다. 이 사람이 오른쪽을 누르겠다고 생각하기 전에, 벌써 두뇌의 해당 부분에 뇌파가 작동했다는 것이다. 정확히 이 사람이 의지를 일으키기 6초 전에 두뇌는 먼저 상응하여 움직였다. 과학자는 당황한다. 그럼, 그것이 나의 의지가 아니란 말인가?

뇌파를 측정했던 과학자는 이렇게 말한다. "그것은 마치 외부의 어떤 프로그램이 들어와 작동하는 것 같았다." 두뇌 또한 어떤 파동을 받아들여 해석하는 홀로그램의 일부분이라는 증거가 되었다. 여기서 나는 언젠가 기록해두었던 붓다의 말씀을 떠올리며 미소를 흘린다.

'생각 이전에 상카라가 작동한다.'

그 상카라는 업성의 축적이며 이 상카라들은 전 존재계에 함께 존재한다. 인드라망Indra's net이다. 하나가 전체에 비추이고 전체가 하나에 투영되는. 전체를 이루는 각각의 개체들은, 전체에 저장된 모든 정보를 가지고 있다.

우리가 왜 우리의 행동에 책임을 져야 하는지, 왜 전체에 유익하도록 홍익인간의 정신을 새삼 떠올려야 하는지, 왜 끊임없이 크고 작은 공덕을 지어야 하는지 확인해준 우주의 사인이었다. 이것은 우리가 생존의 서바이벌에서 벗어나 평화롭게 존재Well-Being할 수 있는 비밀이기도 하다.

40

위기를 모면하게 해주는
본능과 지혜와 사랑

주변을 싹 치우고 집중한다. 긴급하게 읽고 써야 할 것이 있기 때문이다. 아직 대낮이지만 주변은 아주 고요하다. 정말 고마운 이웃들. 그런데 그렇게 집중해서 책을 읽어 내려가고 있는데 뭔가 밖에서 툭 하는 소리가 난다. 이 소리가 평상시의 그런 소리가 아니었다. 뭐지? 그냥 모른 척하고 책을 넘기다가 — 일어나면 집중이 깨지니까 — 안 되겠어서 일어나 나가 본다. 혼자 사는 사람은 이렇게 작은 소리에도 예민한 법이다.

그런데 문을 열고 나가 보니 거실에 뜻밖에 작은 아기 다람쥐 한 마리가 바르르 떨며 바닥에 떨어져 있었다. 나는 천장을 올려다보았다. 혹시 저기서? 여기서 천장까지는 3층 정도의 높이로 천장이 유리로 되어 있었다. 하긴 때때로 다람쥐들이 고양이에게 쫓길 때는 우당탕퉁탕 지붕이 무너질 듯, 천장에서 아주 요란한 소리가 나면서 이런 불상사가 일어나기도 한다. 그래도 내 눈으로 다람쥐를 이렇게 가까이 보기는 처음이었다. 그것도 아기 다람쥐를.

　호기심도 생기고 무슨 일이 있었는지 좀 가까이 다가가서 보려고 하니까 녀석은 있는 힘을 다해 도망을 간다. 벽을 오르려고 시도는 하지만 힘이 없는지 다시 바닥으로 떨어진다. 내가 있으면 녀석이 두려워하는 것 같아 일단 자리를 피해주는 것이 좋겠다는 생각이 들었다. 그런데 녀석이 앉아 있던 자리를 보니 피가 묻어 있다. 아, 천장에서 떨어지면서 배를 다쳤구나. 저런, 조그만 것이. 어떻게 하지.

　그냥 두면 안 될 것 같았다. 빈 상자를 가져다가 녀석을 넣고 우유라도 먹여 좀 기력을 회복시킨 후에 숲 속의 동료들에게 데려다 주어야겠다는 생각이 들었다. 그러나 내가 상자를 가지고 돌아왔을 때, 녀석은 내 키보다 훨씬 더 높은 벽에 올라가 사력을 다해 벽을 붙들고 있었다. 아마도 나에게서 벗어나려는 몸부림 같았다. 참나, 내가 그렇게 자애관을 했는데도 저 녀석은 나를 두려워하네. ― 그런데 나중에 생각해보니 내 마음 속에서 여전히 동물에 대한 두려움이 존재하고 있음을 확인했다. 좀 서운해 하면서 녀석을 두렵게 하지 않기 위해서 나는 방으로 들어왔다.

　다시 책장을 넘겨보지만 마음은 자꾸 녀석에게로 흘러간다. 그런데 녀석은 몸도 아플 텐데 계속해서 날카롭게 뭔가 소리를 질러대고 있다. 그러더니 잠시 후, 또다시 쿵 하는 소리가 났다. 아까보다 좀 더 큰 소리다. 이건 또 뭐지? 다시 문을 열고 나가보니, 이건 또 웬걸, 이번에는 좀 큰 다람쥐가 바로 아기 다람쥐가 처음에 떨어졌던 정확히 똑같은 자리에 떨어져 있었다. 그럼, 저 녀석이 엄마에게 여기 장소를 알려주느라 그렇게 빽빽 소리를 질러댔나? 어미 다람쥐가 틀림없는 그 다람쥐는 얼른 새끼에게 달려가더니 배를 핥아준다. 아마 상처가 나서 피가 묻어 있는 부분이리라. 그런데 내가 그렇게 지켜보는 것이 영 불편했던지 두 녀석은 탈출을 준비하는 듯했다. 어미는 녀석을 핥아 안정을 시키는 듯하더니, 이내 녀석의 목덜미를 입으로 물고, 참 놀랍게도 아기 다람쥐는 자기 몸을 목도리처럼 엄마 목에 돌려 감았다. 이렇게 두 동물이 일체가 되어 움직이기 시작했다.

나는 아무 짓도 안 하고 안타까운 마음으로 쳐다보고 있었지만 두 녀석은 어떻게 하든 내 시야에서 벗어나고 싶어 하는 것 같았다. 아니면, 이 낯선 인간의 영역에서 얼른 벗어나 자기들의 세상으로 돌아가고 싶어 했을 것이다. 그런데 그렇게 뭉클한 모성도 벽을 타고 오르기에는 아기의 무게가 너무 무거웠는지 오르다가는 떨어지고 다시 아기 목도리가 감고, 다시 떨어지고 감고를 여러 번 되풀이한다. 좀 쉬었다가 가도 되는데, 아무리 자애관을 보내도 이 녀석들이 긴장이 지나쳤는지 그냥 무조건 벽을 기어오르고 떨어지곤 한다. 부처님은 미친 코끼리도 자애관을 보내 순한 양으로 만드셨다는데…. '좀 쉬었다. 우유 한잔하고 숨 좀 돌리고 가렴.'이라고 알려주고 싶은데.

하여간 이 방법은 아닌 것 같아서 일단 나는 나를 숨겨 이들을 안심시키는 것이 낫겠다고 판단하고는 다시 방으로 들어왔다. 살짝 커튼 밖으로 보다가 녀석들이 안 보여서 다시 나왔더니, 이제 벽으로 오르는 것을 포기하고 내가 없는 틈에 순식간에 이곳의 지리를 익혔는지 이제 계단을 타고 쏜살 같이 나르듯, 두 동물 일체가 움직이기 시작한다. 보이지 않게 그들을 쫓아가 본다. 계단을 오르더니 덩굴들이 무성하게 얽혀 있는 부엌 쪽 담으로 유유히 사라져 갔다. 거기에는 많은 다람쥐들이 오가고 있었다. 거기가 그들의 홈타운인 것이다.

뭔가 가슴이 울리고 있다. 아, 인터넷에서 여러 번 보긴 했다. 새 한 마리가 죽은 동료 새 앞에서 날카로운 부리를 잔뜩 벌리고 울고 있는 모습을, 로드킬로 죽은 개 앞에서 시름에 젖어 떠나지 못하던 동료 개의 모습도. 그런데 이건 뭐, 저들이 나의 방 앞에 떨어져 내려와서 연출해준 이 장면은 또 뭐란 말인가? 사람하고 똑같았다. 자식의 피 묻은 상처를 핥아주고 버겁지만 아기를 입에 물고, 자식은 또 우리가 엄마 등에 업히듯 엄마의 목을 목도리처럼 감고 하나가 되어 위기를 모면해 나가는 그 본능과 지혜와 사랑. 그리고 그 높은 곳에서, 엄마는 아기가 말해준 그 정확한 지점으로, 위험 같은 것은 생각도 안 하고 그냥 뚝 떨어져 나타나준 것. 똑같구나. 존재들은. 사랑이다. 사랑.

그렇게 그들을 보내고 다시 정적 속에서 나는 마음에 일렁거리는 생각들을 놓아버리고 다시 책장을 넘긴다. 그날 밤, 명상시간에는 다람쥐들을 하나하나 불러내어 자애관을 보내준다. 내 절에 떨어졌던 그 한 마리, 그리고 그 엄마, 모두 건강하고 안전하고 행복…. 그리고 이 마을에 살고 있는 모든 다람쥐들…, 스리랑카의 모든 다람쥐들…, 한국, 인도, 중국, 일본, 미국, 아프리카, 영국 등의 모든 다람쥐들…, 이 지구 전체의 모든 다람쥐들이 건강하고 안전하고 행복하도록 빛으로 축원해준다. 다음에 만나면 조금 더 친해지자. 다람쥐들아.

엄마는 아기가 말해준
그 정확한 지점으로,
위험 같은 것은 생각도 안 하고
그냥 뚝 떨어져 나타나준 것.
똑같구나. 존재들은. 사랑이다.
사랑.

41

지구가 무너져버렸다

마음이 대상과 대상을 자각하는 자체의 마음에 대해 잘 알아차리고 있으면 우리는 이 우주의 비밀을 훔쳐볼 수가 있다. 좀 겁나긴 하지만 재미도 있다.

명상센터는 아주 조용하고 깨끗했다. 따로 떨어진 꾸띠오두막 앞마당에는 작은 자갈들이 깔려 있어 해가 넘어가려는 어스름한 저녁에는 밖으로 나와 선선한 저녁 바람을 즐기며 경행을 한다. 맨발로 하는 것도 아주 좋다. 발바닥에 자극이 되어 건강에도 좋고, 발바닥과 흙 사이에 무슨 일이 일어나고 있는지도 잘 알 수 있어 더욱 좋다.

하나의 딱딱한 자극이 일어나고 사라진다. 자극이 인지되고 사라진다. 바람이 볼을 스치면 부드러움과 기분 좋은 느낌이 일어나고, 바람이 가버리면 부드러움과 기분 좋음이 사라져버린다. 그렇게 일어났다 가버리고, 그 자리에는 아무것도 남아 있지 않다. 문득 저쪽 다른 꾸띠의 외국인 여자 요기가 다른 잔디밭에서 경행을 하고 있다. 문득문득 모습이 보였다가 사라진다. 나의 눈에는 하나의 물상으로 눈에 나타났다 사라져간다.

그리고 나는 코너를 돌아오며 내 발밑에 기어가는 작은 생명체를 본다. 개미. 아주 작아도 움직이는 생명체란 금방 눈에 띈다. 녀석이 내 시야에 들어오는 순간 '안전하거라.'라고 말해준다. 내가 다시 코너로 걸음을 옮기는 순간, 개미는 내 시야에서 사라진다. 사라졌다. 순간, 개미와 외국인 여자 요기가 내 의식권 속에서 함께 사라져버렸다. 그리고 모든 것이 사라졌다. 모든 것이 사라졌다.

앗, 내가 충격으로 멈칫하고 있을 때, 대지와 바람과 저녁 어스름이 내게 말해주었다. 개미와 사람이 뭐가 달라요? 문득, 개미와 사람이 다르지 않았다. 그들은 원래 하나였다. 아! 어느 것도 어느 것과 다르지 않았다. 오, 맙소사. 늘 새로운 자각은 심장을 두드린다. 소름이 돋는다. 그랬었다고요? 나만 모르고 있었군요. 그리고 그 둘이 다르지 않으면서 함께 사라져버렸을 때 나는 놀라움과 경악으로 휘청했다. 원래 아무것도 존재하지 않았다. 단지 잠시, 잠시 그렇게 스크린에 드러나는 필름처럼 그렇게 문득 문득 드러났다 사라질 뿐이었다.

나는 몸을 가눌 수가 없어 의자에 털썩 쓰러졌다. 아무것도 존재하지 않는다. 바로 내 발밑에서 지구가 한 조각씩 한 조각씩 무너져 내렸다. 지구가 붕괴하고 있었다. 지구에 붙어 있다고 생각하는 내 몸도 붕괴되고 있다. 나는 소리치고 싶었다. "안 돼!"라고. 그러나 그 소리조차 이내 사라져버린다. 내 발밑의 지구가 붕괴하고 내가 의지했던 의자가 사라지고 나도 사라지려고 한다.

나는 파랗게 질리고 숨이 막혀 온다. 그렇게 지구가, 지구가 다 무너져버렸다. 며칠을, 며칠을 그렇게 무너져 내렸고 나는 숨을 몰아쉬며 숨을 곳을 찾았지만 알다시피 숨을 곳이 없었다. 그리고 막다른 골목에서 '나self'는 백기를 들고 항복했다. 그러자 어느 순간, 지구와 내가 그리고 모두가 함께 사라졌고 정적이 흘렀다. 거기 아무것도, 아무것도 없었다.

백기를 드는 순간 '나'는 이미 포기했으므로 무슨 일이 일어나든 상관이 없었다. 그런데 그 순간, 도대체 이건 또 무슨 일이란 말인가. 그 모든 것이 사라진 엄청난 공간 속에서 나는 미소 짓고 있었다. 가슴에 고여 드는 그것은 미소가 동반되는 바닥을 알 수 없는 깊은 평화였다.

이것은 공개된 비밀이었다. Open Secret!

42

스리랑카의 설날

4월 중순, 스리랑카 설날이다. 바깥의 모든 활동이 휴식에 들어가므로 나는 당연하게도 고적암에서 한 발자국도 안 나간다. 아줌마도 휴일이라 당분간 오지 않는다. '야호!' 속으로 만세를 불러본다. 왼쪽 집에서 전화가 왔다. 설날 점심 때 공양을 올리겠다고 한다. 아줌마가 가면서 오른쪽 이웃집에서 설날 아침 공양을 올리겠다고 전했다. 휴일 전, 아줌마가 구석구석 깨끗이 치운 고적암을 누리며 밤늦게까지 좌선으로 나는 흐뭇한 연휴를 보낸다.

설날 아침이다. 새벽 좌선을 마치고 승복에 가사까지 갖추어 입고 아무리 기다려도 소식이 없다. 9시가 지났다. 아마도 날짜를 잘못 전했나 보다 생각하고는 다시 내 할 일을 한다. 11시 20분, 공양을 가지고 온다는 전화가 왔다. 왼쪽 집이다. 이들에게 새해를 축원하는 붓다의 말씀을 담은 프린트물을 준비해 가지고 내려간다.

닐라가 쟁반을 받쳐 들고 들어오는데, 닐라의 주변에 사랑과 생명력의 오라가 출렁인다. 사랑스런 여인이다. 전형적인 가정주부의 모습. 가족에게 온 가슴으로 헌신하는. 그 정성이 음식에 고스란히 녹아들어 있다. 이전에는 고리타분한 생활인의 모습이라고 생각했었는데, 오늘 문득 그녀가 바로 이 순간의 생명이다 하는 생각이 들었다.

그 옆에 남편이 함께 왔다. 영국과 미국에 유학하다 최근 결혼한 두 아들에 대한 안부를 묻는다. 큰 아들은 아이를 낳았고 둘째가 현재 임신 중이라 한다. 내가 앙굴리마라의 임산부에게 주는 게송을 알려주겠다고 하니, 함빡 웃으며 반긴다. 삶의 모습이다. 이 두 사람에게 자식과 가정은 그들과 떨어져 있지 않다. 아니, 오히려 그들 뼈와 살 속에서 피처럼 흐르고 있다. 내가 주는 붓다의 말씀 속에는, 그것이 세속의 쾌락이고 닙바나가 최상의 행복이라고 말하고 있다. 불교에서 가장 적대시하는 말이 '애착'이다. 나는 그들을 보내고 음식을 덜어 상을 차린다.

막 상차림을 마치려고 하는데, 다시 초인종이 울린다. 이런, 다시 오른쪽 집에서 점심을 가지고 왔다. 먼저 받은 것을 살짝 덮어 놓는다. 혹시 자신들의 공양이 다 받아들여지지 않는다고 생각하면 섭섭해할 것 같아서다. 뭐, 이건 거짓말은 아니니까. 이 집에서는 스리랑카 고유의 명절 음식인 쌀케이크 끼리밧을 가져왔다. 나는 기억한다. 내가 저 끼리밧을 받으면 늘 냉장고에서 굴리다가 결국 아줌마에게 주고 만다는 것을.

그들과 잠시 덕담을 하다가 그들에게도 붓다의 말씀이 담긴 프린트물을 건네준다. 매우 기뻐한다. 다른 사람의 기쁨을 보는 것은 정말 좋은 일이다. 분명 그것은 정신의 음식이 된다. 84세인 할머니에게는 생명력이 넘치고 젊어 보인다고 말해주었다. 사실 그랬으니까. 거짓말은 아니다. 만면에 미소를 지으며 간다. 그들이 기쁘니까 나도 기쁘다. 문을 나서며 여인이 말했다.

"스님, 언제라도 필요한 것이 있으시면 말씀하세요. 여기 전화번호예요."

전화번호를 받아놓는다. 말도 완전히 통하지 않는 외국의 이웃집 사람들이다. 설날 음식을 받고 덕담을 나누고, 서로를 염려하는 마음을 교환한다. 문을 닫고 들어오며 나는 가슴이 울리는 것을 본다. 이상하다. 내가. 오늘 점심을 두 번이나 공양 받고….

이전에는 문을 꽁꽁 닫고 살던 내가, 저들의 작은 마음씀씀이에 가슴이 크게 공명한다. 그런데 정말 이상하다. 저 사람들, 내가 추구하던 그 높은 깨달음의 세계하고는 얼마나 먼데…. 내 문은 늘 잠겨 있었다. 전화도 혼자 울리다 만다. 그런데 왜 문을 반쯤 열어놓고 잠시 나눈 대화가 이렇게 따뜻하지? 이거 이상하다.

일단 설날 점심은 먼저 받은 것으로 해결을 했다. 다음 날, 끼리밧을 먹었다. 음? 이게 아닌데…. 예전에는 한국의 떡하고 비교해서 그랬는지 끼리밧을 좋아하지 않았다. 끼리밧을 먹으며 잘근, 잘근 씹히는 뭔지 모를 느낌 속에 일가친척들이 함께 모여 만들고 찧고 삶고 하는 향내가 났다. 이거야? 아니, 이거였어.

잠시 어제 문가에서 나눈 대화가 오버랩 된다. 그럼, 여기 돌아오기 위해 그 먼 여행을 했었나? 하늘과 땅이 하나였단 말인가? 아니, 그들은 하늘과 땅으로 나뉜 일도 없었겠구나. 사람의 머리가 그렇게 나누고 그 틈새에 끼어 그 난리를 겪었던 것이구나.

그러고 보니 생각나는 박사님이 있다. 스리랑카에서 박사학위를 받은 사람인데, 어느 날 나에게 이런 말을 했다.

"논문 쓴다고 붓다와 경전의 심오한 깨달음과 위빠사나와 무슨 성자와 번뇌와…, 이런 말들 속에 깊이 빠져 있다가 밖에 나와서 쓰리빌 운전사와 10루피 때문에 승강이하면서 굉장한 괴리감을 느꼈다."

이제 그 박사님도 해답을 얻었을까?

스리랑카 불자들은 스님들의 공양을 챙기지 못하면 몹시 불편해한다. 같은 남방이지만 미얀마나 태국과는 달리 스리랑카 승려들은 탁발을 나가지 않는다. 신도들이 매번 절로 가져온다. 그리고 절에 가서는 절하고 기름 살라 불 밝히고 보리수나무를 돌며 염불을 한다. 그냥 맹목적인 전통일 뿐이라고 밀어붙였다. 붓다의 뜻하고는 거리가 멀다. 그것은 오직 첫 번째 계단에 불과하다. 그런데 왜 내가 그렇게 달려 나갔는데, 다시 이 첫 번째 계단으로 돌아온 걸까? 그럼, 여기가 그 마지막 계단?

지금 이 순간의 생명들! 뜨거운 날 외출을 하고 들어오다 보면 심한 두통에 시달릴 때가 있다. 그러면 나는 왼쪽 집의 부인인 닐라에게 전화를 한다.

"닐라, 밀크 탄 홍차가 필요해요."

근심 어린 검은 눈망울로 10년 넘게 사용한 듯한 영국식 보온병에 홍차를 가득 만들어온다. 두 잔 정도 마시면 피로가 회복된다.

열대의 저녁 바람은 상상할 수 없을 만큼 상쾌하다. 그리고 나는 열어 젖힌 창 너머로 새들이 지저귀는 소리를 듣는다. '내 귀 감각에 들어온 모든 대상들이 행복하기를' 자애관이 자동 발사된다. 그런데 나는 저 새들이 파랑새라고 생각한다.

43

눈물

위로라는 말, 다들 좋아한다. 요즘 사회의 키워드다. 그런데 나는 그런 말 별로 좋아하지 않는다. 나는 '위로'보다는 '완전한 해결'이란 말을 더 좋아한다.

눈물이 나요, 가슴이 쓰라려요, 심장이 찌릿찌릿해요, 손발이 떨려요…. 울어요, 울어요, 이불에 얼굴을 처박고 울어요. 울어요, 세수하다 씻는 척 하고 울어요. 샤워할 때 울면 아무도 몰라요.

자비의 화신이라는 붓다는 45년간 고통받는 중생을 위해 일하다 가셨다고 한다. 예수는 비록 3년이지만 사랑, 그 자체를 온몸으로 실현하고 가셨다. 아니, 사실 두 분 다 가셨다는 표현은 맞지 않는다. 일단 역사적으로만 그렇다고 수용하도록 하자. 그런데 불경에도 성경에도 붓다나 예수가 눈물을 흘렸다는 장면을 본 적이 있는가? 나는 보지 못했다. 두 분이 육체를 가지고 이 지구별에 있을 때 하셨던 일은 고통받는 사람들의 고통을 도와주고 해결하는 쪽으로 인도해주는 일이었다. 그래서 그 이름이 붓다고, 구세주다.

람타는 그랬다. — 람타는 현재 어떤 미국 여자가 채널링을 하고 있는 아주 오래전에 깨달은 사람이다. 그 사람은 그 시절에 지금 시리아처럼 지배자들에 의해 동족들이 죽어가고 모멸당하는 상황을 보게 된다. 그렇게 잔학한 학살이 있었지만 그다음 날도 동료들의 시체 위로 태양은 떠올랐고, 새들은 지저귀고 바람은 살랑살랑 제 멋에 춤을 추더라고. 팔레스타인과 시리아와 우크라이나에서 아이들이, 여인들이, 그리고 시민들이 죽어 나가도 우리는 밥을 먹고 영화를 보고 코미디를 보며 큭큭거릴 수 있다.

위로라고? 어떻게 흐르는 그 눈물에 위로를 할 수가 있나? 눈물은 눈에서 흐르는 것이 아니라, 가슴에서, 심장에서 흐르는데, 어떻게 귓가에 잠시 흘리는 진동수로 그 눈물을 멈출 수가 있겠나? 그래서 붓다는 울지 않으셨다. 붓다는 가만히 계셨다. 예수는 그들과 함께 하셨지만 그 역시 눈물은 아니었다.

붓다는 그 여인을 만났다. 미저리…. 가난한 집안의 딸로 태어나 부잣집 남자의 사랑을 얻어 결혼을 하긴 하였지만, 시댁에서 인정을 못 받고 사는 불쌍한 여인. — 오, 이런 드라마는 고금을 초월하는군. 그러다가 임신을 하자, 돌연 시댁의 태도가 돌변한다. 고결한 우리 집안의 씨를 가졌다니…. 그녀는 별안간 귀한 존재가 되어 공경을 받는다. 그녀는 아이가 희망이라는 것을 알았다. 그리고 그 아이를 학수고대하고 기다린다.

드디어 출산! 아뿔싸, 그때나 지금이나 인생의 드라마가 그렇게 순탄하지는 않았다. 그녀의 아기는 죽어서 태어났다. 모든 환경은 졸지에 얼어버린다. 여인의 마음은 이미 동사상태다. 아무것도 보이지 않는다. 아기, 내 아기, 아기…. 그녀는 죽은 아이를 팔에 안고 동네를 돌아다닌다. 아기가 아파요, 우리 아기를 고쳐주세요. 아무도 그녀를 거들떠보지 않는다. 사람들은 그녀가 미쳤다고 수군거린다. 그녀를 긍휼히 여긴 '지나가는 사람1'이 그녀에게 살짝 정보를 알려준다.

"저기 말이야, 아주 용한 의사가 한 사람 있긴 한데…. 그분한테 가보면 혹시…."

그녀는 제트기처럼 달려간다. 저기, 그윽한 한 분이 앉아계신다. 그녀의 행색은 초라하고 얼굴은 잿빛이고 죽은 아기는 품 안에서 고요하다.

"의사 선생님이시죠? 우리 아기를 고쳐주세요. 아이가 잠시 병이 들었어요."

눈물이 그녀의 손등으로 뚝 떨어져주어야 하지 않겠는가?

"그렇구나, 이리 오너라. 내가 그 아이를 고쳐주어 너의 행복을 찾아주겠다…."

우리가 바라는 위로는 이런 것인가? 붓다는 전혀 미동도 하지 않았다.

붓다는 때론 이렇게 말씀하신다. 남의 까르마에 개입하지 말라. 그녀의 눈에 이 세상은 이미 우리가 보는 그런 파동의 세상이 아니다. 그녀 눈에는 이미 아기 외에는 아무것도 보이지 않는다. 이럴 때 세상 사람들은 그 사람을 미쳤다고 한다. 우리의 정상권에서 약간 비껴 나갔을 때. 그런데 그녀는 아기가 불쌍했던 걸까? 아니면 그녀 자신이었을까?

붓다는 울지 않으셨다. 가슴도 울리지 않았다. 붓다는 어떤 상황에서도 평정심을 유지하라고 말씀하신다. 만일, 그것이 실제 상황이라면 그대는 얼마나 분통 터질까? 아파서 찾아갔는데, 그 구세주는 울어주지도 보듬어주지도, 이제 모든 것이 괜찮아질 거라고 위로조차 하지 않는다. 그대는 "네가 붓다야? 네가 구세주야?" 이런 무시무시한 저주를 퍼부으며 또 악업을 지을 것이다. "내가 절에, 교회에 다시는 오나 봐라." 하며. — 예수나 붓다는 상관없다. 혹시 스님들과 목사님들은 상관이 있을라나.

붓다는 그녀에게 고요한 목소리로 말씀하신다.

"그렇구나. 여인이여, 이제 그대는 도움을 받을 적절한 사람에게 온 것이다. 자, 한 가지 할 일이 있다. 아기를 살리기 위해서. 가서 겨자씨 한 알을 구해오너라. 그러나 그 겨자씨는 꼭 사람이 죽은 일이 없는 집에서 구해와야 하느니라."

여인은 잠시 제정신이 들었다.

"오, 아기를 살려준다고요? 내 사라진 행복을 돌려준다고요?"

여인은 별안간 정상생기를 찾아서 100m 단거리 육상선수의 속도로 마을로 달려 내려간다.

"저기요, 겨자씨 한 알만…"

그다음 스토리는 여러분도 다 알 것이다. 그녀는 마지막 집의 문을 두드리지 않았다. 아무리 인심이 사나워도 아직 겨자씨 한 알 정도는 누구라도 이 가여운 여인에게 줄 준비가 되어 있었다. 그런데 아뿔싸, 우리 아버님이, 우리 삼촌이, 할아버지가, 우리 딸이…, 우리 아들이….

그 여인의 이름은 키사고타미, 그녀는 아기를 내려놓았다. 아니, 그녀가 아기에 대해 집착했던 그 마음을 내려놓으며 아기를 해방시켜준다. 그리고 그녀는 붓다에게로 간다.

"길을 알려주셔서 감사합니다."

예수는 때때로 죽은 아이를 일으켜 세워주기도 하였다. 누군가가 내게 말했다. 자신은 이 세상에서 예수의 눈만큼 슬픈 눈을 본 일이 없다고. 예수는 내가 길이니 나를 따르라고 한다. 이 빛의 세계로 오라고 한다. 사람들은 예수더러, 붓다더러, 자기에게 좀 내려와 달라고 한다. 내가 얼마나 불쌍한지 인증해달라고 한다. 내 눈물을 좀 보라고.

람타는 그들의 동료들이 슬퍼하고 있는 동안, 동산에 올라가 이 무심한 태양과 바람과 꽃들과 새들을 본다. 그리고 알았다. 아!

나는 인간적으로(?) '인간적인 너무나 인간적인' 이 말을 별로 좋아하지 않는다. '언 발에 오줌 누기', '물귀신 작전' 이런 말도 같은 파일에 넣어둔다. '착한사람 컴플렉스형 위로' 같은 것도 그 파일에 들어 있다.

세 살배기 아기가 생선을 먹다가 목에 가시가 걸렸다. 캑캑거리는 아이를 보며 할아버지도, 할머니도, 아이의 아빠도 어쩔 줄을 모른다. 그 아이의 목에 손을 넣어 가시를 꺼내주어야 하는데, "아이고, 아이가 얼마나 아프겠어. 내 이 굵은 손가락을 그 새만 한 목구멍에 넣으면…. 나는 못해." 자비심이 넘쳐흐른다.

이때 부엌에서 전을 부치던 아기엄마가 바람처럼 달려온다. 우선 바둥거리며 울고 소리 지르는 아기에게 "시끄러!" 하고 등짝을 찰싹 때린다. 아기가 놀란 틈에 엄마는 아기 입으로 손을 쑤욱 집어넣어 성공적으로 가시를 빼냈다. 상황종료. 이런 무자비하고 매몰찬 엄마 같으니라고.

불경에 남자였다가 여자였다가 다시 남자가 된 사연의 비구가 있었다. 사람들이 그에게 물어보았다. 남자였을 때 낳은 자식과 여자였을 때 낳은 자식 중에 누가 더 애착이 가는가? 그는 단호하게 엄마였을 때 낳은 아기들에게 더 애착이 간다고 말한다. 엄마의 힘. 아기의 고통을 절대로 견딜 수 없는 것이 엄마의 힘이다. 중생의 고통을 견디지 못하는 것이 붓다의 자비이고 예수의 사랑이듯이.

울어라, 눈물이 물처럼 쏟아진다면 울어라. 그래도 인간의 품격을 잃지 말고 베개라도 눌러쓰고 울어라. 눈물은 거부하는 몸짓이다. 일어난 상황을 수용할 수 없을 때, 미안한, 아니면 잔인한 이야기일 수도 있지만 눈물은 불교심리학적으로 볼 때, 탐진치 삼독 중의 분노에 속한다. 상황이 내가 원하지 않는 방향으로 흘러갈 때, 그것에 대한 부드러운 수동적 반항의 모습이다. 그래서 톨레가 말하지 않던가? 행복해지려면 완전한 수용을 배우라고.

신의 뜻, 신의 의지라는 말도 있지 않던가? 왜라고 묻는 순간 선사들의 삼십방三十榜이라고 한다. 그래도 울고 싶으면, 그냥 눈에서 물이 쏟아져 나오면 그렇게 허용하라. 그러면 마치 씻어낸 그릇처럼 새로운 생각들이 솟아날 수도 있을 것이다.

그리고 상황종료, 아무 일도 없었던 것처럼, 거울 앞에 돌아온 그처럼, 그녀처럼, 그렇게 다시 세상 속으로 또박또박 걸어 나가라. 그런데 길道 따라 가라.

추신: 그대의 품격을 위해 스타일리시한 선글라스 필수.

질문: 가다가 넘어지면 어떻게 해요?

답: 다시 일어나 간다.

252

44

'있음'의 파워

나는 영화를 별로 많이 보진 않았지만 세상에 있을 때 본 것 중 가장 기억에 남는 것이 '마지막 황제'다. 전후 역사 배경 같은 것은 잘 기억이 안 나지만, 단 하나 기억에 남는 것은 황제로 살던 사람이 별안간 죄인으로 전락하고 결국 정원사 아저씨로 안착하는 모습이다. 나는 여기서 역사 속의 사람이 아닌 이 영화의 내용을 보고 있다.

처음 이 남자가 황제의 자리에서 내려왔을 때, 그는 스스로 신발 끈을 맬 줄도 몰랐다. 심지어 양치질도 할 줄 몰랐다. 늘 다른 사람이 해주었기 때문이다. 그리고 그것은 그 사람의 의지도 아니었고 그냥 환경이 그랬다. 그런데 어느 날, 갑자기, 어두운 방, 심문자의 질책, 동료의 고자질…, 그리고 독방으로 떨어진다. 그리고 긴 감옥 생활.

기구한 인생 때문에? 격동하는 역사의 희생자? 그럴까? 불교에서는 답을 분명히 하고 있다. 황제의 모든 것을 누릴 수 있는 공덕이 절반밖에 안 되었던 것이다. 그 나머지 반은 그냥 그렇게 감옥에서 살 만한 그릇밖에 없었다는 것이다. 다시 말하면, 까르마의 법칙이다. 황제의 자리에서 밥을 먹고 나면 양치물에 칫솔에, 칫솔질까지…. 그뿐인가? 발만 내밀면 신발이 딱 신겨져 있는 수동형 자동 시스템에, 이 사람만 나타나면 전 국민이 고개를 조아리고, 이 사람의 말 한마디는 그대로 물질화되어 즉시 나타난다.

이 사람은 이것이 '나'라고 생각하고 그렇게 살아간다. 그러면서 다른 사람들은 또 그렇게 살아가는 것이 당연하다고 아무 의심 없이 받아들인다. 그 결과가 분명하게 드러나기 때문에 이것이 진실이라고 믿는다. 황제가 죽이라고 하면 그 사람이 죽는다. 그러니 이 황제는 자신이 그런 힘을 가졌다고 믿는다. 사람을 죽이고 살릴 수도 있는 힘. 이 상황에서 이사람은 아무 잘못이 없어 보인다.

그런데, 왜 이 사람은 죄인이 되어 감옥에 가는가? 긴 수감생활을 끝내고 감옥을 나와서 그는 정원사가 되었고, 어느 날 자신이 살았던 궁에 찾아가본다. 그가 자신이 앉았던 황제 의자에 한번 앉아보려고 올라가는 장면. 정말, 이 장면에서 황제였던 시절은 그야말로 꿈에 불과하다. 사실, 이런 상황은 푸이의 이야기뿐만 아니라 역사 속에서 반복되고 있는 상황이다.

'있음'과 '없음'과 변화. 이것이 역사다. 아, 이렇게 써놓고 보니 문득 '정반합'이라는 말이 떠오른다. 그리고 음양의 원리도. ― 앞에서 소개했듯이 나는 요새 이 음양의 그림에 정말 많이 놀라고 있다. 이 세상의 모든 것을 어떻게 그렇게 단 하나의 그림으로 모두 완벽하게 표현할 수 있었는지, 그들의 지혜에 놀랄 뿐이다. 그런데 '없음'으로 들어가기 전 '있음'의 파워는 참으로 절대적이다. '있음'과 '없음.' '있음'이 '없음'으로 변할 때는 있었을 때의 모든 것이 정말로 허망하다. 그 영화의 마지막 장면처럼. 꿈과 전혀 다르지 않다. 이때 사람들은 붓다가 말한 '무상'이라는 단어를 떠올릴지도 모른다. 그러나 설사 '없음'이 예정되어 있다 할지라도 '있음'이 '있음'으로 있을 때 그 힘은 참으로 막강하다. '있음'의 절대적 무지는 '있다'는 그것에서 비롯된다. 그것이 없어질 때까지 '있음'은 '있음'이기 때문에 그것은 절대적일 수밖에 없다.

그러다가 '있음'이 '없음'으로 변할 때 사람들은 비참해진다. 초라해진다. 절대적이었던 것과 똑같은 비중으로 비참함은 그 장면 바로 뒤에 숨어 있다. 사실상, 그것은 시간이 부리는 일종의 트릭이다. 아기가 태어날 때 그 아기의 탄생 속에 죽음이 있다는 것은 당연한 진리이지만 아무도 탄생 뒷장면의 죽음을 자각하지 못한다. 모든 있음은 조건적으로 발생했던 것으로 조건이 변하면 그 상태도 변한다는 것, 이것은 아주 단순한 진리다.

우리는 젊은 시절 영화관에서 보았던 절세미인, 미남들이, 어느 날 주름이 가득하고 병든 모습으로 나타나는 것을 자주 본다. 사실, 조건적으로 발생한다는 진리는 참으로 무서운 것이다. 이것을 능가할 것은 이 존재계에 아무것도 없다. 그리고 사실 우리는 이 진실을 배우기 위해 이 지구에 와서 수업을 받고 있다. 역사가 그렇게 선명하게 증명하고 있어도, 이 무지는 계속되는 중이다.

가끔 아스팔트로 포장된 길에서, 갈라진 틈을 뚫고 올라온 아주 작은 초록 풀잎을 보고 경탄해보았을 것이다. 씨가 뿌려진 것은 결국 그 형상으로 이 존재계에 드러난다.

오래 전, 아잔차 스님의 책을 번역한 일이 있었다. 그중에 기억나는 말이 있다.

"나는 모든 일어남과 사라짐의 그 마지막에 서 있다."

그래서 그는 '있음'으로 교만하지 않을 수 있고, '없음'으로 비참해지지 않는다. 있을 때나 없을 때나 함께 존재하기 때문에 우리는 그를 성인이라고, 깨달은 분이라고 부른다. 그는 시간의 트릭에서 벗어난 곳에 있다. '있음'과 '없음'의 모든 비굴함에서 벗어난 그분을 우리는 예경한다. 싯다르타 태자는 바로 왕국의 태자라는 '있음'의 정상에서, 무대 뒤의 '없음'을 보았기 때문에 홀연히 그 왕국을 떠났다.

그래도 이 감각기관의 영향권 속에서 '있음'의 파워는 참으로 막강하다. '있음' 속에서 '없음'을 보는 자를 제외하고는, 우리는 모두 '있음'의 무지 속에서 딱 그만큼 교만하고 그리고 그만큼 위험하다.

45

마음의 감옥

'망갈라숫따', 즉 '축복경'에 보면 '적당한 때에 담마를 듣는 것이 축복 중의 하나다.'라는 말이 나온다. — 또한 성경을 복음, 기쁜 소식이라고 한다. 우리는 이것을 그저 단순히 '뭐, 담마를 듣는 것이 축복이 아닐 리가 없겠지.'라고 흘려버릴지 모른다. 그러나 이것은 훨씬 더 깊은 의미가 있다.

우리는 우리가 산다고 생각하지만 사실은 여섯 감각기관의 대상이 주는 영향력에 반응하며 그냥 그 대상화되어 살고 있다. 왜 비싼 돈을 주고 호텔 커피숍이나 뷔페 등을 찾는가? 거기에는 먹는 감각인 혀뿐만 아니라 눈, 귀, 코, 혀, 몸, 마음 등에 유쾌한 감정이 일어나도록 전체적인 환경이 만들어져 있기 때문이다. '감각 – 전체적 – 만족비용'을 지불하는 것이다.

그런데 만약 그렇게 호텔을 드나들며 감각을 최대로 만족시키던 사람이 쫄딱 망해서 집에서 라면이나 끓여 먹고 있다면, 그 사람의 기분도 라면 면발만큼이나 꼬이고 꼬여 졸아버린다. 사실, 라면도 혀에서 잠깐, 뷔

폐의 산해진미도 혀에서 잠깐, 혀에 돌려지며 침과 섞여 목구멍으로 쏙 넘어가면 다 거기서 거기다.

그러나 우리는 철저하게 여섯 감각기관으로 들어오는 대상, 그것 자체가 되어버리며 그것과의 동일시가 일어나기 때문에, 그것에서 떨어져 나올 수 있는 사람은 거의 없다. 거의 아라한이나 그 근처까지 간 사람만이 그것을 할 수 있다. 그렇다면 나머지 중생들은 모두가 그것의 영향권 속에서 산다. 그리고 이런 대상들은 생각의 세계 속에서 파도의 물결처럼 부유하며 떠다닌다. 어떤 때는 이 생각이 탁 부딪쳐 떠오르며 분노하게 하고, 어떤 때는 전혀 생뚱맞은 저 생각이 톡 튀어 올라 갈등을 일으킨다.

그러다 보면 그 나름대로의 관성과 탄력이 생겨서 설사 자신을 행복하게 해줄 어떤 것이 나타나도 공연히 '쳇쳇!'거리며 그것을 튕겨 버린다. 이것을 박복하다고 한다. 그것을 마음의 감옥이라고 한다. 거기 가면 좋은 줄 알면서도, 그것을 하면 행복한 줄 알면서도, 마음과 몸은 저항한다. 이제껏 살아온 고집이 있어서 — 설사 그 고집이 자신을 괴롭힌다는 사실을 알아도 — 그냥 괜히 그렇게 밀어붙인다.

벽돌로 지어진 감옥도 괴로울 텐데, 마음으로 짓고 스스로 들어앉은 감옥은 어떻겠는가? 밖에서 보면 그 사람은 절대로 자신을 행복하게 하는 쪽으로는 움직이지 않고, 자신을 괴롭히는 쪽으로만 움직여간다. 거기가 감옥이다. 거기가 까르마가 작동하고 있는 곳이다.

그런데 단 한 마디로 이 감옥을 깨부술 수 있는 묘수가 있다. 그것이 법에 관한 말씀이다. 법은 바로 그 감옥 이전의 모습을 보여주기 때문에, 문득 법을 듣는 순간 의식이 감옥 이전의 세계를 잠시나마 경험한다. 그러면서 감옥이 흔적도 없이 스르르 사라져버리거나, 아니면 '아, 내가 고통을 만들고 있었구나.' 하고 되돌아볼 힘을 얻게 된다. 이것을 어렵게 말하면 '고통과 고통의 원인을 본다.'고 한다. 그리고 순간적이나마 고통의 소멸을 경험한다.

거의 모든 사람들이, 거의 모든 시간을 마음속에서 싸우면서 보내고 있다. 이건 이랬어야 하는데, 저것이 어떻게 저럴 수가, 그 사람이 어떻게 그럴 수가, 너는 나에게 이렇게 해야만 했다…. 이렇게 스스로 목을 조르고 괴로움을 누리면서 감옥의 벽돌을 하나, 하나 더 높이 더 많이 쟁여 나간다.

이때 '그 생각을 지켜보아라 — 위빠사나,' '과거, 미래를 놓고 지금 여기 이 순간Now을 지켜라 — 톨레,' '일어나는 생각마다 놓아라 — 레븐슨' 등 이런 깨달음에 관한 법문을 듣는 순간, 순간적으로 깨달음의 상태를 인지하고 인지하는 순간, 바로 그것과 동일시된다. 이 순간에는 대상이 담마다. 그리고 언제 그랬더냐 싶게 생각에서 벗어나 자유를 누린다.

이 생각도 저 생각도 사라져버렸는데, 그 생각의 내용으로 어떻게 고통을 받을 수 있겠는가? 그렇게 이를 악물고 미워하던 그 생각이 어디로 갔지? 생각이 없으니 어떻게 미워하겠는가? — 그런데 일반적으로 사람들은 미워할 거리가 없어지면 '심심해 죽겠다'며 못 견뎌 한다. 미워하며 질깃질깃 씹히던 고통도 어디로 갔는가?

그래서 바로 그 마음의 감옥이 하나하나 높아져갈 때 감옥 밖의 세계를 보여주는 깨달음의 법문을 듣는 것이 축복이라고 하는 것이다. 그러나 다행인지 불행인지 그대의 벽돌은 무한정, 아, 실로 무한정이다. 사실은 그대의 존재성과 벽돌쌓기 신공은 동의어다. 언제 또 어떤 구석에서 무슨 핑계를 대며 감옥의 벽을 쌓아 올리고 있을지 모른다.

그대는 알 것이다. 그대가 분노하고 애착하고 증오할 때마다 그 모든 것이 그대에게는 얼마나 정당하고 타당하고 정의롭고 당연한지를. 그렇게 그대는 벽돌을 또 어느 순간 신공을 발휘하여 순식간에 하늘을 찌를 듯이 높이 쌓아 올리고는 '아, 인생은 왜 이렇게 어둡단 말이냐?', '세상은 왜 이렇게 온통 벽으로 둘러싸여 있는지.', '나의 태양은 어디에 있단 말인가…' 하고 한탄할 것이다.

이것은 그대가 완전한 깨달음을 얻을 때까지 반복된다. 그러므로 그대는 늘 그대를 깨달음의 담마에 노출시켜줄 수 있을 만큼은 자신을 사랑하도록 하라.

46

오늘 아침은 메리 모닝

아침에 눈을 뜬다. 열대의 나라에도 12월 하순의 바람은 쌀쌀하다. 하지만 살을 에는 온대의 12월 바람이 아니라, 장난치듯 써늘하게 건드려주는 시원한 바람이다. 늘 벌떡 일어나 방을 나가서 잘 몰랐는데, 오늘은 깨어서 방에 좀 누워 있자니 열린 베란다 쪽으로 솟아 오른 열대의 야자수 이파리들이 서걱, 서걱 인사를 한다.

'아! 안녕.'

그 나무를 쳐다보다가 그 앞에 놓여 있는 보라색 플라스틱 의자가 시야에 들어온다. 의자 등받이 앞에 앉는 공간이 플라스틱 물질 위에 덩그러니 놓여 있다. 그때 문득, 의자와 나 사이가 투명하다. 그리고 나는 그 의자가 나라고 직관적으로 안다.

거기에는 사념이나 판단이 없었다. 그러자 의자가 나였다. 그리고 혼자 웃는다.

'응, 이거였군.'

생각이 없을 때는 그대로 '식consciousness'이 비추는 그것이 식이다. 톨레를 거기서 바로 만났다. 그리고 아라한들이 생각, 즉 빠빤차가 없기 때문에 나와 너의 구분이 없는, 무아의 상태에서 고통의 소멸이 일어나고, 만물과 고통 없이 함께함을 보게 된다는 그 장면.

어제는 톨레를 읽다가 잤는데, 톨레가 그렇게 강조하여 말하는 온전한 받아들임surrender의 장면이다. 즉 '나우Now'의 순간인 것이다. 양치질을 한다. 그런데 머릿속에서는 아까 뉴스에서 읽은 김정일의 사망 소식에 관한 여러 가지 일들이 저절로 슬라이드 되어 움직인다.

내가 그 생각을 하겠다고 한 것도 아니고, 거기 무슨 내 의견을 갖다 붙인 것도 아니지만, 머리는 그렇게 정보들을 재생산하며 돌린다. 양치질하고 있는 나라는 물질과, 그것을 아는 정신, 그리고 그 틈새에 무척 빨리 돌아가고 있는 내면의 필름들…. 나는 이것을 보며 이 내면의 필름들이 '에고'의 '나'라는 것의 잔재라고 안다.

바로 톨레가 이 두 가지를 자각하고 깨달음에 도달한 것이 아닌가 싶다. 이전에 그가 쓴 글에서 보았다. 안에서 일어나고 있는 필름들은 단지 자신의 허구에 불과한 것이다. 실제로 일어나고 있는 것은 양치질하고, 그것을 알고 있는 정신작용일 뿐이다. 나도 문득 내면의 필름이 자각되는 순간 그것을 의도적으로 끊어버린다. 이것이 받아들임이다. 그러자 의식은 자동적으로 현재, 바로 그 순간으로 뚝 떨어진다. 뭔가 순간적으로 허전하고 다음 순간 현재에 의식이 머물자, 신선함과 충만함이 순식간에 일어난다. 그리고 양치질하는 그 동작이 별안간 즐거워지기 시작한다.

동시에 자동적으로 감사가 일어난다. 물을 담아주는 유리컵, 그리고 거기 담긴 투명한 물, 물을 입안에 물자 혀에 닿는 그 감촉이 상쾌하다. 함께하고 있다는 만족감이 일어난다. 그리고 이를 헹구어내는 그 투명한 물이 너무나 아름답다. 그리고 안다.

'아, 양치질하면서도 이렇게 행복할 수 있구나.'

그랬다. 오늘 아침은 명랑한 아침이다. 이제 곧 크리스마스가 다가오는데 메리 크리스마스의 그 메리라는 뜻의 명랑함이다.

'오늘 아침은 메리 모닝merry morning.'

어제는 아침에 일어나자마자 뭔가 더러움이 묻어 있는 것 같이 찌뿌드드해서 너무 힘들었다. 아침에 법당에 놓아둔 화분의 꽃을 보아도 기쁘다거나 아름답다는 느낌이 일어나질 않았다. 그것 자체가 뭔가 더러운 것이 묻은 듯한 불쾌함이었다.

'왜지?'

스스로에게 묻지만 그것조차 짜증이 묻어 있었다. 마치 불에 덴 듯한,

더러운 진흙이 묻은 듯한 이 불쾌함.

'어떻게 빠져 나가지?'

그런 기분일 때는 어떤 것도 손에 잡히질 않는다. 그러면서 에너지는 산만하게 흩어져 나간다. 그럴 때는 모든 것을 다 던져놓고, 그냥 마음을 일단 풀어주는 것이 상책이다. 해야 할 일들을 던져놓고 나는 내 마음이 가장 편한 방으로 가서 책을 본다.

톨레의 책을 들었다. 거기에 '강제적 생각들compulsive thinking'이라는 말이 나온다. 정말 그렇다. 생각들이 기차가 되어 머릿속을 달리면 그것은 스스로의 동력으로 거침없이 달려 나가며 꽥꽥거리고 도대체 언제, 어떻게 멈추어야 할지를 모른다. 오히려 그것이 잘 달려 나가도록 마음은 계속해서 연료를 부어주고 있으니 말이다.

'이건 이렇고, 저건 저렇고…'

마음은 계속 주장하고 판단하고 결정하고 있다. 그렇다, 우리가 톨레의 책을 읽을 때는 '지금 이 순간here & now에 머무는 것이 그렇게 행복하다면….' 하고 시도해보려 하지만 그것이 그렇게 쉬운 일은 아니다. 머릿속 생각은 그도 말했듯이 집착적이고 강제적인 생각으로 움직여지고 있고, 그 강제성의 중심에는 '나'라는 것이 핵으로 자리 잡고 있다. 때문에 그 무서운 단어 '무아selfless'가 되기 전에는 '지금 이 순간'에 머문다는 것이 — 비록 그것 자체가 엄청난 축복이라 할지라도 — 그렇게 만만한 일이 아니다.

톨레가 담담하게 말하듯이 그렇게 담담한 일만은 아니란 말이다. 그들은 이미 그런 과정을 거쳐서 결과적으로 그 상태에 머물고 있기 때문에, 그것이 이제 당연하게 여겨지지만, 거기까지 가지 못하고 생각 속에서 끙끙거리며 무거운 짐을 스스로 지고 살아가는 중생들에게는 그것이 그렇게 말처럼 간단하지는 않다. 여기로 오면 편하다고 하면서 손짓을 한다.

'이리 와.'

그러나 중생들은 거기 못 간다. 생각할 것이 너무 많기 때문이다.

'거기 가면 편해? 거기 가려면 어떻게 해야 해? 거기에 대해 세미나를 열어볼까?'

거기에 대한 수많은 생각들도 포함해서 말이다. 그리고 아이러니컬하게도 거기 가면 모든 것이 해결된다는데, 먹고살아야 하기 때문에 바빠서 못 간다고들 한다. 요즘 사람들은 너무 바빠서 행복할 시간이 없단다.

마음에 생각이 없으면, 바로 그 자리가 모든 성인saint들을 만나는 자리다. 사람들은 레븐슨이 말하듯이 소유havingness의 개념에 중독되어서, 단순히 존재함beingness만으로도 모든 것이 완전하다는 이 엄청난, 열린 비밀을 발견하지 못하고, 더욱이 그것을 찾아 누릴 수 있는 사람은 참으로 드물다.

47

사랑해 영원히?

공인된 거짓말?! "사랑해, 영원히."가 실행되었다면 지금까지의 그 수많은 드라마 같은 것은 없었을 것이다. 모두가 노랑이면 노랑이란 말은 의미가 없다. 파랑과 빨강이 있기 때문에 노랑이란 말이 실존한다. "사랑해, 영원히."란 말이 있다는 것은 그것이 없기 때문이다.

오늘 책을 보다가 '포에버모어forevermore'라는 단어가 나왔다. 어, 이런 단어도 있었나? 사전을 찾아보니 '포에버forever'의 강조적 표현이라고 나와 있다. 풋, 웃음이 나왔다. '영원히'도 모자라서, 거기 '모어more'라는 '더, 더, 더'라는 표현을 붙여야만 했던 우리 영원하지 못한 존재들. 요즘 우리말로 표현하면 '완전 영원히' 정도 될까? 영원 가지고는 안심이 안 돼서, 거기 '완전, 더, 진짜'를 붙인다. 수십 개의 형용사를 붙인다고 해서 그 말이 실제로 일어나는 것은 아니지만, 그것이 없다는 것을 알고 있는 우리의 무의식은 그런 말이라도 붙여 안심하고 싶었던 것이리라.

세상은 그렇게 '영원'을 염원하고 갈구하고 믿으려고 하는 반면, 우리는 이 세상이 변화하고 무상한 것이라고 귀에 못이 박히도록 배운다. 모든 것은 무상하고 변화한다. 이것이 불교 가르침의 근본이다. 그래서 '완전 영원히'에 웃음이 나왔다.

다행히 "사랑해, 영원히."가 없어서 그 수많은 드라마들이 아직도 사람들을 붙잡아두는 데 성공하고 있다. 혹시나 이 주인공들은 성공할까? 하면서 귀를 기울인다. 그런데 요즘은 아예 그 주제가 바뀌어서 복수가 주를 이루는데, 네가 "사랑해, 영원히." 하더니 어쩌고 저쩌고… 하면서 그 말에 대한 복수를 준비하면서 드라마가 시작된다. 그러니까 아직도 사람들은 "사랑해, 영원히."를 믿고 있다는 것이다. 그렇지 않다면 굳이 복수 같은 것을 할 필요도 없다. 원래 그런 것이니까.

그런 측면에서 영화나 드라마는 걱정할 필요가 없을 것도 같다. "사랑해, 영원히." 같은 것은 절대 일어나지 않는다. 아니, 일어날 수 없다. 그러면 "아유, 스님이 너무 부정적이세요. 이런 사람도 있어요…." 하는 사람들이 있다. 그렇기도 하겠지만, 그럼 죽을 때는? 어떻게 영원히 사랑을 한단 말인가? 안 죽나?

내가 말하는 것은 이치다. 사람의 감정이 아니라. 사람은 조건에 따라 반응하는 것이 법칙이다. 배고픔이 조건으로 형성되면 사람은 밥을 찾아간다. 돈고픔이 형성되면 사람은 돈을 찾아간다. 정고픔이 형성되면 사람은 정을 찾아간다. 그런데 밥을 먹고 나면 배고픔이 사라지기 때문에 이제는 돈이 고파서 고시공부 뒷바라지를 해준 시골 순덕이 버리고 돈 많은 '차도녀'를 찾아간다. 그러다 재벌녀에게 순수한 정이 고파지면 또 이번에는 정 많고 세상 물정 모르는 연하를 찾아 떠난다. 이것은 마치 물이 높은 데서 낮은 데로 흐르는 것과 같은 이치이고, 종이에 불이 붙으면 타버리는 것과 같은 자연의 법칙이다.

그러면 세상 꼴이 어떻게 되겠느냐고? 그래서 우리의 선조들이, 어쨌든 간에 인간 세상의 최소의 질서라도 잡기 위해 규칙을 만들었다. 그것이 윤리이고 도덕이다. 그리고 결혼제도라는 것을 만들어냈다. 자, 이 정도로. 이 안에서만 융통성을 가지면 된다.

그러나 보라, '사랑과 전쟁'이라는 드라마를, 만일 결혼제도가 이 자연의 본성을 묶어 놓을 수 있었다면 그 드라마는 태어나지도 못했을 것이다.

사실, 인간이 그렇게 만들어놓은 최소한의 질서유지 규칙은 바로 인간의 또 다른 욕망이라는 자연 앞에 그렇게 여지없이 무너지기도 한다. 그럼, 그게 맞다는 이야기냐고? 그렇게 본성대로 사는 것이?

아니다! 사랑은 영원하지 않지만, 이것은 영원불변이다. 조건에 따라 행동하면 그 결과는 그 행위자가 경험하게 된다는 것. 이것이 법칙이다. 소위 까르마의 법칙이다. 까르마가 뭐 그렇게 어려운 말이 아니다. 그 빠알리어를 보면 '까르마란 몸과 말과 마음으로 짓는 의도적 행동'을 말한다. 그러면 바로 그 의도에 따라 결과를 경험하게 되는데, 정확하게 말하면 이 말은 까르마가 아니고 위빠까라는 다른 빠알리어가 쓰여야 한다. 우리가 소위 말하는 업보, 업의 결과, 쉽게 풀어 말하면 '행위의 결과를 경험함'이다.

그래서 이치를 아는 사람은 나쁜 결과가 올 만한 원인을 짓지 않는다는 것이 불교에서 말하는 '지혜'다. 영원이라는 말에 장님이 되어 행동하는 것이 아니라, 영원한 사랑을 원한다면 그 사랑을 지킬 수 있는 조건을 계속 만들어 나가야 한다. 만일 누군가가 "영원히 사랑해!"라고 말했다면 그 순간, 그 조건 속에서는 분명히 그런 마음이었을 것이다. 그러나 시간 속에 자신과 그 상대방의 상황들이 변하면 그 마음도 당연히 변한다.

보라, 그대 자신의 마음을. 아침부터 저녁까지 도대체 몇 번이나 변화하는지. 그리고 다시는 영원이라는 거짓 개념이 주는 위로에 속지 말고, 있는 그대로 세상을 보면서 주변에 좋은 조건, 자신을 행복하게 해줄 좋은 조건들을 자꾸 심어놓아라. 그것이 복福이다. 그리고 당당하게 살아라. 울고 짜지 말고.

나 혼자 하는 말 : 영원, 영원이라고? 푸하하!

48

그대는 불금, 나는 적금

사람들이 불금, 불금 한다. 놀토, 놀토 할 때는 대강 앞뒤 문맥으로 보아, 그것이 '노는 토요일'이라는 것을 직감할 수 있었다. 그런데 불금? 이것이 무슨 말인지 모르겠다. 그래서 한번 마음먹고 검색을 해보았다. 아하! 불타는 금요일! 슬며시 웃음이 나온다. 말이 참 재밌다. 주중에는 정치다, 경제다, 외신이다 해서 고래고래 떠들며 싸우거나 분주다사하던 사람들이, '세상은 떠들어라, 나는 불금이다.' 하면서 달려 나간다. 그러면 세상이 조용해진다. 말 줄여 쓰기 같은 세상의 트렌드를 따라가려면 나도 더 부지런해져야겠다는 생각도 들었다.

'그렇다면….' 하면서 나도 나의 금요일에 새 용어를 만들었다. '적금.' 적막의 금요일, 정적의 금요일. 금요일 낮 12시 이후, 아줌마가 점심을 차려주고 가면 바깥과 연결된 문이란 문, 창문이란 창문은 다 잠그고, 커튼도 내리고, 전화도 모두 끊는다. 그리고 목욕을 싹 하고 좌선하면서 마음

속에 있는 세상 생각들을 몽땅 내려놓는다.

그러면 그때부터는 '깨금'이 되는 것이다. 깨끗하고 청정한 금요일, 그리고 거기는 적막한, 그리고 무한한 나의 세상이다. 그런데 이번에는 그 적금에 놀토에, 다시 일요일에, 그리고 월요일 스리랑카 불교 공휴일인 음력보름 뽀야까지 나의 적금은 무한으로 늘어났다.

이 '적금'과 '깨금'도 그렇게 흘러갔고, 이제 내일이면 아줌마가 올 것이고 다시 세상이 들어온다. 해가 떨어지고 12월 중순으로 접어들면서 이 열대의 바람에도 찬기가 스며, 아마도 천상에서 떨어뜨려준 바람이지 싶은 바람들이 열린 문마다 돌며 돌며 휘감긴다. 바람이 휘돌 때마다 행복감이 막 넘쳐 오른다. 아마도 두뇌 속에서 도파민이 막 부서져 나오는 듯.

침대 방에 안쪽으로 열어둔 창문을 닫으며 땋아 올려놓았던 모기장을 풀어놓는다. 손에 닿는 감촉이 부드럽고 깨끗하다. 지난주에 모기장을 빨아서 아주 뽀송뽀송하다. 이 모기장이 높은 천장에 달려 있어, 그것을 떼어내는 일도, 빨아서 어디 걸어 말리는 것도, 또 그것을 다시 달아매기도 아주 번거로운 일이다. 그냥저냥 모른 척하고 지내다가, 모기장 속에 들어가 누우면 모기장 천장에 먼지가 소복이 쌓인 꼴을 더 이상은 못 보겠다 싶은 감정이, 번거로움의 부담보다 더 강해졌을 때에야 비로소 이 거사를 감행했다.

마침, 다른 일 때문에 도와주러 온 집주인의 일꾼이 사다리를 가지고 왔을 때 모기장을 떼어냈고, 비눗물에 시원하게 벅벅 씻어서는 지나가는 사람 몇 사람을 불러세워 그중 키 큰 사람에게 부탁해서 마당 한복판에 보기 좋게 걸어 잘 말렸다. 일단 모기장이 잘 말랐는데 그것을 또 어떻게 내리느냐가 문제였고…. 하여간 이런저런 우여곡절 끝에 모기장은 거의 1년 만에 목욕을 하고 다시 천장에 걸렸다. 그리고 이제 그것을 만질 때마다 나는 기쁨을 누린다. 이 깨끗하고 뽀송뽀송한 기분.

그리고 나는 발견한다. 1년 동안 모기장을 아침에 올리고 저녁에 내리면서, 이런 깨끗하고 뽀송한 기분을 알지 못했다. 그때는 그때의 느낌이 있었다. 그리고 지금의 이 깨끗하고 기분 좋은 느낌을 몰랐을 때는 그것이 더 조악하고 더럽고 딱딱한 느낌이라는 것을 알아차리지 못했다. 왜냐면 비교할 대상이 없었기 때문이다. 만일 이렇게 깨끗하고 좋은 기분을 느낄 수 있음을 미리 알았더라면, 그 번거로움을 무릅쓰고라도 여러 번 빨아주었을 것이다. 아마도 앞으로는 그럴 것이다. 조금이라도 뻑뻑한 느낌이 손에 잡히면 즉시 빨아버릴 것이다.

오래 전 — 이 일이 벌써 이렇게 오래 전 일이 되어버렸다. — 미얀마의 파옥센터에서 선정수행을 할 때였다. 지금처럼 파옥센터가 외부인에게 완전 개방된 시기가 아니고, 그때 막 외국인에게 처음으로 문을 연 상태여서 모든 환경이 그렇게 편리한 것은 아니었다. 더욱이 대만 쪽에 이 센터가 알려지면서 대만에서 매주 비구, 비구니들이 한 비행기씩 몰려오는 상황이었다.

그때 그곳에서 한국 사람은 나 혼자였다. 음식도 센터가 숲 속이라 그런지 아주 팍팍했다. 양곤 쪽 명상센터 음식들은 여기에 비하면 아주 부드러운 편에 속했다. 그런데 나는 선정수행을 할 수 있다는 만족감에 이 모든 열악한 환경을 다 잊어버릴 수 있었다. 그리고 일선정을 마치고, 이선정에 들면서, 생각이 사라지고 삐띠희열가 몰려올 때 그 행복감이란 이루 말할 수가 없었다. 정말 사람의 언어로 표현할 수 없는 지경이었다. 물론 수행의 입장에서는 그 삐띠도 오염원으로 즉시 놓아버려야 할 그런 것들이긴 하지만 말이다.

어쨌든, 이선정에서 삼선정으로, 그리고 앞의 삼선정과는 비교가 안 되는 사선정에 들었다 나왔을 때는 완전히 세상이 다르게 드러났다. 그리고 나는 혼자서 중얼거렸다. 이 수행이 이렇게 행복한데, 저 세상은 하나도 행복하지 않다. 그러면 이것이 진짜고 저것이 가짜가 아닌가? 저 세상에서 복닥거릴 때는 그것이 행복하지 않은 줄도 몰랐다. 그냥 사람 사는 것이 그런가 보다, 내가 뭐가 부족해서 이렇게 고통스러운가 보다 했다. 그러나 이제 행복을 보았다면 내가 왜 행복하지 않은 그 세상으로 다시 돌아가겠는가? 나는 불금이 아니라 늘 적금ever-peace으로 돌아왔다. 그리고 나는 이제 결코 '불타는 저 세상'에는 돌아가지 않는다. 아니, 돌아갈 수 없다.

　마당에 작은 항아리를 놓고 그 안에 연꽃을 피우고 있다. 꽃이 나오지 않아 며칠 전 뿌리를 하나 사다가 심었다. 꽃이 세 봉오리가 맺혀 있었다. 아침에 나오면 하나가 가냘픈 허리지만 하늘을 향해 도도하게 솟구치며 신비한 입을 벌리고 꽃 이파리를 하나하나 펼쳐준다. 아! 사랑이 솟구친다. 그런데 며칠 지나니까 이 녀석이 허리가 휙 굽어 버리면서 물속으로 툭 떨어진다. 이것을 보고는 '안 돼지. 계속 그렇게 아름다운 꽃을 더 보여줘야 해.' 하면서 철사를 가져다가 대를 세워 몸을 기대게 해준다. 그리고 자꾸 지켜본다. 다시 솟아올랐을까? 옆에 서 있던 다른 작은 봉오리가 이제 물을 치고 올라온다. 그러나 대를 받친 꽃은 지친 듯 그대로 고개를 숙이고 철사에 걸쳐져 있다. 그래, 그렇구나. 이렇게 알고 그냥 철사를 뽑아 자연스럽게 가도록 한다. 안녕, 네 뜻대로 하렴. 가만히 관찰하고 있으면 그들의 소리를 들을 수 있다.

　부처님 당시에 게송 사구절 하나를 못 외우던 승려가 있었다고 한다. 그 스님의 이름은 쭐라반탁가였다. 형도 스님이었는데 동생이 하도 못하니까 아무래도 세상으로 돌려보내야겠다고 생각했다. 이때 부처님께서 쭐라반탁가에게 나타나셔서 하얀 걸레를 주며 '마루를 닦으며 관찰해보라.'

고 했다. 쫄라반탁가는 걸레를 가지고 마루를 닦았다. 마루를 닦으면 뽀송하던 걸레가 점점 더러워지고, 가볍고 부드럽던 촉감이 무겁고 딱딱하게 변해갔다. 바로 이것을 보고 쫄라반탁가는 깨달음을 얻어 아라한이 되었다. 조건에 의해 모든 것이 변해간다. 모든 조건 지어진 현상은 무상한 것이다. 바로 그것으로 깨달음을 얻었던 것이다.

깨달음은 거창하지 않다. 아주 단순하게 '고통의 부재'를 말한다. 그것도 완전한 고통의 소멸, 부분적인 소멸이 아닌. 언제 이 세상 속에서 고통의 '완전한 소멸'이라는 것을 상상이라도 해본 적이 있었던가? 그런데 그것이 그렇게 멀리 있는 것도 아닌 것 같다. 가만히 관찰해보면 된다. 혹시 모기장을 접어 올리다가 깨닫는 것 아닐까?

컴퓨터를 끄기 위해 마지막으로 메일을 확인했더니 이전 세미나에서 만났던 아누라다뿌라 비구 대학에 있는 스리랑카 스님으로부터 메일이 하나 왔다. '디어 아눌라 스님Dear Ven Anula'으로 시작하고 'tx'로 맺는다. 이게 무엇의 줄임말이지?

49

심플라이프

점심을 차려 먹는다. 아줌마가 오지 않아 내가 차리는 점심은 여전히 어설프기만 하다. 아침에 빵을 먹어서 그런지 속이 좀 느끼했다. 간단하게 된장찌개를 끓여 먹고 싶다고 몸이 말해준다. 그래서 시금치 비슷한 채소랑 배추, 그리고 한국에서 가져와 이제 거의 다 먹은 된장을 넣고 푹푹 끓인다. 그리고 이것저것 자투리 채소도 모두 넣는다. 소위 아눌라식 된장찌개 끓이기다. 요즘 인터넷에서 요리법만 보면 끌어다 모으면서 나도 요리 실력이 많이 늘었다고 자부하고 있다. 녹색채소는 마지막에 넣고 살짝 익혀야 한다는 지식도 얻었다. 된장찌개가 맛있게 팔팔 끓고 막 먹기 전에 초록색 이파리들을 넣었다. 성공적으로 배추 이파리와 시금치 이파리를 먹을 수 있었다. 그리고 마지막에 꼭 넣어야 하는 조미료가 있다. 그것은 이렇게 소리치는 것이다.

"야호, 이 된장찌개는 엄청나게 맛있다."

그리고 혼자 상을 차리고 법당 겸 거실에 앉아 밥을 먹는다. 그런데 정말 된장찌개 국물을 한술 떠먹으면서 나는 나도 모르게 소리친다.

"야, 정말 국물이 진국이구나."

그리고 나서 보니, 문득 이 거실에 '나 혼자 있구나.' 하는 생각이 들었다. 그러자 내 눈에 2층에서 내려오게 걸어놓은 초록 이파리 가득한 화분이 눈에 들어온다. 그리고 바로 식탁 아래 떨어지게 놓은 붉은 이파리의 또 다른 화분.

'아, 너희들이 거기 있었구나. 그래, 스님이 밥 먹고 너희들 물 줄게.'

법당 앞 거실로 유리창을 뚫고 빛 한줄기가 비쳐 들어온다. 햇빛은, 늘 방에만 있다가 나오면 문득 만나게 되는 특별한 손님 같다. 언제나 신비스럽게 다가오는. 그리고 오밀조밀하게 속삭거리는 마당의 화분 속 이파리들. 담장 위에 화환처럼 얽혀 올라가는 담쟁이덩굴들. 그리고 그중 하나의 물상으로서 내 육신. 이들이 다 내 손님이었다.

'음, 혼자가 아니구나.'

안심하고 밥숟가락을 든다. 내 시야에 들어온 하얀 밥 한 숟가락, 마음이 일단 내게로 집중되니 모든 것이 별안간 눈을 뜬다. 밥, 거기 밥이라는 것이 있었다.

'아, 네가 여기 있었구나.'

그들의 존재가 전체로 자각되는 순간, 그들이 거기 있다는 것을 알게 된다. 수많은 시간을 그들과 함께했지만 우리는 늘 '외출 중'이기 때문에 자기 집에 무엇이 있는지 모른다. 나는 오늘 다행히 햇빛의 초대로 내 집에 돌아온 것 같았다.

'아, 밥.'

그러자 밥과 쌀과 그 쌀이 밥이 되어 내 입에 들어오기까지 얼마나 많은 존재들의 도움이 있었는지 알게 된다. 이 한 숟가락의 밥에, 밥과 연관된 모든 존재들에게 자애관을 보낸다. 감사. 그리고 상추 이파리 하나, 작은 토마토 반쪽, 홍당무 자른 것, 모두에게 인사를 건넨다. 이 모든 것들이 내 밥상에 오기까지 함께했던 그 모든 유정무정들에게 감사를 전하며. 그러면 당연하게도 밥은 엄청 맛있는 것, 내지는 뭔가 특별한 것이 된다.

그러면서 나의 주문은 완성된다.

'오늘 점심은 엄청 맛있는 점심이 될 것이다.'

그리고 마지막 주문은 이렇게 튀어 나온다.

'아, 부족함이 없다….'

설거지를 하고, 물을 만지는 것도 즐겁다. 물이라는 것도 그것의 존재성으로 들어가 보면 참으로 신기하고 아름답다. 흐르고, 사라지고, 부드럽고, 씻어주고…. 이렇게 물하고 놀면서 설거지를 마친다. 물이 빠지도록 그릇들을 엎어놓고, 잠시 경행명상을 한다. 왼발, 오른발, 다리가 구부러지고 펴지고…. 그냥 그렇게 물질인 몸이 움직여지며 몸은 나아가고 돌고 돌아가고 한다. 아무 갈등도 없다. 때때로 바람이 놀러와 얼굴을 간질이고 도망간다.

빨래가 다 끝났다는 소리가 난다. 세탁기의 딩동댕 소리. 고마운 세탁기, 그 많은 것을 소리도 없이 저렇게 후딱 끝내다니. 세탁기와 연관된 모든 존재들에게 감사의 자애관을 보내고 옷들을 빨래대에 넌다. 빨래를 하나하나 널면서도 기쁘다. 깨끗한 빨래를 하나하나 널 때마다 기쁨이 일어난다. 그 모든 것들이 나였다. 모두에게 연관존재 자애관을 보낸다. 모든 것들이 내게 오기까지는 수많은 존재들의 손을 거쳤다. 이것이 내가 정한 이름이다. 연관존재 자애관. 그러면 정말 바쁘다. 어느 것 하나, 거기에 해당되지 않는 것이 없기 때문이다.

나 혼자만 보면 우리는 늘 외롭고 고독하고 부족하다. 그러나 나라는 존재가 그 모든 것들 중의 보편적 하나one of them라는 것을 알게 되면, 불안은 저절로 사라지고 모든 것이 완전함과 충만함 속에서 춤을 춘다. 사람들은 밖으로 나가서 밤중까지도 바쁘다. 아마 더 잘살기 위해서 그럴 것이다.

그런데 사람들이 마지막에 혼자서 중얼거리는 것은 '후, 힘들다. 괴롭다. 쉬고 싶다.' 이런 말들이다. 그들의 여섯 감각은 이제 너무 많은 자극에 둔감해져버려서 무엇을 가져다주어도 금방 싫증나고 지쳐버린다. 그들의 혀도 지쳐서 더 감각적인 어떤 것을 바라기만 할 뿐, 그 어떤 것 하나도 그 자체의 맛으로 즐기지 못한다. 입속에 하나를 넣으며 손으로 다른 하나를 집고 그러면서 또 다른 하나를 요구한다. 그래서 그들은 그것과 함께 춤을 출 시간도, 그것이 주는 축복을 받을 시간도, 그것에 감사할 시간도 없이, 끊임없이 요구, 요구만 하게 된다.

'이것 주세요. 저것 주세요. 나는 이것이 부족해요. 저것이 더 필요해요.'

그래서 그들은 밤이면 지쳐 떨어져 자면서도 소리 지른다.

'더, 더, 더 주세요….'

그들이 이 고적암의 심플라이프와 나의 주문을 안다면 조금 더 행복할 수 있을 텐데 말이다.

'와우, 모든 것이 만족!'

그러면 살짝 숨어 나를 보고 있던 지니가 이렇게 말한다.

'그래요, 주문대로 들어줄게요.'

50

미묘한 소통

요즘 소통이란 말이 세상의 중심에 있다. 사실, 소통이란 말이 나온다는 것은 소통이 잘 안 되고 있다는 뜻이다. 소통이 잘되고 있을 때는 소통이란 말이 나오지 않는다. 그냥 그것이 정상이니까. 사회라는 것이 개개인이 모여서 이루는 집단의 관계성이기 때문에 소통이란 것은 나와 남의 관계의 질이나 양을 말한다. 또한 소통의 문제에도 위에서 아래로는 잘되는데 옆으로는 안 되는 경우, 혹은 옆으로는 잘되는데 아래로는 안 되는 경우 등, 여러 가지가 있다.

그런데 내가 요새 아주 미묘한 소통을 경험했다. 밤에 명상을 하다가 잠시 일어나 화장실에 가려고 불을 켰을 때, 하얀 벽에 뭔가가 굼실거리는 것이 느껴진다. 자세히 보니 아마도 이런 것을 노래기라고 하나? 하여간 정확한 명칭은 모르겠는데, 지네보다는 훨씬 작고 1.5cm 정도의 길이에 수많은 다리를 가진 곤충이다. 어릴 때 집에 이런 벌레나 지네류가 나오면 어른들은 돈이 나올 거라면서도 얼른 갖다 버렸다.

물론 나도 조금 아까 자애관 명상수행을 하다가 일어났지만, 이 녀석을 한 방에 두고 같이 자고 싶지는 않았다. 자고 있는데 기어 올라오면 어떡하나? 이런 전제를 미리 갖다 붙여놓고는. 그리고 점잖게 '나는 너에게 적의가 없다…'라고 하면서 ─ 우리가 하는 자애명상 문구다. ─ 휴지조각을 녀석의 진행방향에 들이대었다. 그리로 올라오면 싸서 창문 밖으로 버리려고…. 그런데 이 녀석이 내가 휴지를 대면 가만히 그 지점에서 멈추었다가 살짝 온몸을 틀어 유턴을 했다. 그래서 또 그 방향에 다시 휴지를 댄다.

'네가 뭘 알겠니? 그냥 진행방향이니까, 또 벽이나 휴지나 똑같이 흰색이니까, 휴지 위로 올라올 거야…'

뭐, 이런 다분히 독단적인 생각을 하면서 요리조리 휴지를 갖다 댔다. 속으로는 '그래도 나는 명상자니까 적어도 너를 강제로 내보낼 생각은 없다. 그러나 네가 뭘 알겠니. 너는 그냥 휴지 위로 올라올 것이고, 나는 그것을 밖으로 보내니까 죄의식이 없고, 그리고 편안하게 잘 거야…' 뭐 이런 사념들이 휙 지나간다.

그런데, 이 녀석, 절대로 휴지 위로 올라오지 않고, 항상 방향을 바꾸어 휴지를 갖다 대면 한 1초 정도 멈추어 생각(?)을 하다가 살짝 온몸을 틀어 다시 유턴을 해서 반대 방향으로 나아간다. 또 휴지를 거기에 대면 다시 방향을 바꾼다. 그러다가 나는 이 녀석의 몸에서 미세한 분노의 파동이 퍼져 나온다고 느꼈다. '아, 너 싫어하는구나!'라고 느끼자 휴지를 던져버렸다.

'그래, 나도 내가 가고 싶은 방향으로 가고 싶어 하듯이, 너도 똑같구나. 너의 자유를 존중한다. 너 가고 싶은 곳으로 가라!'

녀석에게, 곤충인 녀석에게 그렇게 자유를 부여한 나, 인간은 안온하게 다시 의자에 앉아 밤명상에 평화롭게 집중할 수 있었다. 또 하나의 담마를 배웠구나…. 붓다가 자비관에서 미세한 것이든, 작은 것이든, 큰 것이든, 아니 심지어 아직 태어나지 않는 것에게까지 자비의 마음을 방사하라 하신 뜻을 알 것도 같았다. 모든 개체의 존재성, 그것은 고유의 절대가치가 있다는 것을 이 1cm의 자존심 덩어리가 나에게 가르쳐주었다.

그리고 며칠 후. 아침 예불을 하려고 새벽에 나오는데, '앗, 이게 뭐지?' 법당 앞에 야옹이 한 마리가 얌전하게 발 매트 위에 포근히 몸을 도사리고 계신다. 일단 인사를 한다.

"안녕!"

인기척에 녀석도 빠르게 일어나 불단 아래로 숨는다. 나는 다기의 물을 갈기 위해 부엌으로 간다. 녀석이 따라온다. 아까는 도망가더니 지금은 마치 십년지기처럼 나에게 야옹거리면서 애교를 떤다. 고양이를 이렇게 가까이 보다니, 솔직히 나는 평생 도시에서만 살아서 — 출가도 시골에서 하려고 했는데, 하고 보니 서울 한복판이었다. — 이 동물들하고 별로 살갑지가 않다.

그런데 도대체 네가 여기에 어떻게 들어왔니? 어제 5시경에 문들을 다 닫았으니까, 녀석은 그 이후에 들어온 것이 틀림없다. 그런데 어디로 어떻게? 그러고 보니 어젯밤 11시경에 아주 날카롭고 예민하게 울어대던 고양이 소리가 들려 좀 이상하다는 생각을 했던 기억이 났다. 그럼 그때 그 울음이 이 녀석? 아니, 그럼 그때 이미 여기 들어와 있었단 말인가? 주위를 둘러보니 흐트러진 물건들은 없었다.

녀석이 내게 애교를 떠는 모양새가 아마도 사랑을 많이 받고 자란 집고양이 같았다. 털도 깨끗하고…. 이 동네는 비교적 깨끗하고 좀 있는(?) 사람들이 많이 살아서 길고양이들이 돌아다니지 않는 것 같았다. 그럼, 어느 집 고양이가 밤에 길을 잃고 들어온 건가? 머릿속으로 이 집 저 집을 스캔한다. 여기로 들어올 수 있는 경로는 저기 창살문이고, 그리로 들어왔다는 것은 담이 맞붙은 윗집이나 아랫집이다. 윗집은 일본사람이 사는 집이고 아랫집은 스리랑카사람이 사는 집이다. 음…, 그렇다면….

그렇게 스캔이 끝나자 일단 야옹거리며 내게 달라붙는 녀석을 살짝 유인하여 부엌문으로 나가게 하고 문을 닫았다. 거기에는 베란다가 있어서 녀석이 쉴 수 있는 공간이 충분히 있었다. 일단 녀석을 저기 두었다가 내일 아침 ― 오늘은 일요일이라 아줌마가 오지 않는다. ― 아줌마가 오면 좀 알아보라고 해야지. 이런 생각으로 예불을 마치고 우유를 한 잔 덥혀 마시면서, 문득 '아, 녀석이 밤새 아무것도 못 먹었겠구나.' 하는 생각이 들었다.

'뭐 먹일 만한 것 없나?' 하며 냉장고 안을 죽 스캔해보지만 딱히 줄 만한 것이 없다. 마시던 우유를 평평한 플라스틱 곽에 담고, 거기에 비스킷을 하나 부셔 넣어 문 밖으로 넣어주었다. 이때는 나를 보고 애교 떨지 않고 우유만 보고 달려들더니 맛있게 핥아 먹는다. 나는 사실, 동물이든 사람이든, 이런 이유 없이 질척거리는 애교는 별로 좋아하지 않는다. 그것보다 내 머릿속에 먼저 좍 일어나는 것은, 어떤 까르마가 이런 현상을 만들었는가 — 내가 지금 까르마에 대한 논문 쓰고 있기 때문에 — 하는 것이다. 애교, 애정 이런 것 다 떼고, 논리와 감성 두 쪽 다에 균형을 주는 그런 쪽으로 사유하게 된다.

나는 이제 내 일상으로 돌아와 분주다사하게 오늘을 즐기고 있다. 그런데 빨래를 널면서 내 발자국 소리가 들리자 이 녀석이 목을 길게 빼고 나를 찾느라 난리가 났다. 참 이상한 것은 저 정도의 담장이면 보통 고양이들은 다 뛰어넘어 다니고, 자기네들 놀이터일 텐데, 이 녀석은 베란다에서 한 발자국도 움직이지 않고, 내 소리만 들리면 난리 난 듯이 날카롭게 야옹거리며 야단법석이다. 나이도 아직 어린 축에 속한다. 남이 들으면 내가 야옹이를 괴롭히는 줄 알게 만들, 그런 해괴한 소리로 나를 쫓아다니며 울어댄다.

'아휴. 쟤를 어떡해.'

그렇다고 들여다가 상자에 넣어 놓으면 거기 그냥 있지도 않을 것이고, 집 안을 휘젓고 다닐 것이 분명하다. 아무리 붓다가 모든 존재를 사랑하라고 했어도 그것만은 허용할 수가 없다. 지금 먼지까지 조용히 붙들어 놓고 논문 마감한다고 용을 쓰고 있는데 말이다.

그래서 점심 먹고 또 우유를 갖다 드리고는 살짝 빠져 나왔다. 그러면서도 마음은 계속 신경이 쓰인다.

'보통 동물들은 본능적으로 제 집을 알아서 찾아간다고 하던데, 저 녀석은 왜 저러고 있지.'

어쨌거나 녀석이 돌아다닐까봐 그쪽 문들을 다 닫아서 뭔가 답답하고 일상을 누리지 못해 불편해하는 나를 본다. 그래도 가끔 궁금해서 살짝 문을 열어본다. 그러면 녀석은 발 매트에 요염하게 쫙 드러누워서는 나에게 커다란 눈망울을 마주치며 '어, 왔어?' 뭐 이런 시선으로 나를 본다. 다시 문을 닫으면 그제야 야옹거리며 문을 긁어보기도 한다. 하여간 밖으로 뚫린 베란다 위쪽을 통해서 다른 곳으로 갈 생각은 전혀 없는 것처럼 보였다.

'그래, 그럼 거기 있어라. 이따 밤에 물이나 넣어줄게. 내일까지 잘 자거라.'

저녁명상 시간에, 안에 들어서 따뜻하게 품어주지 못한 미안함에 아주 강력한 자애관을 보내주기로 했다.

"내가 지금 사정상 너를 안에 데리고 오지는 못해. 그러나 너를 미워하거나 싫어하거나, 해치려는 것은 아니야. 안심하고 거기서 자거라. 이따가 저녁에 물을 넣어줄게. 거기가 안전할 거야. 밖으로 지금 내보내주면 길거리라서 위험해. 그래서 그렇게는 못하겠다. 내일 아줌마가 오면 윗집과 아랫집에 가서 네 주인을 찾아보도록 하자. 잘 자거라. 사랑한다."

약간 오글거리긴 하지만 뭐 사랑도 하다 보면 습관이 되는 것이니까. 하는 김에 며칠 전에 본 그 노래기에게도 너를 존중한다는 자애관을 보냈다. 항상 그런 것이지만 자애관을 보내고 나면 룰루랄라 콧노래가 나온다. 그렇게 자애관을 보내고 다시 책을 좀 보다가, 문득 신경이 녀석에게 쏠렸는데, 좀 이상한 감이 왔다.

'어, 왜 이렇게 조용하지?'

일어나서 부엌으로 가 문을 열어본다. 녀석의 조그만 발이 보일 것 같다. 그런데 앗, 녀석이 사라졌다. 밖은 깜깜한데…. "야옹아!" 하고 불러보지만 기척이 없다. 없다. 갔다.

그러고 나서 생각해보니 내가 녀석에게 자애관을 보내고 나서부터 녀석의 야옹소리가 안 들려온 것 같다는 생각이 들었다.

'아, 그럼 녀석이 자애관을 알아듣고 그냥 제 갈 길로 간 건가? 마치, 알았어요. 여기는 있을 수 없겠군요. 그냥 내가 알아서 갈 거예요 하는 것처럼. 하여간 안전하게 너를 가장 사랑하는 사람에게로 가거라.'

다시 축원을 해주고는 내 일상으로 돌아온다.

수행이나 깨달음은 정체된 것이 아니다. 정체된 무엇이 있다면 그것은 이미 에고다. — 도道라 하는 도는 이미 도가 아니다?! 어제와 다른 오늘은 또 다른 의식권이다. 아침에 명상할 때와 저녁에 명상할 때, 나는 이미 전혀 다른 사람이다. 그렇게 존재는 시시각각 변화·발전evolving 하고 있다. 단지 내 의식권에 들어오는 모든 존재가 바로 나라는 자각이 있다면, 우리는 그만큼 확장된 의식권으로 들어간다. 개체와 우주의 소통이다.

51

맞고 놓을래, 그냥 놓을래?

생각이 구름처럼 사라지고 있다. 문틈 새로 바람이 내 몸을 흔들고 지나간다. 연하여 행복감이 일어난다. 열대에서 부는 시원한 바람은 행복 그 자체. 적막 속의 적막.

지나간 모든 것에는 흔적이 없다. 돌아온 그 자리에서 보면 모두가 빛바랜 옛 앨범의 흑백사진처럼. 스쳐간 바람, 사라진 커피맛, 잊혀진 사람들. 지켜지지 않은 약속들…. 아니, 지켜진 약속들도…. 그래서 차나 한잔 마시라고 했다지.

느낌이 사라진 고속도로 휴게소의 사람들은 마치 그림 속의 움직이는 꼭두각시 같았다. 어디서 본 듯도 한 그들. 그들은 먹고 마시고 즐거운 듯한데, 왜 내 눈엔 외롭고 쓸쓸해 보였을까?

영원한 평행선. 그들은 나를 모르지만 나는 오래 전부터 그들을 알고 있었다. 모른 척하고 숨어 있었는데 이렇게 가끔 우연찮게 마주치기도 한다.

그래도 굳이 피하지는 않는다. 왜냐하면 나는 그들을 알아도 그들은 나를 모르니까. 그들이 나를 모른다는 것은 어떤 면에서는 참 편하기도 하다.

결혼은 시간이 끊임없이 엿가락처럼, 엿가락처럼 늘어나는 것,

자식들은 결국 마음먹고 한 번은 풀어야 할 마지막 숙제 같은 것.

그들이 그렇게 애지중지 모아두었던 애착의 형상들이 햇볕에 눈사람 녹듯 사라져 가면, 눈만큼 질척이는 눈물이 흐를 것이다. 내 눈물을 보는 것도 그리 힘들었는데 이제 그대의 눈물까지 보아야 한다니, 이것은 자비로까지 승화되지 못한다면 결국 내 고통의 영역이 될 것이다.

그러나 아직은 안심이다. 그대들은 정말 철저히도 애착의 형상을 무너뜨리지 않는 쪽으로, 비상한 자기 속임수의 대가들이니, 당분간은 안심해도 될 것이다. 그러나 그 당분간이 결국 당분간이 되면, 나는 결국 그대 가슴을 쥐어짜는 고통의 비명을 들어야 할 것이다.

"맞고 놓을래, 그냥 놓을래?"

내가 이렇게 말할 때는 그게 그냥 우스갯소리 같았겠지만, 실제상황으로 벌어지면 사실 처절하다. 세상에는 문이 없다. 이 세상은 문 없는 감옥이다. 오직 가는 곳마다 그대의 모습이 반영되고 있을 뿐이다.

문이 어디 있는지 알고 싶은가? 알고 싶다면 알려주겠지만, 알고 싶지 않다면 알려주지 않겠다. 알고 싶지 않다면 그냥 모른 척하고 살아도 괜찮으니까.

52

그럼 사랑인 거니?

생각이 없으면 세상은 아주 조용하다. 지나가는 자동차 소리, 하얀 찻잔 속에서 풀려 나오는 적갈색 홍차, 그리고 그 내음. 다시 멀리 사라져 가는 차 소리.

그리고 그 안에 담긴 인간 물상 하나. 그렇게 아주 적막하리만치 조용한 여기는 마치 태초 같다. 모든 것이 일어나기 전, 아니면 모든 것을 품고 있는 그 자리. 한 모금 찻물을 머금는다. 말라 있던 입안의 감각들이 미세한 통각을 시작으로 맛을 자각하며 긴장이 풀어진다. 뜨겁고 달콤한 액체가 목구멍을 넘어간다. 약간의 진동이 일어난다. 그러자 나의 세상도 함께 진동한다. 아! 그들과 함께였구나 하고 가볍게 놀란다. 그리고 다시 적막. 내가 멈추면 세상도 멈춘다. 내가 차를 마시자 세상도 함께 진동했다. 내가 멈추자 다시 세상도 멈추었다. 그럼, 네가 나니?

차를 마시고 의자에서 일어나 걸으려고 한다. 생각이 일어났다. 그러자 인간 물상의 몸이 일어나고 있다. 그럼, 네가 나였니? 다시 앉는다. 책상 앞에 놓인 책들. 그것을 보고 있는데 그 순간에는 책뿐이다. 그럼, 책이 나? 그랬었니? 재미있다. 이 너-나 놀이.

찻잔은 어느새 비었는데 다시 달콤함에 대한 갈망이 일어난다. 다시 찻물을 끓이고 티백을 하나 더 꺼내온다. 홍차 티백을 누르면서 그 종이 티백 속에 담긴 홍차가루를 본다. 그리고 그 안에 담긴, 수많은 정보들. 상품을 가져다가 전시한 사람들, 잎을 가루로 만들어 티백에 넣은 사람들, 차나무를 심고 가꾼 사람들…. 그들의 가족과 그들의 일상과, 태양의 속삭임, 바람의 산들거림, 빗물의 이야기, 땅의 비밀….

티백에서 진한 적색물이 배어 나온다. 나는 가볍게 미소 지으며 말해준다. 그럼, 네가 사랑인 거니? 설탕을 넣고 젓는다. 소리가 난다. 마치 지구가 돌아가는 소리 같다. 찻잔 속에 돌아가는 우주를 본다. 하나 속에 품어진 전체. 전체를 드러내는 그 하나. 휘 돌아가는 거기는 카오스, 돌아나오는 여기는 코스모스.

물 빠진 티백을 버리면서 지긋지긋하게 이 인간 형상을 쫓아다니던 그 단어 하나도 함께 버린다. 외로움이란 말. 네가 그렇게 빠져버리면, 그럼 그 셈법은 하나인 거니? 하나? 하나! 그럼, 나는 없는 거니? 너는? 거울 연인. 거울을 치우니 세상이 사라지네, 세상을 치우니 생각이 사라지네,

생각이 사라지니 내가 사라지네.

그리고…. 그리고…. 고통도 사라졌네…. 그럼, 사랑인 거니?

거울을 치우니 세상이 사라지네,
세상을 치우니 생각이 사라지네,
생각이 사라지니
내가 사라지네.
그리고…. 그리고….
고통도 사라졌네….
그럼, 사랑인 거니?

마치며

산다는 것, 하루라는 것이 하나의 예술작품이다. 매 순간마다 우리는 시공에 초, 초, 초, 사이에 마음이라는, 몸이라는 붓으로 뭔가를 기록하고 경험한다. 초, 초, 초로 따지면 수도 없이 많은 흔적이고, 순간마다 그 모든 것들이 사라져버린다고 보면 그저 고요하고 적막할 뿐이다. 고요하고 적막함에서 보면 아무 할 말이 없고, 흔들어 물결을 일으켜놓으면 해주고 싶은 말이 태산이다.

잘 다듬어놓은 길도 사람이 다니지 않으면 다시 막혀 '길 아닌 것'이 되어버리고, 깊은 숲 속도 사람이 하나둘 다니면 다져지면서 '새로운 길'이 된다.

혼돈의 숲 속에서 어디가 길인지, 빛인지 무조건 찾아나선 지 세상 시간으로 20년이 되었다. 이 인간 세상에 다시 태어나 '인간'이라는 '세상'을 익히고 벗어나는 데 걸린 시간들이다. 이 글들은 바로 그 과정에서 찾아낸 흔적들이다. 길 닦는 과정에서 주운 돌들.

　사람에 따라 이 돌들이 보석일 수도 있을 것이다. 나에겐 보석들이다. 길을 보여준 보석들. 아니면 길이 되어준 보석들. 나의 길은 어쩌다 보니 스리랑카라는 이국땅에서 뻗어나게 되었다. 물론 길은 그 땅이라는 물질에 놓인 것은 아니다. 그러나 어쨌든 스리랑카는 내게 그 시공을 제공해주었다. 마음은 나self를 벗어나면서 지구를 품는다. 그리고 그 모든 것은 이제 내게 길道이다.

　이제 한국으로 돌아가면서 이 길이 빛으로 열매로 모두에게 함께하기를 바라는 마음이다.

스리랑카 고적암에서

아눌라 스님

저자소개

아눌라 스님

아눌라 스님은 한국에서 출가하여 비구니계를 받았고, 스리랑카 캘러니아 불교대학에서 빠알리어와 불교학을 전공했다. 동대학원을 거쳐 현재 불교학 박사과정 중에 있다.

출가 전에 화두참선 수행 6년, 출가 후 미얀마·태국·스리랑카 등지에서 위빠사나와 사마타 수행을 했다.

한국의 깔야나미따 위빠사나 선원cafe.daum.net/kalyanamitta에서 위빠사나와 자비관 수행, 시크릿과 트랜서핑을 적용한 '까르마 - 갈아타기' 치유 프로그램 등을 가르치며 수행자들을 지도하고 있다. 깔야나미따 시크릿 수행 카페cafe.naver.com/kalyanamitta에서는 특별히 수다원 목표의 수행 전문 프로그램을 진행하고 있다.

저서로는 명상 에세이집《쏟아지는 햇빛》, 위빠사나 명상가이드북《Sati 100》(영문판)이 있고, 번역서로는《마음이란 무엇인가?》,《위빠사나 명상의 열쇠, 빠빤차》,《일어난 모든 것은 사라진다》,《매순간 위빠사나 100》등이 있다.

anulametta@hanmail.net